Huérfana, monstruo, espía

Huérfana, monstruo, espía

Matt Killeen

Traducción de Enrique Alda

Rocaeditorial

Título original: *Orphan, Monster, Spy*

© 2018, Matt Killeen

Publicado en acuerdo con Lennart Sane Agency AB.

Primera edición: octubre de 2018

© de la traducción: 2018, Enrique Alda
© de esta edición: 2018, Roca Editorial de Libros, S. L.
Av. Marquès de l'Argentera 17, pral.
08003 Barcelona
actualidad@rocaeditorial.com
www.rocalibros.com

Impreso por Liberdúplex, s.l.u.
Sant Llorenç d'Hortons (Barcelona)

ISBN: 978-84-17092-00-9
Depósito legal: B. 20139-2018
Código IBIC: FA

RE92009

1

28 de agosto de 1939

*F*inalmente, el coche se detuvo. Sarah abrió los ojos, parpadeó y levantó la vista desde debajo del salpicadero, donde se había escondido. Su madre se había desplomado en el asiento del conductor y apoyaba la cabeza sobre el volante. Miraba a través de los radios hacia donde Sarah estaba agachada. Los ojos de su madre eran casi iguales que los suyos: amplios y bonitos. Tenía las pupilas tan grandes que Sarah casi se había visto reflejada en ellas en alguna ocasión. Pero en ese momento estaban apagadas. Su madre ya no estaba allí.

Sarah estiró la mano hacia ella, pero le goteó algo caliente y la retiró. Tenía la palma roja y los dedos blancos.

«Lauf, dumme Schlampe!»

Sarah oía esas palabras en su mente a pesar de que los labios de su madre no se movían. Tenía la nariz tapada y le dolían los ojos. El dolor desorientaba sus pensamientos como una espesa niebla. Volvió a oírlo: *«Lauf!* ¡Corre!». Volvió a mirar la cara de su madre en el momento en que su frente resbalaba por el volante. Sus ojos, aún abiertos, miraban el suelo. *«Lauf.* Corre.» Sarah se dio cuenta de que era su propia voz.

Movió la manecilla, pero la puerta no se abrió. Lo intentó de nuevo. Se abrió ligeramente, pero pesaba mucho, como si estuviera en una cuesta. La mano resbalaba debido a la sangre, por lo que se la limpió en el abrigo y probó de nuevo. Se ayudó con el hombro y al abrirla la fría luz de la tarde inundó el automóvil. Se incorporó y salió. El Mercedes se había parado en una zanja, con el morro empotrado en la verja de un almacén.

Miró hacia el interior y vio lo que había hecho la bala en la nuca de su madre. Cerró la puerta y reprimió las náuseas, pero no sintió nada más. Todavía no.

El corazón le latía con fuerza, lo notaba en las orejas, y sintió el aire frío en la nariz. Le ardía el cuello. A su espalda los soldados del control estaban rodeando el lugar al que su madre y ella habían huido a toda velocidad antes del disparo. Oyó voces, gritos, pies que corrían en el asfalto. Unos perros empezaron a ladrar. Se acercaban. «¿Hacia dónde voy? ¿Qué hago ahora?»

«*Lauf.*»

Se abalanzó sobre el caliente capó y se deslizó por él hacia el agujero que había abierto el coche en la verja del almacén. Los cristales del destrozado parabrisas le cortaban las manos y las rodillas. Se metió en unos arbustos y se abrió camino a gatas sin preocuparse por las astillas, las espinas o los trozos de cristal.

«No mires atrás. Sigue hacia delante. No pienses en el dolor en las manos y las rodillas. *Lauf.*»

Cuando atravesó la verja dejó que la voz se descontrolara en su cabeza. ¿Era su voz? ¿La de su madre? Daba igual.

«Ahora ponte de pie. Así. *Lauf. Lauf.*»

Fue a toda velocidad hacia el callejón que había entre dos antiguos edificios y pisó el barro depositado por los desbordados desagües. Levantó la vista y vio los oxidados canalones en el borde de los tejados y las hojas que atascaban los sumideros. Estaban a dos metros de altura. Demasiado alto. Demasiado inestable. El claustrofóbico corredor se perdía en la distancia y los perros se acercaban.

«Sube ahí, *dumme Schlampe* (zorra estúpida).»

«¡No me digas eso!»

«Pues lo pareces. ¿Qué tipo de gimnasta eres?»

«Judía, no me permiten competir.»

«Si no haces nada, serás una gimnasta judía muerta. ¿Lozana? ¿Piadosa? ¿Alegre? ¿Libre?»

Sarah sonrió al recordar el viejo código de conducta. ¿Qué pensaría de una judía Jahn, el padre de la gimnasia: una desgracia para Alemania? Aceleró y se olvidó de la tensión que sentía en las pantorrillas, el dolor en la nuca y la posibilidad de resbalarse, sin dejar de repetirse: «*Frisch, fromm, fröhlich, frei* (lozana, piadosa, alegre, libre)», con la vista fija en los canalones. Se elevó, agarró uno limpiamente por ambos lados y se balanceó hacia arriba y a la derecha mientras el metal crujía y se quejaba. Aterrizó en un techo de chapa ondulada, se deslizó ligeramente y frenó al borde del tejado.

«A ver si lo superas, Trudi Meyer. Ahora, tu medalla de oro es mía, *danke*.»

Permaneció inmóvil y miró hacia el vasto y oscurecido cielo plateado mientras la sensación de triunfo se desvanecía lentamente como las luces hacia el oeste. Notó frío en el estómago. Si no conseguía calmar la respiración, la oirían. Pensó en la última mirada que había echado hacia el Mercedes y después se deshizo del recuerdo. Lo metió en una caja especial y cerró la tapa. Miró hacia el vacío y prestó atención.

Oyó a los perros por encima del pálpito de su pecho. Los gritos se acercaban. Después sonaron pasos amortiguados; un soldado recorría el callejón. El ruido era demasiado impreciso como para adivinar lo lejos que estaba y su respiración se oía mucho, demasiado. Contó dos segundos, inspiró con fuerza y cerró la boca. Se dio cuenta de que solo distinguía una estrella donde el cielo estaba más oscuro. También notó que no podía respirar por la nariz, lo único que consiguió hacer fue mantener apretados los labios.

Pisadas, justo debajo de donde estaba.

9

Una estrella. O un planeta. ¿Era Venus? Los pasos se detuvieron. Planeta. Estrella.

Se oyeron movimientos, el sonido de algo que arañaba los ladrillos. El canalón crujió. Su pecho empezó a palpitar y aumentó la presión. Oyó una respiración pesada y unas botas contra la pared. Más dolor, más presión, el impulso de ponerse de pie y salir corriendo. Volvió lentamente la cabeza y vio unos gruesos y sucios dedos agarrados al canalón. Comenzó a gritar en su cabeza. Quería abrir la boca y dejar escapar los gritos. Intensamente.

En ese momento se oyó un ruido seco, un desgarrón y un chillido. El canalón, los sucios dedos y la pesada respiración desaparecieron con un estruendo gradual. Juramentos. Gritos. Silbidos. Risas. Pasos que se alejaban. Silencio. Ladridos distantes.

Abrió la boca y dejó que el aliento saliera a raudales de los pulmones. Inspiró el aire fresco. Sus hombros subieron y bajaron una y otra vez, no conseguía detenerlos. Empezó a sollozar silenciosamente.

Sarah era buena jugando al escondite. En tiempos mejores, cuando todavía jugaba con otros niños, siempre era la última que encontraban, mucho después de que todos se hubieran cansado de buscarla.

Permaneció tumbada viendo cómo aparecían y brillaban las estrellas, escuchando los sonidos del muelle. Seguía oyendo a los perros, los soldados y los gritos, lejos, pero siempre presentes, como los niños que recorrían toda la casa en su busca.

«¿Te vas a quedar ahí?», le recriminó la voz.

«Estoy esperando a que anochezca.»

«No, simplemente no sabes qué hacer», se jactó la voz.

Volvió la cabeza. Distinguió una grúa y la chimenea de un

barco. Al fondo, el inmenso lago, el Constanza, desaparecía en la noche que empezaba a cernirse. Hacia el otro lado, los tejados de Friedrichshafen se extendían a sus pies y nadie podía verla desde las distantes agujas de las iglesias. Debajo, un destartalado almacén la miraba con sus abandonados ojos, oscuro y desierto. Seguro. De momento era un lugar tan bueno como cualquiera para esconderse.

«¿Y después qué? ¿Una judía sin documentación ni dinero varada en un puerto alemán?»

Decidió no prestarse atención. O a su madre, o a quienquiera que fuera. No tenía futuro, solo presente. Su madre la había llevado allí en coche, con lo que seguramente su plan era cruzar el Constanza en ferri o en un barco privado hasta Suiza y la libertad, lejos de las palizas, el hambre y el maltrato. Pero todo había desaparecido. Eso si realmente tenía algún plan. Hacía muchos años que su madre carecía de ese nivel de organización. No era de extrañar que todo hubiera acabado en un desastre, en su muerte…

Borró ese pensamiento y lo metió en la caja. Todavía lo sentía en carne viva, como el dolor en la nariz.

Esa caja especial en lo más hondo de su ser había comenzado siendo muy pequeña, como un estuche en el que su madre guardaría las joyas. En los seis años anteriores, desde que los nacionalsocialistas habían llegado al poder, apenas había experimentado momentos de miedo o de enfado, por lo que había metido en ella todas las humillaciones e injusticias. Así era como se libraba del terror y la rabia. Pero en ese momento la caja era como un baúl de viaje, con el barniz lleno de ampollas e hinchado, la madera envejecida y el latón deslustrado. El contenido rebosaba bajo la tapa y se derramaba. Peor aún, había empezado a imaginar que la caja era ella, con todo lo que había en su interior, todo lo que había escondido, libre para salpicarle por dentro, listo para tomar forma y devorarla viva.

Y

El corazón volvió a latirle con fuerza. Para calmarse imaginó que estaba jugando al escondite. Estaba en lo más profundo de un armario bajo las estrellas, tapada por un abrigo que colgaba de una percha, con la puerta abierta para que los otros niños echaran una rápida y somera mirada. Invisible, a la espera, invulnerable. El cansancio aprovechó el momento y la rodeó con sus brazos. Mientras oscurecía, en las mohosas ondulaciones metálicas, se durmió.

Camina junto a su padre. Era alto, pero ahora le parece gigantesco. Ella debe de ser muy pequeña. Recorre con la vista la manga de su abrigo rojo hasta llegar a la enorme mano que agarra la suya. El terreno por el que caminan parece blando y el brillo del sol, demasiado intenso para mirarlo, inunda con un resplandor dorado todo lo que les rodea.

—¿Lo ves Sarahchen?

—¿Qué, papá?

El padre se ríe y se detiene para alzarla. A ella le parece un largo ascenso, pero se siente segura, sujeta por unos brazos que parecen troncos de árbol.

—¿Lo ves ahora?

Entrecierra los ojos y mira hacia el deslumbrante cielo. Cegada ligeramente, ha de hacer visera con una mano. Empieza a oírse un ligero murmullo.

—¿Qué es eso?

El padre vuelve a reírse.

—Espera y verás.

El volumen del ruido aumenta y los zumbidos se superponen como los de una colmena, como el sonido de millones de insectos.

—Tengo miedo, papá.

—No te asustes.

El zumbido se convierte en un pálpito en su pecho. Se aferra a la chaqueta negra de su padre por miedo o emoción, sin saber qué la atenaza. Entonces lo ve.

Enorme, plateado, brillante por la luz del sol, tapando todo el cielo, más grande que lo más grande que haya visto jamás. Bajo su sombra los niños corren, señalan, ondean cintas. Levanta la cabeza y ve un puro gigante ondulado que oculta el sol y retumba por encima de su cabeza.

Sonríe y después se ríe. Mira a su padre a los ojos y él le devuelve la mirada. Él empieza a reírse también. Todo el mundo se ríe.

Abrió los ojos. De repente recordó dónde estaba y se dio cuenta de lo que estaba pasando. Había salido la luna y todo estaba iluminado con una escarcha de luz plateada. El techo de chapa vibraba y la nariz de un zepelín asomó por encima de su cabeza. No tenía dónde esconderse. Se quedó donde estaba y dejó que pasara el enorme aparato volador, una joven judía en un tejado, un brillante contorno a pocos metros de las miradas indiscretas.

13

«No te buscan a ti, están ocupados en otros asuntos. Pueden verte, pero no les importas en absoluto, porque no te están buscando. Solo eres un abrigo en el armario.»

Estaba lo suficientemente cerca como para ver las ventanas del zepelín y una tenue luz en su interior. Se fijó en las toscas reparaciones, en el nombre escondido bajo el apresuradamente repintado barniz y unos rayos de luz amarilla que se extendían por la curva del globo desde la ventana de la cabina de mandos. Se agarró a su vibrante cama. «Soy un abrigo», se repitió mientras se deslizaba por encima de ella.

Había ventanas a lo largo de toda la barquilla de observación y la luz eléctrica era casi cegadora. En el interior hacían guardia dos personas. Era imposible que no la vieran y, sin embargo, permanecieron inmóviles conforme se alejaban. El volumen del zumbido aumentó hasta que las turbinas resonaron a lo lejos sujetas a sus alargados soportes y las hélices se volvieron borrosas. La estructura empezó a hacerse más pequeña, pero a su paso dejó ver sus anchas aletas. Estaban pintadas de negro, con esvásticas dentro de un círculo blanco, un lobo enfundado en un disfraz toscamente confeccionado con lana de cordero, que no engañaba a nadie.

Finalmente la aeronave se alejó y dejó escapar un suspiro. Era como si los niños hubieran abierto la puerta del armario y no hubieran visto nada fuera de lo normal. Se incorporó y los músculos de las piernas y la espalda protestaron. El zumbido de enjambre de abejas disminuyó conforme se alejaba el zepelín y el tejado dejó de moverse. Cuando pasó por encima del almacén abandonado distinguió una figura en la techumbre plana del edificio, visible a la luz de la luna. Alguien observaba el zepelín con unos binoculares, como si estuviera estudiando un ave poco común.

Vio cómo seguía la curva del aparato hasta que llegó a la cola. Vestía de negro y se perfilaba contra la brillante oscuridad del cielo, apenas visible, pero absolutamente presente. Estaba tan curiosamente desorientada que no se movió ni cuando bajó los binoculares y miró la estela del zepelín. ¿Por qué estaba allí? La aeronave debía de estar ya a tres kilómetros.

Aquella persona se llevó de nuevo los binoculares a la cara. Algo le punzó en el estómago y contuvo el aliento.

No era invisible y la estaba mirando directamente a ella.

El hombre bajó los binoculares lentamente y, al cabo de un segundo, la saludó con la mano.

«¡Vete, corre!», se gritó al tiempo que reaccionaba y rodaba hacia el borde del tejado para saltar. A cubierto de la luz de la luna, el suelo estaba oscuro y solo se veían dos diminutas ventanas plateadas a ambos extremos del callejón. En uno de ellos, el gran almacén con el hombre de los binoculares y, a su izquierda, por donde había llegado, la valla, la zanja y el coche. Se incorporó, movió las entumecidas piernas hacia delante y tocó con los dedos las paredes de ladrillo a los dos lados para mantener el equilibrio. Además de la leve molestia que sentía en la cara empezó a notar un creciente e intenso dolor en la cabeza. Estaba desesperadamente sedienta. Se pasó la lengua por los labios. Los tenía partidos y agrietados. La lengua hacía el mismo ruido que la de un gato, áspero y seco. Hacía más de un día que no bebía nada. Su madre no había querido parar durante el trayecto desde Viena, a pesar de no llevar nada para comer o beber. Habían hecho unos aterradores seiscientos treinta kilómetros bajo la atenta mirada de la patria, a través de la cuna del nacionalsocialismo. Parecía increíble que hubieran llegado tan lejos.

En el puerto, a su izquierda, apenas había luz, pero parecía pequeño, no era enorme y anodino como había imaginado. Fue directamente hacia el laberinto de calles que tenía delante.

«Sigue andando.»

«¿Hacia dónde?»

«Siempre con los porqués y los dónde. Concéntrate. Es como imitar un acento, como una tabla de gimnasia, una pieza para piano. Fija tu mente en lo que tienes entre manos.»

«Estoy cansada. No sé qué hacer.»

«¿Te vas a echar a llorar como si fueras una niña?»

«No.»

«Claro que no. ¿Te eduqué yo sola para que te dieras por vencida?»

Ahogó un sollozo. ¿Había estado oyendo la voz de su madre todo ese tiempo? «Oh, *Mutti* —murmuró—. Oh, *Mutti*.»

«¡Déjalo ya!»

«No puedo. Lo que vi en el coche... Es demasiado.»

«¡No, basta!»

Se detuvo en seco. Por encima del ruido distante oyó agua que caía.

Siguió el sonido hasta una vieja y descascarillada puerta. Estaba entreabierta y dejaba ver un oscuro interior. Necesitó utilizar el hombro y cuando logró abrirla del todo notó olor a amoniaco y a cloaca. Dio un vacilante paso hacia dentro, pero la oscuridad era absoluta. Cerró los ojos para mejorar la visión nocturna y utilizando la viscosa pared como guía entró en la habitación en dirección al agua. Abrió los ojos, pero no consiguió distinguir nada. Aquel lugar no podía ser muy grande, pero le pareció una caverna o la boca gigante de una bestia apestosa. «La oscuridad es tu amiga —pensó—. Unos grandes brazos que te ocultan. Me gusta la oscuridad.»

Sus dedos tropezaron con algo que se movía. Quiso retirar la mano, pero se contuvo y siguió adelante. Tocó aquella cosa, pero desapareció una vez más. Esperó y volvió a ella. Era una delgada cadena con un nudo en un extremo, el otro desaparecía en las alturas. Agarró el nudo y tiró hacia abajo.

Se oyó un chasquido y después apareció una luz tan intensa que Sarah perdió el equilibrio. Estaba en un sórdido cuarto de baño con un váter roto en un rincón, detrás de un tabique de madera podrida. Había un gran abrevadero a lo largo de la pared más lejana a la altura del suelo. Todo estaba sucio, pero a su lado había un grifo oxidado por el que caía agua marrón hacia un largo y bajo lavabo.

Agarró el borde del lavabo, puso la boca bajo el grifo y lo abrió del todo. El líquido que caía estaba templado y sabía a óxido, pero era húmedo y no dejaba de salir. Tragó y tragó sin que le importara la sensación de asfixia cuando el agua le subía por la nariz. Al cabo de un minuto paró y se apartó ligeramente para que el agua le corriera por la mejilla y volviera a dar vida a su cuerpo.

—Vaya, la chica del tejado.

Era una voz masculina. Se quedó paralizada. «*Dumme*

Schlampe! Has dejado la puerta abierta.» El hombre estaba entre ella y la salida. No tenía dónde ir ni podía hacer nada. Aquella impotencia alivió la tensión que sentía en los hombros. De repente se sintió extrañamente calmada y ligera. Tan ligera que notó que se elevaba por encima de un mar de pánico. Soltó un gruñido afirmativo y se inclinó para volver a beber intentando no pensar qué pasaría en las siguientes horas.

17

2

—¿ *Qué* estás haciendo aquí? —preguntó el hombre.

—Beber —contestó Sarah entre trago y trago.

—¿Y qué hacías en el tejado? —continuó el hombre con voz apagada, casi desprovista de emoción.

«No dejes que te engañe. Lo hace para que no descubras su juego.»

—Estaba buscando a alguien —replicó secándose la mejilla, que parecía sucia. Evitó mirarle de frente para ganar tiempo y pensar en algo sin que la traicionaran los ojos.

—¿En un tejado?

«Emboscada.»

—Sí —alegó en un intento por retrasar lo inevitable. Lo que dijera no importaba y aquella situación hacía que se sintiera liberada, incluso atrevida—. ¿Por qué estaba observando el zepelín?

—El que hace las preguntas soy yo —respondió el hombre con un tono ligeramente tenso, pero sin enfado.

—Muy bien —aceptó, e inclinó la cabeza hacia un lado mientras esperaba. El hombre vestía de negro y llevaba un gorro de lana y una mochila oscura. Su cara parecía sucia. No era lo que esperaba. La miró como si estuviera intentando llegar a una conclusión. Sarah pensó que quizá podría echarle cara a la situación—. Bueno, no querría hacerle perder más tiempo, así que...

El hombre cerró la puerta a su espalda y Sarah dio un paso hacia atrás. El hombre se apoyó en la puerta y cruzó los brazos.

—¿Adónde vas exactamente? —preguntó con voz más fría, casi gélida. Sarah por poco se echa a temblar.

—A casa. No encontraba… a mi padre. Es estibador.

—¿Por qué lo estabas buscando? —Ya no cabía duda de que aquello era un interrogatorio.

—La cena estaba lista.

—¿A las cuatro de la mañana?

—Trabaja por la noche.

—¿En un tejado?

—Lo he estado buscando por todas partes.

—¿Y qué te ha pasado en la cara?

Sarah se tocó la nariz. Le escocía como si le hubieran dado una bofetada. Algo escamoso se desprendió al contacto de los dedos y bajó la vista para ver qué era. Entonces se dio cuenta de que la parte delantera de su vestido marrón claro estaba manchada de rojo oscuro. Lo que tenía en la mano era sangre seca.

—Estaba muy oscuro… y me tropecé contra algo —intentó argumentar, pero las palabras se le estrangularon, tosió y finalmente se sorbió la nariz, lo que provocó que gimiera por el dolor. El hombre se echó a reír, pero no con una risa alegre, sino llena de desdén. Sarah sintió que en su interior brotaba un manantial de cólera y desafío. Lo miró a los ojos, era una joven a punto de realizar una transformación, cubierta de sangre seca, óxido, moho y hojas podridas. «Sé la duquesa, querida —la animó la voz interior. La voz de su madre—. Estás en un escenario, ellos no. Están a tus órdenes, dispuestos a que los convenzas. Así que convéncelos»—. Sí, me perdí y me golpeé con una tubería rota. ¿Se lo enseño? —Los ojos del hombre eran de color azul claro. «No pestañees», se ordenó a sí misma.

—¿Cómo te llamas? —preguntó con tono más suave. Las arrugas de alrededor de sus ojos indicaban que estaba sonriendo. Tenía un extraño acento. Pensó que sería bávaro, pero algunas de sus palabras sonaban diferente…

—Sarah, Sarah Gold… —«Piensa», se dijo—. Gold…

19

Elsengrund —«*Dumme Schlampe*», se acusó mientras se apoyaba en el lavabo. El hombre volvió a reírse, en esa ocasión con una risa franca.

—Oh, oh, oh, lo estabas haciendo muy bien. Pero vas a tener que hacerlo mejor, Sarah Goldberg, Goldstein, Goldschmitt, o como te llames.

Sarah empezó a lavarse la cara con esperanza de borrar las lágrimas que le habían aparecido en las comisuras de los ojos. El hombre se acercó, se sentó en el borde del lavabo y empezó a hablar rápidamente.

—Lávate el vestido. No importa que esté húmedo. Y límpiate el abrigo. Eres de Elsengrund, ¿verdad? ¿Verdad? —Sarah asintió—. Muy bien, mantenlo… y utiliza Ursula o algo parecido. No hay nada más judío que el nombre de Sarah. ¿Tienes adónde ir?

Sarah negó con la cabeza. Le había ganado la partida, pero no sabía muy bien qué estaba pasando.

—¿Sin papeles? Eso está bien. Si hubieran estado sellados, habrían sido inútiles para ir a Suiza. Lo mejor que puedes hacer es ir en ferri. Fingir que eres una niña que tiene que ir allí. Espera al amanecer, pero aquí no. Ese tejado es tan bueno como cualquier otro sitio. —Hizo una pausa—. Otra cosa… —Le sujetó la cara y le tocó la nariz. Sarah le agarró por la muñeca, pero antes de que pudiera hacer nada el hombre se zafó. Sarah soltó un chillido sin querer. El dolor era intenso. Entonces se oyó un ruido sordo y todo acabó. Sarah se tambaleó hacia atrás, demasiado asustada como para palparse la cara—. No te la toques, ahora está recta, se nota mucho menos —le aclaró mientras se limpiaba las manos en los pantalones—. ¿No te habías dado cuenta de que la tenías rota?

A Sarah le temblaban las manos. Inspiró. Le dolió pero notó que los conductos estaban desbloqueados. La voz en su interior se mantuvo callada. Levantó la vista y vio al hombre en la puerta.

—Y no confíes en nadie. Buena suerte, Sarah de Elsengrund —se despidió antes de salir.

Sarah se miró las manos. Tardó un buen minuto en calmarlas.

El amanecer fue frío y gris. Tras una noche despejada habían llegado unas oscuras nubes desde el lago que habían convertido la salida del sol en una descolorida fotografía. Sarah permaneció en las sombras con el mojado vestido pegado a las piernas como unas enmohecidas cortinas. Rozaba los cortes de las rodillas y las pantorrillas, y no la dejaba pensar en otra cosa. Dejó que el enfado la devorara, pues así mantenía callada la voz. En ese momento era lo que menos necesitaba.

La sangre había desaparecido, pero había dejado una fea mancha en el vestido, por lo que se había abrochado el oscuro abrigo para ocultarla. Llevaba un trozo de arpillera alrededor del cuello que podía pasar por una bufanda. Olía a leche rancia, pero estaba seco. Era lo único en su atuendo que lo estaba. Se había recogido el pelo como había podido con su última horquilla, se había trenzado el de la nuca y lo había sujetado con un trozo de alambre. De lejos podía dar la impresión de que tenía buen aspecto, como un espantapájaros, pero de cerca no engañaba a nadie.

No quiso dormir. Cada vez que cerraba los ojos veía sangre y perros que la perseguían. Despierta conseguía controlarlos, pero cuando se quedó dormida la derribaron y saltaron encima de ella. Cuando se despertó apenas fue capaz de respirar y sollozar. Despierta podía concentrar su mente en el presente.

Oyó la sirena del ferri. Era el momento. Salió a la luz y sin hacer caso al punzante dolor en las piernas comenzó a correr por la calle en dirección al puerto. A pesar de tener quince años podía pasar por una niña de once, o más joven si interpretaba bien el papel. Siempre había sido pequeña para su edad, algo potenciado por muchos años de pobreza, y era un papel que ya

21

había interpretado: pequeña, discreta e infantil. La ciudad empezaba a dirigirse a sus trabajos por los adoquines y se miraba a los zapatos o silbaba y traqueteaba al pasar en una bicicleta. Cansada, contrariada e indiferente, mantuvo el ritmo y resistió la urgencia de salir corriendo. Empezó a tararear una canción que había oído cantar, *La liga de las muchachas alemanas*, cuando desfilaban por delante de su casa. Siguió el ritmo mentalmente, sacó fuerzas de su dinamismo y le encantó adaptarla.

—*Uns're Fahne...*, algo más, algo más, *uns're Fahne...* algo *Zeit!* —Intentó recordar la letra. Algo sobre una bandera. Estaba llegando—. *Und die Fahne führt uns...* algo más, algo más. ¿Cómo seguía? ¡Ah, sí! Nuestra bandera... ¿Bandera?

—Nuestra bandera es más importante para nosotros que la muerte —gritó el soldado que tenía delante.

Sarah soltó un grito cuando tropezó contra su pecho y rebotó hacia atrás, con olor a sudor y cuero impregnado en la nariz. Un monstruo gris con correas marrones la miraba desde lo alto.

—¿Qué os enseña vuestra líder juvenil? —preguntó meneando la cabeza, con las manos en las caderas y el fusil colgado al hombro. Era joven, de unos veinte años, con el entrecejo fruncido en fingido reproche. Sarah se obligó a sonreír y curvó los bordes de los labios hasta que le dolieron las mejillas.

—... más que la muerte... que la muerte —gritó, y se echó a reír casi histéricamente—. Es muy buena, de verdad. Lo siento —se disculpó mirando por encima del hombro y despidiéndose apresuradamente con la mano. Vio que el soldado sonreía y meneaba la cabeza de nuevo mientras se daba la vuelta—. Muerte, muerte —murmuró intentando frenar su desbocado corazón. Deseó que una mano fuerte la cogiera por el hombro, pero no sucedió.

«No te están buscando», dijo la voz.

«Entonces, ¿por qué están aquí?»

«Sigue cantando. Sigue sonriendo. —La voz cambió de

tema—. Interpreta tu papel hasta llegar a los bastidores, o al camerino. No dejes de hacerlo hasta que caiga el telón.»

El ferri se dirigía hacia el muelle. Detrás de él se veía un nublado horizonte. Por encima distinguió las afiladas formas de las montañas que había al otro lado del lago, unas montañas que significaban... ¿La libertad? Solo tenía una vaga noción de lo que haría si conseguía subir al ferri a Suiza.

«Mantén la mente en la función. Todo lo demás, la fiesta, la fama, son para después, no para ahora. La función es donde las consigues.»

A su derecha empezó a formarse una fila de pasajeros. A la izquierda, un caballo y un carro esperaban la llegada del ferri. Había soldados y policía por todas partes, comprobando, mirando, hablando, vigilando, atentos.

Aminoró el paso. Tenía que sincronizarlo todo a la perfección. El ferri se detuvo, se lanzaron varios cabos y algunos pasajeros subieron a la pasarela. Un momento. La fila empezó a moverse, el caballo y el carro avanzaron. Se produjo un momentáneo caos...

«El llanto, cariño, es un arte. Se necesita control. No hay que contenerlo, cualquier idiota puede hacerlo. Hay que interiorizarlo y guardarlo para cuando se necesite. Ese es el secreto. Sin filtraciones, solo un grifo que se abre y se cierra.»

«¿Llorar?»

«Retén el horror y utilízalo.»

Sarah se echó atrás. Había mantenido a distancia la imagen de su madre en el coche, hasta ese momento.

«No.»

«Sí», insistió la voz.

«No, me hace daño.»

«De eso se trata. Vuelve a mirar dentro del coche.»

«No, *Mutti*», suplicó.

«MIRA DENTRO DEL COCHE, *DUMME SCHLAMPE*.»

«La sangre.»

«Sí», susurró la voz.

«Mucha sangre…»

Cuando el vacío se alojó en su estómago empezaron a caerle lágrimas por la cara. El vómito le llegó a la boca, pero lo tragó.

«¡Ahora!»

Corrió al lado de la fila de pasajeros gritando, dejando que la rabia y el miedo se apoderaran de ella.

—*Vati! Vati!* ¡Papá! ¡Papá! ¿Dónde estás, *Vati?* —Las personas que esperaban haciendo cola se movieron incómodas y se miraron unas a otras. Aceleró en dirección a la pasarela—. *Vati!*

—Deténgase, *Fräulein.* Señorita, por favor. —El sargento echó un paso atrás, pensó en levantar el fusil, pero se contuvo, inseguro. Sarah se paró dando un grito y se llevó las manos a la cara.

—¿Dónde está *Vati?* Me dijo que estaría aquí —gimió y cerró los ojos—. Tiene que estar aquí… *Vati* —Miró al sargento, abrió sus escocidos ojos y dejó que los mocos le cayeran hasta la boca abierta.

—¿Está a bordo? Esto… —El sargento miró a su alrededor impotente y sus soldados le devolvieron la mirada sin decir nada. Lanzó un grito a un policía que estaba absorto en una conversación al otro lado de la pasarela—. Guardia, ayúdeme.

—*Vati!* —aulló Sarah—. ¿Está a bordo?

—¿Te crees que soy tu esclavo, sargento? —respondió el policía.

El sargento se volvió hacia Sarah.

—¿El billete? ¿Quién tiene tus papeles?

—*Vati* —«Sigue así, sigue llorando y gritando», oyó que le aconsejaba la voz.

—Pero…

—Perdone, ¿podemos subir a bordo? —preguntaron unas educadas voces que empezaban a ponerse nerviosas.

—*VATI!*

—Pasa, vamos. Encuentra a tu padre. —El sargento levantó los brazos y le hizo un gesto para que entrara. Sarah pasó a su lado, subió a bordo, echó un vistazo atrás y vio que el carro y el caballo la ocultaban. Esperó un momento y corrió por las escaleras hasta la cubierta superior mientras se limpiaba la nariz y la boca con la manga del abrigo.

«Bien hecho. Lo siento, no eres tonta.»

Sarah no prestó atención a la voz, volvió a esconder el accidente y la ausencia de su madre en la oscuridad y recuperó el control de sí misma. Fue hacia proa y se metió detrás de un salvavidas.

Sacó la cabeza un momento y miró hacia el puerto con una sensación de absoluto éxito. Aquello era mejor que una medalla de gimnasia, mejor que una llamada a escena, mejor que llegar a casa sin que la insultaran. Finalmente, después de tanto tiempo haciéndole pasar hambre, acosándola y atacándola, la sucia judía Sarah era la *Königin*, la reina, la jefa. Los nacionalsocialistas, sus desfiles, su rotura de escaparates y su odio brutal podían irse a la porra. Le entraron ganas de gritar al cielo junto con las gaviotas y elevar el vuelo con ellas.

La sensación de victoria, de pura y clamorosa satisfacción, no duró mucho. Cuando aquella fina veta de pasión se agotó, se sintió extrañamente vacía, como una caja de bombones vaciada y vuelta a envolver.

Miró hacia los edificios, a las agujas gemelas de la iglesia que había al oeste. Estaba viendo su país. Su país. Llevaba tanto tiempo corriendo asustada que había olvidado de lo que huía. Pertenecía a esa tierra. No era una estúpida J estampada en un pasaporte. Era alemana. La estaban obligando a abandonar su país, al igual que la habían obligado a abandonar la casa

25

en Elsengrund y el apartamento en Berlín. Cuando su madre y ella huyeron a Austria también las obligaron a irse.

La sensación de victoria se había desinflado y se había llenado de bilis, junto con miedos y dudas.

Sorbió la nariz y escupió por encima de la barandilla. Aquello provocó una reprobatoria mirada por parte de uno de los pasajeros, pero le dio igual. Ya no podían atraparla.

¿Podían? Volvió a mirar al muelle. Los soldados estaban ocupados, desorganizados, distraídos. Dos de ellos se habían ido a una esquina a fumar. El sargento discutía con un policía. Nadie estaba al mando ni sabían lo que buscaban.

¿No sabían lo que estaban buscando? Una joven, una judía huida, una judía rubia, además, cuya madre se había asustado y se había lanzado contra un control de carreteras porque todo lo que hacía era un desastre. ¿Por qué no la habían capturado? A menos… que, para empezar, no la estuvieran buscando.

Vio cómo subían a bordo los últimos rezagados y a un hombre corriendo por el muelle. Llevaba un largo abrigo negro y un maletín. El sargento hizo un movimiento con los brazos abiertos para interceptarlo. Los fumadores acabaron su cigarrillo y volvieron a la pasarela.

En la huida, no esperaban encontrar el control de carreteras contra el que había chocado su madre. El resto había salido tal como lo habían planeado. Pero ¿tenían un plan? Llegaron a una frontera en un coche que no deberían haber tenido. ¿Y después?

Quizá su madre le había explicado el plan detalladamente y no la había escuchado. Estaba enfadada con los nacionalsocialistas, incluso con el resto de judíos por lo que hubieran hecho para atraer todo aquello sobre ellos, pero reservaba su más profundo, furioso y reprimido resentimiento para su madre, por beber, por sus fracasos y su desesperación. La interminable lista de sueños y optimistas ilusiones era aún peor. Chocar contra una barrera y que le dispararan era previsible.

Pero si el control no lo habían instalado para ellas, si no eran el objetivo, ¿por qué estaban esos soldados allí? Quizá ya había controles en todas partes...

No dejaron que el hombre subiera a bordo. Se asomó para ver mejor. El policía empezaba a mostrarse interesado. El hombre se quitó el sombrero y se pasó los dedos por el pelo rubio. Los marineros del ferri empezaron a retirar los cabos y a enrollar impacientemente los cables mientras observaban la escena. Tres soldados rodeaban al hombre. Este echó un paso atrás e hizo un gesto hacia la ciudad. Intentó que le devolvieran la documentación, pero el sargento la apartó. Sarah observó los hombros de uno de los soldados, la gruesa tela del uniforme que se estiraba mientras se llevaba el fusil a la mano derecha.

Miró hacia las montañas a través del lago. Para protegerse, quizá. Sin visado, sin amigos, sin dinero y sin madre. Suiza no quería recibir refugiados judíos, así que al otro lado debería estar muy atenta, pero no tenía elección.

Después volvió a mirar al muelle. De repente comprendió que ese hombre era el motivo por el que había controles y soldados en las carreteras. Lo perseguían. Sabía lo que era sentirse perseguido.

El policía dio varias vueltas a espaldas del hombre y esperó a unos diez metros de él, bloqueándole el paso. Los marineros del ferri empezaron a gritar a los soldados. Demasiado tarde. El sargento se volvió hacia ellos y les gritó también. Cuando el hombre miró hacia el ferri, Sarah distinguió sus ojos azul claro y lo reconoció. Parecía un animal acorralado, tenía un aspecto muy distinto al que había visto la noche anterior. Un hombre sin amigos. Sin elección.

Sonó la sirena que indicaba que iban a zarpar.

Llegó a lo alto de las escaleras antes de que el sonido desapareciera. Se deslizó con las manos por las barandillas y cuando llegó a cubierta le quemaban las palmas. La pasarela estaba levantada, por lo que tuvo que saltar. Vio el reflejo del agua sucia debajo de ella antes de aterrizar.

—*Vati! Vati!* ¡Papá! —gritó mientras corría hacia el grupo de soldados. Cuando se arrojó a los brazos del hombre sus ojos evidenciaron que la recordaba. Se tambaleó por el inesperado peso y la colocó en sus caderas mientras ella ponía las piernas a su alrededor—. ¡Oh! *Vati, Vati!* —lloró.

—¡Ursula, por fin! Tranquila, ya estoy aquí —murmuró. Después miró a los soldados—. Miren, ¿podría…?

—*Vati*, vámonos a casa.

—¿Puedo irme con mi hija? —preguntó estirando la mano para que le entregaran la documentación—. Por favor. He tenido una mañana horrible.

Sarah fijó los ojos en la espalda del hombre y se obligó a no levantar la vista. Jabón caro. No se había puesto colonia. La sirena del ferri volvió a sonar.

—Cuando vaya a viajar, traiga los papeles en regla y no nos haga perder el tiempo. Incluso cuando esté buscando a la mocosa de su hija, a la que, por cierto, olvidó mencionar.

—Muchas gracias, muchas gracias. Lo siento. —El hombre cogió los papeles y se dio la vuelta.

—Y acuérdese de comprar un billete, cretino —le espetó uno de los soldados.

—Por supuesto, gracias. Perdone —se excusó mientras se alejaba—. ¿Dónde estabas, hija mía? Te dije que me esperaras en la estación de tren.

—Lo siento, *Vati*.

El hombre caminó en silencio hasta que pasaron la entrada del muelle y llegaron a mitad de camino de la colina.

—Has hecho una tontería enorme —suspiró.

—Un «muchas gracias» no estaría mal —murmuró Sarah.

3

—*E*stabas a salvo, Sarah de Elsengrund. En el puto ferri. ¿Por qué lo has hecho? —susurró con intencionada vehemencia.

Sarah se lo preguntó también. Una razón se impuso.

—No te iban a dejar ir. Sé lo que hacen cuando te atrapan.

—Te dije que no confiaras en nadie.

—Sí, es cierto.

—Pesas mucho.

—Lo estás haciendo muy bien.

—Eres muy grande. Nadie lleva en brazos a una niña de diez años.

Bajó de sus caderas. Tras un incómodo momento le cogió la mano.

—Así está mucho mejor. —Tenía unas manos suaves, no eran de trabajador—. ¿Por qué? —preguntó al cabo de un rato. Sarah se miró los zapatos, gastados, rayados y llenos de barro. No estaba segura. Parte de ella había visto a alguien perseguido, alguien perdido como ella. Tenía razón, estaba a salvo. Pero no se había sentido así en absoluto. Ni siquiera sabía cómo se sentía en ese momento—. Mi padre tiene un libro antiguo, escrito hace mucho tiempo, que dice que si alguien amenaza tu reino…. deberías… enterarte de quiénes son sus adversarios.

El hombre resopló.

—El enemigo de mi enemigo es mi amigo. Sí, los árabes también lo dicen. —Sarah notó que tiraba de su mano confor-

29

me aceleraba el paso—. ¿Has leído el *Arthashastra*? Es un antiguo manual sobre cómo ser rey. ¿A qué se dedica tu padre?

—No lo sé. Cuando se fue dejó muchos libros en casa —contestó Sarah, que de repente se sintió muy vulnerable—. ¿Adónde vamos?

—A Stadtbahnhof, la estación de tren. Está llena de SS, pero ya que no puedo irme en ferri, es mi mejor opción. Ahora. De nuevo —dijo con voz calmada, pero Sarah volvió a sentir que tiraba de su mano. Habían optado por las callejuelas que cruzaban y volvían a cruzar la calle principal, para poder mirar a su espalda de vez en cuando.

«Aliméntate del líder. Haz que sus sentimientos aviven los tuyos. Si es bueno, hará lo mismo. —Sarah miró al hombre, su cara parecía una máscara muy tensa y sus ojos azules eran gélidos—. Si no lo es, tendrás que ser dos veces más poderosa, buena y guapa. Tienes que desviar la atención.» Sarah empezó a balancear los brazos y a tararear. El hombre se detuvo.

—¿Qué haces? —preguntó, fijando los ojos en ella.

—Comportarme como una niña. ¿Y tú? ¿Quién pretendes ser? —Al cabo de un momento el hombre resopló y siguió caminando sin importarle que Sarah meciera uno de sus brazos.

Torcieron una esquina y llegaron a un espacio abierto en el que se alzaba la estación de tren, un imponente edificio pintado con llamativos colores blanco y amarillo.

—Parece una *Apfelkuchen* cubierta de crema —suspiró Sarah.

—¿Eso es lo que ves, una tarta de manzana? ¿No te has fijado en los camiones del ejército, los coches del personal y los guardias de las SS?

—Hace mucho que no he comido.

Sarah fijó la vista en el mantel y pasó los dedos por los dibujos. No se atrevió a permitirse mirar a las figuras con uniformes negros que había al otro lado del escaparate. Su borroso reflejo iba de un lado a otro como las nubes de tormenta que se arremolinan en el campo en una tarde de verano.

Tenía una taza y un plato delante de ella. Miró la espuma blanca y frunció el entrecejo antes de inclinarse para oler el contenido. Aspiró un exquisito aroma a café, mezclado con leche caliente.

—¡Ah! ¿*Melange*? —preguntó.

El hombre negó con la cabeza.

—No, vienés. Italiano. Pruébalo.

Sarah puso las manos alrededor de la hirviente taza, se la llevó a los labios y dejó que el calor que emanaba le llegara a la cara. Rozó con la nariz la espuma, que cedió como una pompa de jabón emitiendo miles de minúsculos chisporroteos. El intenso y oscuro líquido la atravesó y se fue enfriando al traspasar las burbujas y entrar en la boca. Dulce y amargo, potente y reconfortante, estimulante y relajante como unos fuertes brazos protegiéndote en una tormenta. En varias habitaciones de su mente se encendieron luces. Dejó de sentir dolores y molestias, como si las moraduras y arañazos hubieran desaparecido.

—¡Dios mío! —exclamó dándose golpecitos en el pecho con las manos—. Está… buenísimo. —El hombre se inclinó hacia delante e hizo un gesto con el dedo para que se callara—. Lo siento —susurró mientras se cubría la boca con ojos sonrientes. Hipó una última vez antes de añadir en voz baja—: Lo siento mucho.

El hombre regordete que había detrás de la barra soltó una risita mientras secaba un vaso y lanzó una beatífica mirada a Sarah.

—Puedes ponerle azúcar si quieres, pero me asusta imaginar qué efecto puede desencadenar —dijo el hombre mientras daba vueltas en su taza—. El café se prepara con mucha presión. Después se añade leche caliente y espuma para hacer un capuchino. Es todo un arte.

31

—Me tomaré otro —murmuró, al tiempo que movía la taza vacía de un lado a otro. Él meneó la cabeza mientras le ofrecía un plato.

—Antes veamos qué tal te sienta este. Toma, cómete la estación.

Sarah se abalanzó sobre el pastel y empezó a meterse la hojaldrada masa en la boca con los dedos llenos de cálida compota de manzana. El camarero volvió a sonreír detrás de las relucientes tuberías de latón y fue a servir a otro cliente. Detrás de él había un cuadro de un curioso personaje con un sombrero estrafalario levantando el mentón y su picada mejilla como si fuera un payaso imitando a alguien importante. «Los hombres que quieren dar esa imagen seguramente traen problemas», pensó Sarah.

—¿Y bien…? —comentó con la boca llena y migajas en las comisuras—. ¿Tienes algún plan?

Sarah no se sentía… exactamente a salvo, pero al menos sabía que no estaba sola. El cálido vapor del café la había envuelto y empezaba a notar que la cafeína del capuchino le recorría los brazos y conseguía que su corazón latiera con más fuerza. En ese momento, a pesar de que en su interior sabía que no tenía nada que perder, ningún lugar al que ir, nada en lo que depositar sus esperanzas, se sentía extrañamente liberada. Era como si se hubiera quedado en el ferri.

—Yo voy a tomar un tren a Stuttgart y tú no tienes documentación, parece que hayas dormido a la intemperie y hueles a vómito —dijo, tapándose los labios con la taza y ojos inescrutables.

—Bueno —replicó Sarah tragando el pastel—, pero a mí no me están buscando. Así que… ¿tienes un plan?

—¿Cuántos años tienes?

—Quince —contestó con énfasis, y el hombre soltó un gruñido.

—Eso lo explica todo. Parece que tengas doce, como mucho.

—¿Cómo te llamas?

—Sigue llamándome *Vati*.

—¿Tienes un plan? —repitió con voz amortiguada por los murmullos y el ruido de tazas de café. El chirrido y retumbo de los trenes que circulaban en la distancia se filtraba en las conversaciones que se mantenían en voz baja. El camarero empezó a cantar con un desafinado gemido sobre un amor perdido y recibió como respuesta el graznido de una gaviota en el exterior. Los ojos del hombre, tan hermosos, tan azules, podrían haber parecido fríos de no haber resultado tan obvio que intentaba velar su expresión, como se hace con un cenador en invierno.

Acabó el resto del café y encendió un cigarrillo con un movimiento reflejo, al tiempo que mantenía la cerilla entre el dedo gordo y el índice.

—¿Qué es esto? —preguntó.

—Una caja de cerillas —respondió Sarah procurando evitar el humo.

—Sí y no —dijo al tiempo que abría la caja de cerillas y hundía la tapa para meter el cigarrillo por el lado del filtro entre esta y el rectángulo en el que estaban las cerillas. Después la cerró y la dejó en un cenicero—. Muy bien, ¿qué es ahora?

Para Sarah solo era una caja de colores con un tubo blanco en un extremo.

—¿Un arma muy pequeña? —aventuró sonriendo. El hombre chasqueó la lengua y se puso de pie.

—Piensa —dijo antes de ir a la barra para pedir algo. Sarah observó cómo se consumía el extremo encendido del cigarrillo. El ondulante humo gris se elevaba haciendo volutas y parecía seguirla cuando intentaba apartarse de él. El cilindro blanco fue haciéndose más corto y la ardiente brasa se acercó cada vez más a la caja.

—¿Y bien? —inquirió el hombre al llegar a la mesa.

33

—Es un petardo. Se consume, enciende la caja y prende las cerillas —contestó mirándolo, pero el hombre no le devolvió la mirada.

—Muy bien. Vamos.

—¿Qué plan tienes?

—Haz lo que has estado haciendo —le ordenó de camino a la puerta. Sarah se levantó y lo siguió tras sacudirse las migajas del pastel.

—*Grazie mille* —dijo sonriendo al hombre que había detrás de la barra, que le dedicó una amplia sonrisa.

—*Prego*. ¿Qué te ha pasado en la cara, bonita?

—Soy una auténtica zote —contestó, llevándose una mano a la magullada nariz mientras salía por la puerta. Su acompañante dejó que la puerta se cerrara detrás de ella.

—Creo que una fugitiva judía debería evitar utilizar palabras que puedan relacionarse con el yidis —le recomendó con marcado sarcasmo. «*Dumme Schlampe*», pensó Sarah mientras miraba a través del cristal. Pero nadie parecía haberse fijado. «Continúa actuando. Nadie se da cuenta de nada. A veces incluso te preguntas por qué estás ahí.» Echó a andar detrás del hombre y empezó a tararear—. Y ya que se supone que eres de Baviera, quizá deberías evitar ese tono parisino que adquiere tu voz cuando crees que eres muy graciosa. Solo es una recomen…

—De acuerdo, gracias, *Fräulein Akzentpolizei* —lo cortó.

—Mira, eso me gusta. Me encanta ser el policía del acento. Por cierto, has vuelto a decirlo con ese tono.

El hombre se detuvo junto a un cubo de basura y empezó a tirar cosas que llevaba en la bolsa.

—Dime qué ves.

Sarah se volvió hacia el andén.

—Soldados comprobando la documentación de todo el mundo. No son los habituales policías ferroviarios, estos tienen muchas ínfulas, como el hombre del cuadro. ¿Son las

Schutzstaffel, las SS? —El hombre soltó un gruñido afirmativo mientras acababa de deshacerse de lo que pudiera comprometerle—. Pero no son los que mandan. Hay dos hombres con abrigos largos al lado de la taquilla y los soldados no dejan de mirarles, como si necesitaran que les dijeran qué tienen que hacer.

—Son de la Gestapo, de la policía secreta. Muy bien. ¿Vas a decirme adiós?

—¿Decirte adiós? —preguntó mientras lo seguía—. ¿A qué te refieres? —El hombre no aminoró la marcha.

—No te pares, voy con retraso —dijo por encima del hombro. El desconcierto se convirtió en preocupación y Sarah sintió algo muy desagradable en el estómago. Aceleró el paso y procuró ponerse delante de él. ¿Estaba intentando deshacerse de ella? Repasó las últimas horas y constató la fragilidad del lazo que los unía.

—¿Qué vamos a hacer?

—Ven.

—¿Qué...?

—Documentación, por favor —preguntó uno de los guardias. Entre ellos destacaba un alto oficial vestido con un inmaculado uniforme negro y una impecable gorra de plato con una brillante calavera que enmarcaba sus ladinos rasgos. Aquel atuendo conseguía que su piel pareciera demasiado pálida, como si estuviera al borde de la muerte. Los guardias que tenía a ambos lados evidenciaban una hastiada arrogancia, pero sujetaban firmemente una ametralladora con las dos manos. Sarah miró al guardia que tenía al lado mientras el oficial de las SS estudiaba los papeles del hombre. Este esperaba con cara impasible, incluso impaciente. Había puesto el velo. No iba a pasar nada. Lo sabía.

—¿Qué estamos haciendo? —preguntó Sarah.

—Ahora no, Ursula, pórtate bien —contestó sin siquiera mirarla.

35

—¿Trabaja en la fábrica de zepelines, *Herr* Neuberger? —preguntó el oficial con un acento que no era de la zona.

—Sí.

—¿Y qué hace allí?

—Como sabe muy bien, no me está permitido hablar de ello. —Autoridad. Arrogancia.

—¿Ah, sí? —replicó el oficial tragando saliva. Parecía una serpiente engullendo un pájaro. Hojeó las páginas del documento sin prestarles realmente atención—. ¿Y adónde va? Si puede hablar de ello, claro está —añadió esbozando una horrible sonrisa, la imagen de un gatito nacido muerto. Rápidamente la borró de su cara.

—Voy a Stuttgart, a una reunión. Y no, no puedo hablar de ello tampoco. —Se iba sin ella. Después de todo lo que había hecho por él, la dejaba atrás. La invadió la tristeza y ni siquiera intentó contenerse.

—¿Stuttgart? ¿Stuttgart? ¿Y yo? —preguntó dando un involuntario pisotón en el suelo.

Todo el mundo la miró: el oficial de las SS, los guardias, los pasajeros y su acompañante, que puso cara de estar dolido.

El silbato del tren deshizo el ficticio silencio y el ruido de la locomotora aumentó. Durante una décima de segundo Sarah vio un mínimo destello de aprobación, la sutil indicación de un mensaje: «¡Continúa!».

—¿A Stuttgart otra vez? *Vati*, ¿cuánto tiempo estarás fuera esta vez? No es justo.

—Úrsula, compórtate. Volveré pronto y después ya no tendré que irme nunca más.

—Eso dijiste la última vez —replicó Sarah, elevando la voz por encima del ruido del tren que llegaba al tiempo que cruzaba los brazos sobre el pecho.

—¡Déjalo ya! Solo tenemos un billete, no vienes y se acabó.

—Señor... —intervino el oficial.

—¡No, *Vati*! ¡No te vayas! Me lo prometiste, no más viajes —exigió enfurruñada moviendo los brazos.

—¡Ya basta, Ursula! El tren ya ha llegado, ¿me vas a despedir o no? —pidió al tiempo que extendía la mano en dirección al oficial—. Mi documentación, por favor.

Los vagones se detuvieron envueltos en un sibilante ruido de vapor. El oficial tuvo que alzar la voz.

—¿Y los papeles de la niña?

—¿Qué? —Incredulidad exasperada.

—¡*Vati*…!

—Los papeles.

Detrás de ellos había empezado a formarse una cola.

—No necesita documentación, es una niña.

—Para el tren —insistió el oficial.

—Ella no va a ninguna parte. Mire, ese es mi tren. ¿Mi documentación? —pidió alargando la mano y dando un paso hacia el andén. Sarah se aferró a la mano extendida y tiró de ella.

—No, *Vati*, no te vayas. —Se echó a llorar. «Piensa en el coche… No, piensa en que te deja atrás.»

—¡Basta, Úrsula! ¡Haz lo que te digo! —le ordenó mientras se soltaba la mano para recoger la documentación que le ofrecía el oficial y después agarrar a Sarah por el brazo.

—Por favor, *Herr* Neuberger… —El oficial tuvo que dar un paso hacia atrás para no caerse—. Ve con él, Bäcker.

Echaron a andar por el andén. Sarah permitió que la medio arrastraran hacia el tren, sin dejar de sollozar hasta que llegaron a la puerta de un vagón. Uno de los guardias observó la escena con recelo. El hombre se detuvo y abrazó a Sarah.

—Atenta —susurró—. Prepárate.

—¿Prepararme para qué? —Se aferró a él completamente perdida.

El silbato del tren sonó ensordecedoramente cerca. El hombre se enderezó y subió al vagón. Se dio la vuelta y se inclinó, la puerta estaba abierta.

—Vete a casa con *Mutti*. Vete ya. —El tren dio una sacudida y empezó a moverse lentamente. Sarah le miró a los ojos. El profundo enfado que sentía se desvaneció y los dos fríos lagos azules le sonrieron. «Ahora», le dijeron.

El tren avanzaba. Sarah dio un paso hacia la izquierda y después otro. Vio al guardia reflejado en el metal y el cristal, a unos tres metros de ella. Miró a los ojos del hombre. «¿Qué?», le dijo con la mirada. El hombre puso los ojos en blanco y consultó su reloj.

La llamarada iluminó el lateral del vagón y recortó la silueta de Sarah y del guardia durante un instante antes de que una abrasadora ráfaga de aire la impulsara hacia delante. Cayó al suelo y después dos manos cogieron las solapas de su abrigo y la metieron con un rápido movimiento dentro del vagón.

A su espalda la bola de fuego incendió las vigas de la taquilla tras haber quemado todo lo que había en cinco metros a la redonda del cubo de basura. Había mucho humo, gritos y caos. El andén fue quedándose atrás conforme el tren ganaba velocidad y el guardia se levantó del suelo.

El hombre dejó con cuidado a Sarah en el vagón y cerró la puerta.

—He tenido que sincronizar el momento —dijo con una sonrisa—, pero creo que todo ha salido muy bien.

4

*E*staba en la carretera, rodeada por cristales rotos y envuelta en niebla. La canción que entonaba la dulce y potente voz de su madre sonaba apagada y cercana. El ruido de los perros arañaba la bruma a su espalda.

La chica de la canción era una criada maltratada, una esclava…, pero sabía algo que desconocían sus dueños.

Sarah echó a correr cuando los distantes perros empezaron a aullar sincronizados con el ritmo.

«Va a pasar algo horrible.»

Su madre estaba en el terraplén junto al accidentado Mercedes. Relucía enfundada en un abrigo de pieles y un sombrero con plumas, y mientras cantaba, sus sonrientes ojos estaban muy abiertos y brillantes.

«La chica era una princesa pirata…»

En el cálido aire se oían gritos y aullidos que aumentaban de volumen y se iban aproximando.

«Cuando los piratas llegaron y lo arrasaron todo…»

La última estrofa que susurró su madre se mezcló con el ruido de patas arañando el cristal.

«Los piratas preguntaron a la chica si debían mostrar piedad por alguien.»

Sarah vio las sombras que acechaban en la niebla. Cuando miró hacia atrás, el sombrero de su madre se había caído y dejaba al descubierto el horror que ocultaba.

«La chica respondió que no tuvieran clemencia.»

«Así aprenderán.»

Apareció el primer perro, todo músculos y dientes, y se abalanzó sobre Sarah.

Sarah se estremeció y se golpeó la cabeza contra la ventana del vagón. Siempre pasaba lo mismo. Cada vez que cerraba los ojos. Miró a su compañero de viaje, que parecía dormir enfrente de ella.

—No te duermas —le pidió sin abrir los ojos—. Si estás despierta, no pueden verte.

—¿Quién?

—Tus demonios.

—¿Qué ves cuando cierras los ojos? —preguntó en parte por curiosidad y en parte para picarle. El hombre soltó un gruñido y cruzó los brazos.

—Brecht.

40

—No te he entendido, ¿qué? —replicó Sarah.

—Murmurabas algo de Brecht. Muy bolchevique y judío. Tienes que dejar de hacerlo.

—Es una canción que mi… —Cortó la frase al notar una intensa sensación de pérdida. Esperó a que se le pasara y continuó—: Que mi madre cantaba a veces en los escenarios.

—A tu madre no la recibirían muy bien en el nuevo Deutsches Theater. Ni a ti tampoco si cantas esa canción.

El viaje le resultó interminable. Cuatro trenes. No, cinco. Una larga y aburrida representación en un estrecho teatro sustentada con café cargado y tarta de manzana. Una obra salpicada por breves momentos de actividad: billetes, controles, estaciones e inspectores, en los que hizo su papel cuando fue necesario, pero en la que estuvo entre bastidores la mayor parte del tiempo, esperando en silencio a que le dieran la entrada, tal como le había enseñado su madre, para que no la oyese el público. Entretanto, el suave balanceo de los vagones marcó el lento avance del reloj.

Su miedo, el impulso a desaparecer en cuanto se tropezaban

con alguien o la necesidad de inspeccionar constantemente el pasillo del compartimento, había desaparecido gradualmente, como la marea, y lo había reemplazado una profunda tensión, un fastidioso aburrimiento, una boca pastosa y una incómoda sensación de estar sucia. Le dolían las extremidades y se le cerraban los ojos, pero la amenaza de los perros en la niebla era aún más aterradora. El viaje lo era todo, el mayor espectáculo en la ciudad. No quería pensar en el telón final.

Al principio no pudieron hablar. En el tren había pasajeros y guardias, clientes en la cafetería, miradas indiscretas y oídos atentos en todas partes. En el momento en el que se quedaron solos pensó que. si empezaba a hacerle preguntas. estropearía el *kischef*, el encanto, y todo se desmoronaría. Todo el mundo abriría mucho los ojos, se daría la vuelta y se preguntaría por qué una sucia judía estaba en ese tren.

Aquello tenía que cambiar. Cuanto más se adentraban en Alemania, más lejos se sentía de estar a salvo. Volvía a las ventanas destrozadas, los insultos, el miedo, el hambre, las detenciones a media noche, y no tenía documentación ni excusas. Las voces que había intentado no oír le susurraban de nuevo. «Vuelves al punto de partida, al lugar del que huiste en 1936.»

Se estiró. Sintió pinchazos en las mejillas y la piel bajo los ojos parecía palpitar. Se preguntó si lo notaría alguien y miró su reflejo en la ventanilla. Atravesaban la Alemania más gris, borrosa por la mugre. Echó vaho en el cristal y pasó un dedo. Estaba a punto de dibujar una S, pero se contuvo y dejó escapar un sonoro suspiro.

—Retiro lo dicho, duerme —dijo bruscamente.

—¿Y mis demonios?

—Me dan igual. —El vagón se oscureció cuando el tren adelantó a otro que viajaba a menor velocidad. Sarah vio pasar figuras sombrías y achaparradas.

—Más tanques. —Pensó en voz alta. No habían tenido nin-

41

gún problema mientras avanzaban por Alemania, pero no viajaban solos. Las estaciones, trenes, carreteras, bares y cafeterías estaban llenos de soldados, sentados, esperando, caminando o riéndose. El ejército estaba en marcha—. ¿Quieres verlos?

—No —contestó con los ojos cerrados—. Todos sabemos lo que significa.

Aquellas formas pasaron junto a la ventana: luz, oscuridad, luz, oscuridad.

—¿Tienes algún plan? —murmuró.

El hombre se quedó callado. Luz, oscuridad, luz, oscuridad. Cuando empezó a pensar que no había formulado esa pregunta, el hombre soltó un profundo suspiro.

—Sí —contestó moviendo la cabeza hacia un lado y cambiando de posición.

—¿Formo parte de él?

—¿Quieres que lo hablemos ahora? ¿Aquí?

42

Frustrada, agitó una mano y abrió la boca para decir algo, pero después la cerró e inspiró con fuerza.

—Sí, quiero que lo hablemos ahora —susurró—. ¿Adónde vamos?

—¿Destino final? Berlín.

—¿Por qué? —La respuesta le había parecida absurda.

—Vamos a casa.

—Yo no tengo casa —replicó entre dientes con desdén.

—Eres de Berlín, de Elsengrund, ¿no?

—Nos fuimos de Berlín en 1936 por las Leyes de Núremberg.

—¿Tienes familia? ¿Amigos? —preguntó malhumorado.

—No tengo familia. Seguramente habrán desaparecido o tendrán problemas de los que ocuparse.

—¿No tienes ningún… amigo cristiano? —continuó soltando un suspiro.

—Me refería a amigos cristianos —respondió con un gruñido que intentaba imitar lo que parecía ser su respuesta habitual—. No teníamos… —Intentó encontrar el ejemplo adecuado— un horno de *bagels*.

Se quedaron en silencio mientras alguien pasaba por delante del compartimento.

—¿Te llamas *Herr* Neuberger?

—Si quieres… —Había velado el cenador.

—¿A qué te dedicas *Herr* Neuberger?

—Esta conversación se ha acabado —contestó apretando con más fuerza los brazos cruzados.

Sarah reprimió un repentino acceso de cólera. Cada vez le resultaba más difícil hacerlo. En su interior, de donde provenía la voz, estaba furiosa.

Los tanques desaparecieron y el compartimento se llenó de una luz mortecina y silencio.

—¿No tienes nada para leer? —protestó. Al cabo de un momento el hombre soltó un brusco gruñido y buscó en la bolsa que tenía entre los pies—. ¿Sí? Maravilloso. —El hombre le entregó algo parecido a un libro y cerró rápidamente los ojos.

Había arrancado las tapas para que pesara menos y el encuadernado se estaba convirtiendo en una maraña de hilo blanco. Miró la portada.

—*Achtung-Panzer!* —leyó en voz alta—. ¿Es un relato?

—En cierta forma. Todos vamos a oírlo.

Tuvo la impresión de que Berlín era más grande, brillante y grandiosa a la luz de los focos y la luna llena que lo que le había parecido tres años antes. Era más imponente, más seria y más aterradora de lo que recordaba, no reconoció la ciudad en la que había crecido. Unas columnas se elevaban como si el cielo fuera un techo abovedado.

Sarah dormitaba. Los perros corrían por las calles y perseguían al taxi, y su madre sangraba en cada esquina. La llevó del tren a un traqueteante taxi y a una mansión de mármol verde, con la cabeza tapada por el abrigo. Que ella supiera, podría haberla llevado al infierno.

El vestíbulo estaba intensamente iluminado y olía a cuero y a betún, y todo eran líneas rectas y lámparas verdes. Los pasos del hombre no hacían ruido en la gruesa alfombra que había en el centro del recibidor.

—*Guten Abend*, Ulrich —saludó sin detenerse.

—Buenas tardes, *Herr* Haller. ¿Quién tenemos aquí? —El conserje se puso de pie rápidamente e intentó llegar al ascensor antes que él.

—Es la hija de mi hermana. ¿Puedes llamar el ascensor, por favor?

—Por supuesto. ¿Ha tenido un buen viaje?

—En absoluto. El trabajo para el Reich se ha retrasado por motivos familiares. Ha sido muy desagradable.

La puerta del ascensor se abrió sobre unos bien engrasados rieles y pasaron por delante de Ulrich, que olía a tabaco rancio.

—Buenas noches, *Herr* Haller. Que duerma bien.

La puerta se cerró haciendo un caro ruido. Sarah notó que el suelo vibraba suavemente y el ascensor se elevó con un distante zumbido.

—¿*Herr* Haller?

—Si quieres…

—*Onkel*… —se rio por lo bajo.

Lujosas alfombras, delicadas lámparas y paredes lisas que formaban un abanico de sombras. El tintineo de unas llaves y el susurrante sonido de una puerta que se abre. Entraron en un amplio y frío espacio que solo iluminaba la luz de la luna, con más ángulos rectos, gruesa moqueta y mármol luminoso.

Después pasaron a un espacio más reducido y la depositó sobre algo suave y blanco que cedió ante sus hombros, arañazos y moraduras. Sacó un brazo, pero siguió sintiendo esa suavidad. Oyó pasos que se alejaban y una voz en la puerta.

—Que duermas bien, Sarah de Elsengrund. Bienvenida a casa.

La puerta se cerró. Volvió la cara hacia el limpio olor a jabón y se rindió ante él sin que le preocupara que los perros la estuvieran esperando.

Estaba sentada en la alfombra del vestíbulo que había frente a la puerta. Esperaba.

¿Qué estaba esperando?

Alguien lloraba cerca. Tocaba acordes menores en un piano sin dejar de sollozar. Llorando y cantando. Una bonita y potente pero ronca voz intentaba interpretar una canción en la que olvidaba palabras entre los sollozos.

Fue bonito mientras duró, pero ahora todo ha acabado…

Se levantó y buscó la voz.

¿Para qué sufrir, si la madre que te tuvo
(María, compadece a las mujeres) lo sabía todo antes que tú?

Su madre estaba inclinada sobre el teclado de un piano. Vio su pequeña, confusa y preocupada cara en la brillante superficie color azabache. El curvado lateral del piano de cola desdibujaba los bordes y su pelo dorado se escapaba de las cintas rojas y creaba un halo como el de un santo cristiano.

—¡Ah!, Sarahchen. ¿Te compadeces de las mujeres?

Su madre pulsó un acorde oscuro y pisó a fondo el pedal de sostenido. Después se echó a reír, no era un sonido alegre.

—Hoy no va a venir, princesa. Hoy no… ni mañana. —Cogió una copa con un líquido de color ambarino y bebió el contenido—. Quizá no venga nunca más. ¿Sabes por qué? —preguntó alzando las cejas.

45

Sarah meneó lentamente la cabeza.

Su madre era muy guapa. Su piel de porcelana estaba enmarcada por unos rizos de color rojizo intenso que escapaban de su melena de brillantes mechones recogidos con estudiada y meticulosa despreocupación. Los ojos eran verde oscuro, como líquidas puntas de cuchillo de mármol pulido. Su boca tenía una forma perfecta bajo unos pómulos salientes, a lo que había que añadir una gargantilla de diamantes y unos resplandecientes pendientes que se movían y lanzaban destellos con la luz de las velas. Su vestido de terciopelo verde bosque susurraba cuando se movía en el taburete del piano. Se puso un dedo enguantado en la nariz y movió la cara para ponerla de perfil.

—Esto. Genética. La perpetuación de la conspiración internacional judía. —La soltó y giró la cabeza hacia atrás para mirar a Sarah—. Somos la plaga del mundo y el oscuro secreto de tu padre. —Tomó el resto del líquido de la copa y agarró la botella.

Sarah dio un vacilante paso en dirección al piano. Su madre se dio la vuelta y le apuntó con el dedo con repentino veneno en los ojos.

—¿Y sabes qué, princesa? Tú también lo eres, Rapunzel y su pelo rubio… Tu aspecto da lo mismo. Ahí afuera te odiarán igual.

Pronunció esas últimas palabras con semejante desdén y furia que Sarah las sintió desde los pómulos y los párpados hasta la ingle. Empezaron a caer lágrimas por su encendida cara y no consiguió detenerlas, ni siquiera cerrando los ojos. Cuando volvió a abrirlos tenía a su madre al lado y unos aterciopelados brazos rodeaban sus hombros.

—Hija mía, lo siento. Perdona, Sarahchen. *Mutti* lo siente, soy una *dumme Schlampe*. —Sarah observó la cara de su madre, por la que también corrían las lágrimas. El lápiz de ojos se diluía y formaba unos turbios regueros. Olía a almizcle, a alcohol y a vacío desesperado—. Estaremos bien. Tú y yo. No necesitamos a nadie. ¿Quién es mi princesa?

—Yo —chilló Sarah entre jadeos.

—Sí, mi Sarahchen.

El pelo rojizo y el terciopelo verde cubrieron su cabeza.

Se despertó con la cara mojada. Todo estaba oscuro. Su madre se había ido. La ausencia, el agujero que había dejado, era una herida, como la de la nuca de su madre. Su existencia parecía dominada por ese vacío. Pero ese vacío también implicaba que su madre no podría exigirle nada, ya no podría controlarla o ponerla en peligro. Pugnó contra esa sensación de alivio inundada de culpa e ingratitud, antes de hundirse bajo el amargo peso de la nada.

Se quitó la ropa y al intentar meterse bajo las sábanas se sintió frustrada por tener que forcejear con el doblado de hospital. Finalmente cedieron y se arropó dando una y otra vuelta, antes de hacerse un ovillo. Cuando se quedó quieta, empezó a llorar de nuevo.

Después durmió llorosa e intermitentemente, pero en una cama suave y limpia.

Finalmente abrió los ojos y vio una cegadora luz plateada que inundaba la habitación y aclaraba los contornos y detalles para dejar una borrosa capa blanca en todo lo que la rodeaba. Se incorporó con inseguridad y se apoyó en un codo. Al pie de la cama, donde el resplandor era más intenso, casi invisible en el brillo, había una figura con los brazos abiertos. Parecía que le hubieran brotado unas alas gigantes de los hombros y se extendieran. Estaba embelesada por el esplendor de la imagen, arrancada de una galería de arte.

La figura hizo una floritura con los brazos y las alas desaparecieron. Se apartó de las cortinas y dijo:

—Date un baño, hueles fatal.

47

5

Arrastró los pies por el pasillo y el ruido del agua le recordó la sed y el pánico que había sentido cerca de los muelles. Pero en ese momento solo había vapor y espejos tachonados con gotas de agua, un confortable calor y un delicado olor a jabón. Cerró la puerta del baño.

Le había hecho una foto con el vestido manchado, delante de una pared blanca. Puso el mugriento vestido en el lavabo lleno de agua caliente, pero tras frotarlo someramente se dio cuenta de que era inútil. Cuanto más negra quedaba el agua, peor estaba el vestido. Se dio por vencida y se metió en la enorme bañera llena de agua. El agua estaba ardiendo, así que se apoyó en un pie y después en el otro, y esperó a que desapareciera el dolor cuando abrió el grifo de agua fría. Frente a ella había un enorme espejo que ocupaba toda la pared y se vio de cuerpo entero entre los regueros que dejaban las gotas salpicadas.

Tenía los brazos y las piernas llenos de arañazos, postillas y cardenales que empezaban a ponerse negros. Las rodillas se le habían deformado por la hinchazón. Por debajo seguía teniendo la piel de porcelana de su madre, pero no se dejaba ver. A pesar de todo, las magulladuras no ocultaban los músculos, que tanto le gustaban. Tersos y tirantes, no habían desaparecido desde que hacía años le prohibieran ir a clases de gimnasia. Tampoco había perdido el tiempo y se había dedicado a colgarse de la barandilla en el apartamento de Viena y a dar volteretas en los pasillos. Quería estar lista para la llamada, oírla había sido una terrible equivocación y había tenido que regresar inmediatamente.

«Sin embargo, a la patria no le fue mal sin ti, ¿no? Hubo bastantes medallistas en las Olimpiadas de 1936, ¿no crees? No echó de menos a los mestizos ni a los cruzados...»

¿Y Owens? Jesse Owens, ¿el negro estadounidense? Lo vio. Más rápido, mejor y saltó a mayor distancia que los esculturales superhombres rubios de ojos azules.

La voz se calló. Sarah ya podía meter los dos pies en el agua y se agachó lentamente envuelta por el vapor. El resto de su cuerpo era plano y no tenía ningún interés para ella, lo que, de momento, le parecía bien. Tenía la cabeza llena de los problemas e injusticias de los mayores, pero seguía pareciendo una niña. Tener partes del cuerpo rígidas, confundirse, enfadarse, ser alta y ganar peso... podía esperar. Necesitaba estar ligera y ágil.

El agua le quemó las rodillas y soltó una exclamación. Se miró la cara otra vez. Tenía la nariz negra y se le estaba poniendo amarilla en los bordes. Tener tiempo para observarse le permitió darse cuenta de que parecía otra, que era casi irreconocible en algunos aspectos. Los ojos eran los mismos, azul claro, pero más intensos, profundos y vivos que los de su madre. Llevaba el pelo largo y lleno de enredones, pero era inconfundiblemente rubio dorado, como una corona de metal precioso que se hubiera dejado en el suelo. Deshizo las trenzas y movió la cabeza para ponerse el pelo en la espalda.

Con esa familiar mezcla de sorpresa, dolor y tremendo confort se hundió por completo en el agua antes de salir a la superficie. Se deshizo en contacto con el jabonoso líquido y se arriesgó a retirar la brida de la mente. Pensó en Owens.

Ir a un estadio olímpico había sido muy arriesgado para una judía, incluso en 1936. Había demasiados trenes, autobuses y espacios públicos en los que podían haberla reconocido, parado u hostigado, pero al final había sido simplemente otra rubia entre la multitud. Entre cien mil espectadores; era invisible.

En los primeros segundos de la carrera de cien metros quedó claro que Jesse Owens era el más rápido. No podía negarse. Dejó atrás al equipo ario con facilidad y solo rivalizó con él Ralph Metcalfe, otro negro estadounidense. La multitud farfulló mientras los miembros del Partido Nazi y las preocupadas caras miraban a su alrededor en busca de indicaciones. ¿Cómo tenían que reaccionar ante la derrota de la supuesta raza superior?

Pero la emoción era intensa y al poco nadie consiguió reprimirse. Owens salió disparado hacia la meta y Sarah gritó con voz ronca, como todos los presentes.

Sin embargo, cuando Owens hizo un saludo militar junto a su compañero de equipo en el podio, rodeados de caras blancas y brazos levantados al estilo nazi, se dio cuenta del peligro que representaban. No solo para los nacionalsocialistas y sus delirios, sino para ella y los que eran como ella. Aquella humillación a los anfitriones representaba un importante contraargumento ausente durante muchos años en Alemania y previó la reacción, la necesidad de venganza.

Se asustó y se fue pronto, en autobuses medio vacíos. Pero las victorias de Owens, sus cuatro medallas de oro, la emocionaron de una forma que no conseguía entender. Hasta ese momento. Se dio cuenta de que había sido el enemigo del enemigo. Había avergonzado al Partido Nazi y al país en su propio territorio. Intimidó a la gente hasta que no les quedó más remedio que seguirlo. Anheló tener una fracción de ese poder.

Cerró los dorados grifos con los pies. Oyó voces, amortiguadas, pero lo suficientemente claras como para entender lo que decían.

—… Merece la pena. ¿En qué estabas pensando? —dijo una voz tensa y nerviosa.

—Hazlo… lo antes que puedas —respondió una displicente voz que reconoció.

—Te estás ablandando y eso es peligroso. —La voz tenía un marcado acento que resultaba difícil localizar—. Ahora somos un maldito *underground railroad.* —Había pronunciado las dos últimas palabras en inglés.

—¡Calla! —ordenó la otra voz con un tono que parecía una bofetada, recriminatorio, amenazador, dominante.

Las voces se alejaron y oyó que se cerraba una puerta.

¿Había sido un acento inglés o americano? No, inglés. Estaba segura de que esa persona era francesa. Recordó conversaciones. Era bueno, muy bueno.

«No sabes quién es. No tienes ni la más remota idea.»

«No importa. En absoluto. Estoy…»

«¿A salvo? ¿Es la frase que quieres utilizar?»

«Bien, de momento. Esa era la palabra que iba a decir.»

Se pasó la esponja por una pierna y arrancó algunas de las postillas más superficiales, que dejaron líneas rosadas en la piel. Volvió a oír la voz que conocía.

—… Sí, esperaré.

Se arrancó una postilla más grande y le salió sangre, que se mezcló con la espuma. Se enfadó consigo misma.

—Sí, gracias… Soy *Herr* Haller, sí, buenos días. Mi hermana ha enviado a su hija a la ciudad con una ropa totalmente inadecuada. Necesito que me envíen inmediatamente lo imprescindible: ropa de viaje, un vestido bonito… Sí, un uniforme de las Juventudes Alemanas estaría muy bien… Unos doce años… Talla normal… Si quisiera ir por Schöneberg con una sobrina mal vestida no la habría llamado, ¿verdad? ¿Tiene expertos en la zona? Haga lo necesario, *Fräulein*… sí, sí, sí. —Sarah le oyó intimidar, desautorizar, engatusar y gestionar sin saber de qué se trataba. «Sigue, haz tu papel como si fuera real y la gente te creerá.» Era bueno, realmente bueno, las clases de interpretación de su madre personificadas. No pudo evitar sentirse impresionada.

«Así que toda la información que tienes sobre él está automáticamente bajo sospecha.»

51

«Sí, así es.»

—¡Ursula! —Sarah se sobresaltó al oír la voz tan cerca, al otro lado de la puerta—. Tengo que irme. En la cocina hay comida, imagino que tu madre te enseñaría a preparártela, ¿no? —Era una pregunta que no esperaba respuesta.

Pasos. Puerta. Silencio.

Estaba sola, otra vez.

Sarah había crecido rodeada de cierto lujo, a pesar de que hubiera ido menguando y desapareciendo a lo largo de su vida. Eso quería decir que todo era «grueso». Gruesas alfombras, gruesas cortinas, gruesas puertas y gruesas batas. Aquel apartamento era absolutamente lujoso, mucho más de lo que había visto hacía mucho tiempo, pero era diferente. Quizá por la ausencia de objetos. Mármol pulido y paredes blancas, vacíos. Un sofá de piel apenas usado y un sillón hecho con tubos cromados. En la mesita baja de cristal había revistas que parecían flotar en el aire y no había cortinas, solo una tela blanca que cubría una gran ventana a través de la que entraba la luz del sol. También la decoración, donde la había, consistía en ángulos rectos y líneas, incluso en las aves.

En una pared, como una aparición, había un enorme retrato del Führer.

Al menos el albornoz era grueso. Se lo apretó a la piel al sentir un repentino escalofrío.

La cocina tenía un diseño parecido, pero mostraba signos de uso. Había pan, embutido y queso, que se llevó ávidamente a la boca sin organizar los componentes en una comida al uso. El pan estaba caliente y esponjoso, la salchicha picante y el queso increíblemente cremoso. En la nevera había leche, fresca y cubierta de crema. Se la llevó a la boca con ansia y dejó que se escurriera por las comisuras de los labios y descendiera por el cuello.

Tras hacer una búsqueda más meticulosa solo encontró armarios vacíos, del tipo de los que había acabado asociando con el hambre y la escasez. «No pasa mucho tiempo aquí, ¿verdad?»

Se llevó el pan que había sobrado y salió en busca de puertas cerradas.

En el dormitorio principal, en el que había dormido, había un armario con puertas de espejo. En el interior vio cuatro trajes, camisas y corbatas, todos iguales, y una fila de brillantes zapatos negros. «No hay polvo, alguien viene a limpiar. Lo que quiere decir que no encontraré nada verdaderamente revelador a simple vista.»

Había un trastero, sin trastos ni ventanas, solamente un catre mal montado. No parecía que hubieran dormido en él, por lo que debía de haber plegado las sábanas. «Los soldados lo hacen.»

Una puerta estaba cerrada. Se arrodilló, miró por la cerradura y vio una habitación pequeña iluminada por luz natural, quizá con un escritorio y una silla. Ladeó la cabeza y observó la cerradura. El latón brillaba como si no se hubiera tocado nunca, así que miró la pintura que había debajo. No se veían los arañazos delatores que habrían dejado un manojo de llaves. «Una llave larga, sola, que no se arriesgaría a perder. En algún sitio cercano, pero oculto a la limpiadora.»

Había jugado a ese juego innumerables veces cuando era pequeña. Cuando su madre dormía por la tarde y la dejaba sola y aburrida en la gran casa de Elsengrund, la exploraba y adivinaba dónde estaban las cosas y por qué, y dónde estaban las llaves y por qué había candados. Buscaba las piezas del puzle y urdía historias con lo que encontraba. No le importaba que no siempre entendiera los secretos. Le bastaba con que estuvieran allí para descubrirlos.

Para cuando empezó a entrar en otras casas en busca de comida era no solo una formidable ladrona, sino también una insaciable *voyeur*.

El armario estaba al otro lado de la habitación y el sofá demasiado lejos como para ser práctico, y apenas había nada más. Volvió a mirar la cerradura, en la que ponía: «Chubb of Wolverhampton». Bien hecha y difícil de forzar, incluso si hubiera tenido algo con que hacerlo. Las cerraduras Chubb eran un desafío que le entusiasmaba y le encantaba ser más lista que ellas. Apoyó la cabeza en la puerta. ¿Detrás del cuadro? Demasiado fácil de encontrar, predispuesto a despertar el interés de quien limpiara.

Miró la pared que llegaba hasta la ventana. Se fijó en que la columna que había en medio era meramente decorativa. El ave de austera forma sujeto a ella sobresalía unos centímetros del enlucido. Se arrastró hacia allí soltando una risita. Metió la mano por debajo y a mitad de camino encontró lo que buscaba. La llave estaba en un gancho de goma y descansaba en unos suaves apoyos. No podía caerse accidentalmente.

54

La metió en la cerradura en silencio y los bien engrasados cilindros giraron en su interior con una irresistible elegancia. «Las cerraduras inglesas son excelentes», pensó. Y no como la mayoría de las imitaciones alemanas de su madre, que apenas abrían ni siquiera con su llave. Cubrió una mano con el albornoz y giró el pulido picaporte. No iba a dejar manchas que la delataran.

«¿Y si no te gusta lo que encuentras?»

Volvió a mirar el cuadro. «¿Te refieres a si realmente es un nazi, pero rescata judíos?»

«No te ha rescatado a ti, sino tú a él.»

«Chitón», pensó.

La puerta se abrió y dejó ver una oficina pequeña, iluminada por una claraboya en el techo. Había una estantería para libros que ocupaba gran parte de la pared del fondo, un archivador de metal verde y un escritorio de castaño. Había papeles desordenados, archivadores, revistas y libros abiertos por todas partes. En un rincón se veía una pequeña, fea y arrugada alfombra. Frente a la puerta había una silla giratoria.

Otra chica se habría sentido decepcionada, pero Sarah era más lista.

En el escritorio había mapas y revistas o libros bastante aburridos con títulos en varios idiomas, como: *Physikalische Zeitschrift, Physical Review* y *Die Naturwissenschaften*. No vio papeles reveladores o llaves ni libretas que investigar, e incluso el plano de un avión, que estaba debajo de todo, no le dijo nada nuevo.

El único objeto personal que encontró fue una carta, encima de un sobre blanco. Tras una rápida ojeada descubrió que era de Lise Meitner, que le daba las gracias. En ella había algunos dibujos que no entendió, algo sobre gotas de agua, racimos de uvas, flechas en zigzag y letras numeradas, pero al no ver nada más, dio la vuelta a la primera página y le echó una ojeada.

> Querido Helmut:

«Ajá», pensó.

> Te escribo esta carta, «a salvo», tal como creo que dicen, y se la entrego a Otto para que te la dé en persona, hay poco tiempo. En primer lugar, gracias por ayudarme a llegar a la frontera holandesa. Tu plan fue muy bueno y ahora estoy fuera de peligro en Suecia.

Las palabras «*underground railroad*» pasaron por su mente. Así que no era la única.

> Estos acontecimientos son los que me han decidido a confiarte esta carta. Se me han negado los recursos, un laboratorio, dinero y el acceso necesario para demostrar lo que te cuento a continuación sin género de duda, pues siempre se me ha privado de esas cosas, primero como mujer, después al ser clasificada como judía

¡Blanco!

y ahora como refugiada. Así que en vez de persuadir al
Gobierno de Francia, del Reino Unido o de Estados Unidos
sin las pruebas, espero que veas el peligro y actúes.

Miró el reloj. Tenía tiempo de sobra.

Ya hemos hablado antes de física «nuclear», Fermi,
Otto Hahn y mi trabajo en detalle, así que conoces los
antecedentes

Siguió leyendo, pero las palabras eran cada vez más técnicas y complejas, hasta que llegó un momento que tuvo la impresión de estar leyendo un idioma nuevo y desconocido. Fue
saltando trozos y estaba a punto de dejar la carta cuando vio
una frase en mayúsculas y subrayada

una bomba, del tamaño de un racimo de uva, con SUFI-
CIENTE PODER DESTRUCTIVO COMO PARA ARRASAR
UNA CIUDAD

Leyó lo que había antes, pero el párrafo anterior era impenetrable. Continuó leyendo.

Créeme cuando te digo que construir ese artefacto es
posible, según lo que te he descrito. Cuando estalle la
guerra y se elijan los bandos, mi conciencia no me dejará construir algo así, pero sé bien que la naturaleza
humana es capaz de pedirlo a otras personas menos
proclives a negarse.
Uno de ellos es Hans Schäfer, del que te he hablado en
alguna ocasión. No solo está al corriente de todo esto,
sino que además tiene acceso a las notas y al material

que tuve que dejar con Otto. No tiene ningún respeto por el mundo académico y cuenta con su fortuna personal para seguir con el proyecto cuando quiera y según le convenga. Y lo peor de todo es que tiene contactos con el nuevo orden para hacer que la investigación se convierta en producción en unas condiciones que serían imposibles en otra parte.

Tengo miedo. Estoy tan asustada como una niña con un monstruo bajo la cama. Sigue el rastro de un arma del tipo de las que el propio Dios dudaría en utilizar en su máxima venganza. Si se le deja, la construirá.

Helmut, HAZ ALGO. Detenlo o, al menos, retrásalo de algún modo.

Con gratitud,
Lise Meitner

57

P. D. Quema esta carta.

Volvió a dejar la carta como estaba y se esforzó para controlar la intensa agitación que le había invadido. Científicos malvados y misteriosos experimentos. Parecía sacado de una novela barata. Pero cuando pensó en bombas imaginó el cañón y la mecha de los dibujos animados. ¿Cómo iba alguien a lanzar una bomba tan poderosa? Rebuscó en su mente y desenterró el recuerdo de un hombre que hablaba sobre la *Weltkrieg*, la guerra mundial, de continuo barro y agujeros gigantes.

Miró hacia la claraboya al notar que la luz se intensificaba. El sol había salido de una nube y unas diminutas motas bailaban en la columna dorada. Intentó atraparlas y disfrutó con su habilidad para escaparse.

Escapar. La claraboya estaba demasiado alta, pero al alcance de un hombre subido en el escritorio. La gente que había empezado a ocultar a comunistas y otros huidos prefería los áticos, porque siempre había una forma de salir al tejado. Los sótanos eran ataúdes.

El pelo le cayó en la cara cuando volvió a mirar. Necesitaba cepillárselo. El hombre tenía una vía de escape. ¿Estaba en el piso más alto deliberadamente o era una coincidencia?

Fue hacia las estanterías. Cuando iba de visita a otras casas siempre miraba los libros. Al igual que lo que hay en un escritorio, la biblioteca dice mucho de una persona. Hay libros que se heredan. Es lo que son. Y también están los libros que creen que deberían tener. Eso es lo que les gustaría ser. Son los libros que quieren que veas. Es quien quieren que creas que son. Hay libros que quieren creer que les gustan y los libros que realmente les gustan, sus pequeños secretos. Si son viejos y tienen el suficiente polvo, eso dice todo lo que necesitas saber sobre la mente de esa persona. Si te esfuerzas en verlo, está allí. Ella lo leía todo, voraz e indiscriminadamente.

Sentía un deseo insaciable por el mundo escrito. Tras perderlo todo, seguía teniendo libros maravillosos con los que escapar. Incluso aquellas pequeñas estanterías eran un festín para sus ojos.

Reconoció algunos nombres: *Mi Lucha*; Guderian, el aburrido hombre de los tanques; libros de la biblioteca de su padre, *Las mil y una noches*, *El maravilloso mago de Oz*, *Ben-Hur: una historia de Cristo*; libros en alemán, en francés, en inglés, en ruso, en árabe, ¿en japonés? Pasó un dedo de derecha a izquierda. Steinbeck, Shakespeare, Scholem, Sartre, Sade… «¿Scholem? Es una posesión muy comprometida —pensó—. No se puede ser más judío que él», tal como le había dicho *Herr* Haller en aquel sucio baño hacía tanto tiempo… ¿ayer? No, el día de antes. H. G. Wells. Sacó *La máquina del tiempo* de la estantería. La mayoría de los ejemplares se habían quemado cuando los nazis llegaron al poder. ¿*La liberación mundial*? Ese no lo había leído.

Era una situación confusa. La carta era incriminatoria, pero eso era algo nuevo. ¿Había allí los suficientes medios como para justificar una vía de escape? «Solo si oculta algo más.» Golpeó la madera que había detrás de los libros, por probar.

Nada. Solo era una pared. Se echó a reír y dio un saltito para poner el libro en su sitio junto a los otros. Entonces la madera sonó inconfundiblemente hueca.

6

—¡*D*espierta!

El pelo le cubría los ojos debido al sudor. Tenía la cara pegada al sofá de piel y cuando levantó la cabeza se oyó el ruido que hace un bote de miel cuando se abre. Jadeó como si hubiera estado corriendo y se sentó. Tenía los brazos rígidos.

—¿Otra vez los demonios?

—Perros —gruñó.

La habitación estaba en penumbra, pero de alguna forma recibía luz de las paredes. Alguien se había sentado en el sillón que había frente a ella y había puesto algo en la mesa que los separaba.

Cuando encendió la lámpara, Sarah pensó que era injustamente luminosa; la bombilla emitía una luz demasiado intensa como para mirarla. Se hizo visera sobre los ojos y se colocó el albornoz sobre los hombros con la otra mano. Una nube de molesto humo salió de la sombra. Tosió.

—¿Qué has encontrado?

Tenía la mente confusa por el sueño y no podía pensar. Le dolía la cabeza. Había cerrado la puerta y colocado la llave en su sitio. Había dejado el pan fuera de la oficina. Le había dado la vuelta a la silla para que volviera a estar frente a la puerta… ¿De qué se había olvidado?

—¿Qué, has, encontrado?

Movió ligeramente la cabeza y se retiró el pelo de la cara.

Enfocó la vista más allá de la cegadora luz y miró desafiante a la oscuridad.

—Te vistes igual todos los días, con ropa recién lavada. Eres rico. Casi no estás aquí y comes fuera. Estás acostumbrado a salirte con la tuya. Alguien limpia para que puedas llevar una vida ordenada y fingir que no necesitas nada, y mucho menos algo que te delate. —Hizo una pausa.

—Sigue. —Otra nube de humo llegó desde la lámpara.

—No has leído las revistas *El cuerpo negro*, *La fuerza de defensa* o *El atacante*, a pesar de que las tienes en la mesita y las repones cuando estás aquí. Y ese cuadro es un engaño. No eres nazi... Tienes amigos británicos. —Solo eran conjeturas, pero siguió adelante—. No les gusta que esté aquí.

—¿Y? —Más humo.

Tragó saliva. Necesitaba beber agua.

—¿Y qué? —preguntó intentando sonar alegre y despreocupada.

—¿Qué más sabes?

Estuvo a punto de mentir, pero recapacitó.

—¿Cómo te has dado cuenta?

Una mano apareció de la oscuridad hacia la luz. Entre unos cuidados dedo índice y pulgar había algo muy largo, fino y dorado a la luz eléctrica.

—Uno solo, pero más que suficiente.

«Oh, *dumme Schlampe*», pensó totalmente convencida de ello.

—Bueno... —empezó a decir con renovado ánimo—. Has hecho un gran esfuerzo para que no se pueda acceder a tu oficina, en la que guardas libros prohibidos y políticamente sospechosos. Estudias aviación, revistas científicas, historia militar y tecnología. Lees al menos en cinco idiomas a un nivel muy alto. Tienes una amiga judía que se llama Meitner, a la que ayudaste a cruzar la frontera con los Países Bajos. Quiere que le hagas otro favor. ¿Es guapa?

61

—¿Qué? —exclamó sin poder contener la sorpresa.

—Que si es guapa, bonita. ¿Por qué ibas a correr el riesgo de ayudarla si no eres…? ¿Cuáles son las palabras? ¿Un *underground railroad*? —acabó su discurso en inglés y casi se echa a reír.

—La profesora Meitner es una mujer formidable. Sigue.

—Cree que puedes solucionar su problema. Cree que es un problema de todos y de tu interés.

—¿Sí? ¿Algo más? —Volvió a poner voz apagada y evasiva.

—No, eso es todo. —Se calló y esperó dos latidos del corazón para añadir—: Excepto el compartimento secreto que hay detrás de la estantería comprometedora, en el que guardas dos armas, ropa oscura, cuchillos, herramientas, documentación de cinco personas diferentes con tu cara, montones de marcos imperiales, francos franceses, dólares estadounidenses y *krugur… kruga…*, monedas de oro. Tienes una radio con una antena que sacas por la claraboya, tu vía de escape.

—¿Eso es todo? —preguntó sin poder evitar un tono divertido.

—Hay cosas que no sé lo que son, pero eres un espía.

—¿Ah, sí?

—Si esas cosas no estuvieran ocultas, no habría estado segura, pero estaban escondidas, así que son un secreto. Eso te convierte en espía.

Se produjo una larga pausa. Después movió la lámpara para que volviera a iluminar la mesa y Sarah pestañeó para librarse de unas estrellas que no dejaban de moverse.

—Muy bien. Un profesional habría tenido problemas para hacerlo mejor. Y no has intentado mentir. No mientas nunca si puedes decir la verdad. Las mentiras hay que trabajarlas con antelación, o te atrapan y te devoran. —Apagó el cigarrillo. Encima de la mesa había una maleta y algunos papeles, que recogió y empujó con cuidado hacia ella—. Nuevo carné de identidad y pasaporte, y dinero para llegar a la frontera. Después busca una sinagoga y empieza a llorar. Aléjate todo lo que puedas de Alemania.

Sarah abrió el documento. Allí estaba, de espaldas a la pared del vestíbulo, con el nombre de Ursula Bettina Haller. Lo más curioso de todo es que no había ni una sola hoja sellada. No vio una J roja ni sellos de haber estado en comisaría. Ursula era alemana, no judía.

—¿Por qué haces todo esto? —Tuvo una sensación que la dejó sin aliento. Tardó unos segundos en reconocerla, pues hacía mucho tiempo que no se sentía agradecida. Aquello la colocó en una situación vulnerable e inmediatamente le entraron sospechas.

—Me salvaste la vida. En tiempos viví con gente que se tomaba esas cosas muy en serio. Considera pagada la deuda.

—¿Qué pasó en Friedrichshafen?

—Me quedé más tiempo del debido en la fábrica de zepelines. Fui sin pasaporte por descuido, una locura, con lo que malogré mi salida de emergencia. Siempre hay que tener una segunda vía de escape.

—¿Te estaban buscando? —Algo cayó por su peso en la cabeza de Sarah y se dio cuenta de que ya lo sabía.

—Sí.

No consiguió leer su cara. En absoluto. Parecía haberse puesto una máscara de arcilla.

—¿Controles de carreteras y ese tipo de cosas? —Un profundo abismo se abrió en su interior.

—Sí.

—Como el que encontró mi madre. —Hizo una pausa para dar forma a las palabras—. Dispararon a mi madre por tu culpa.

El hombre miró al suelo y no dijo nada mientras preparaba otra máscara.

El desastre de su madre no había sido autoinfligido.

63

«Lo siento, *Mutti*.»

El sentimiento de culpa abrió una brecha en sus defensas y le cayó una lágrima por la mejilla. La aplastó con furia como si fuera una mosca. Después de meses sin llorar, en los últimos días lo hacía a todas horas. Tenía que recuperar el control sobre ella misma.

—Ahora lo entiendo. Esto es un *Wergeld*, el dinero que se paga por un delito de sangre. No lo haces porque te salvé, sino porque mataste a mi madre.

Herr Haller seguía sin levantar la cabeza.

—Como quieras.

—¿Cómo te llamas? Cómo te llamas de verdad, no me mientas. Las mentiras te atrapan y te devoran. —Repitió muy seria. El hombre la miró a los ojos.

—Me llamo Helmut Haller.

—¡Dime tu verdadero nombre! —gritó con una explosión de furia contenida, y su voz rebotó en el apartamento sin moqueta.

Finalmente contestó con un tono que no había oído hasta ese momento, más humano, más vulnerable y con acento inglés.

—Soy el capitán Jeremy Floyd.

—Capitán Jeremy Floyd, no estamos en paz ni creo que lo estemos nunca. —Pronunció la frase con exquisita calma. Canalizó la rabia, sofocó el exceso y lo guardó en su caja para más adelante. Sabía controlarse—. Esto —dijo arrojando la documentación y el dinero sobre la maleta— no es suficiente.

Aquel hombre era otro de los tropiezos que habían tenido, tanto ella como su madre. Quería hacerle daño, a él y a todo el mundo, pero hacía tiempo que sabía que no podía. «Sería como intentar hacer daño a la lluvia para que pare la tormenta», pensó.

—¿Qué quieres?

64

—No lo sé.

Pero empezó a darse cuenta de que sí lo sabía. No tenía sentido, pero al mismo tiempo, lo tenía.

—Muy bien. —Aquella voz volvía a pertenecer a Haller—. ¿Cuándo quieres irte? En la maleta hay ropa para una semana o más. La tuya la he tirado.

Decepción. Debería de haberse sorprendido, pero no lo hizo. Sabía lo que quería, qué *Wergeld* tenía que pagar. Se oyó un piano a lo lejos. «Todavía no hemos acabado», pensó. Ladeó la cabeza y lo miró para que continuara hablando.

—Si quieres, puedes quedarte y trabajar conmigo.

De repente notó un alegre cosquilleo en el estómago, como los de la noche anterior a su cumpleaños. Pensó que estaba traicionando a su madre, pero no podía negarlo, se había entusiasmado. Era una oportunidad para hacer algo. Un lugar en el que quedarse.

Ahogó aquel sentimiento.

—¿Contigo? ¿Como espía?

—Si lo quieres llamar así —contestó encogiéndose de hombros.

—¿Contra Alemania? ¿Contra mi patria? ¿Convertirme en una traidora? —Dejó que su voz adquiriera un tinte serio y el hombre soltó un sonido desdeñoso.

—Sarah de Elsengrund, este ya no es tu país. Al menos mientras los nazis estén en el poder —aseguró apuntándola con un dedo—. Eres judía. Aquí no tienes derechos, ni sitio.

—No soy judía —resopló exasperada—. No soy una judía de verdad. Nunca he ido a una sinagoga, no sé las oraciones, no tomo su comida ni cumplo el *sabbat*. Soy tan judía como una salchicha de cerdo. —Se cansó de aquella interminable autojustificación, era inútil.

—Eso les da igual, se trata de la sangre. Mira, ya has visto lo que han hecho con los comunistas y sus adversarios religiosos. —Lo notó más animado y más emocionado que en los días anteriores—. ¿Cuánto crees que vais a tardar en acabar en Sachsenhausen como esclavas sexuales?

—¿Vais? —preguntó riéndose—. ¿Dónde van a ponernos a todos?

—Hace pocos años el Partido Nazi no era más que un grupo de hombres airados en una taberna. Alemania no tenía ejército, no le estaba permitido tenerlo. No los subestimes. Esa ha sido la equivocación que ha cometido todo el mundo.

Meneó la cabeza.

—Francia no lo ha hecho. Tienen la Línea Maginot. Lo he visto en el cine, hay cañones enormes, vallas y de todo… Están preparados.

—Ya veremos si funciona —dijo con sorna—. El caso es que aquí no vales nada. Ursula Haller, sí. ¿Qué es lo que dijiste del *Arthashastra*? ¿El enemigo de mi enemigo es mi amigo?

—¿Quién es mi enemigo? —preguntó inclinándose hacia adelante.

—Los nazis son tu enemigo, Alemania está… entre dos fuegos.

—¿Y cuál es su enemigo?

—Yo… o, más bien, mi país. O lo será cuando esos tanques entren en Polonia dentro de unas semanas.

—No —dijo echándose hacia atrás—. Polonia tendrá que apañárselas sola.

Le compró un globo. Estaba a punto de protestar, pero luego sonrió, como habría hecho una niña. «No abandones tu personaje. Aunque estés en la parte de atrás, en medio del coro, si te quitas la máscara, siempre habrá alguien que te vea. Es inevitable.» Era grande y rojo y tiraba continuamente para escaparse, por lo que tuvo que dar dos vueltas al cordel en la muñeca. Se movía con la cálida brisa, pero no lo perdería.

—Gracias, *Onkel.* —Quiso que sonara como una broma, pero la ilusión que sintió era real y sincera.

Pasearon por el sendero de ceniza y a través de los centenarios árboles que había junto a la valla del zoo. Las sillas estaban llenas de adormilados adultos. A su alrededor, los niños correteaban con inagotable energía y los distantes chillidos de los monos se mezclaban con gritos de alegría y fingido terror. Las parejas pasaban a su lado cogidas del brazo. El feliz murmullo de miles de berlineses disfrutando del sol de mediodía se superpuso a sus preocupaciones.

Meneó la cabeza. Era consciente del efecto sedativo que ejercía ese ambiente festivo. ¿Podía ser Ursula Haller realmente? ¿Podía pasear por Tiergarten sin más?

—¿Y si me reconoce alguien? —pensó en voz alta, aunque en un día como ese era difícil imaginar que sucediera.

—¿Vestida así? —Llevaba el uniforme de las Juventudes Alemanas: camisa blanca, pañuelo negro y una falda larga azul—. La gente solo ve lo que espera ver. Pareces un pequeño monstruo ario rubio y con ojos azules, así que eso es lo que eres.

—¿Y quién soy ahora? —Dentro o fuera, no podía seguir siendo Sarah. Notó que se cerraba una puerta.

—Ursula Haller, mi sobrina. Tu madre ha sufrido una… debilidad mental. Estamos avergonzados. No hablamos de ello.

—¿Dónde está mi…? ¿Dónde está el supuesto padre de Ursula?

—Lo mataron en España. Acabamos de volver de allí.

—¿Por qué no llevo su apellido?

—Lo cambié por el mío cuando me convertí en tu tutor. No quería que me hicieran preguntas indiscretas.

Le encantaban los secretos o, más bien, su estructura. Analizó el embuste del capitán, pero no encontró cabos sueltos. No había forma de refutarlo.

—¿Qué hacía mi padre en España?

—Bombardear a comunistas. Si alguien te dice que en la Luftwaffe no hubo bajas, mírale a los ojos y di: «Si el Führer lo dice, debo de estar equivocada», y cambia de tema. —Adoptó un tono diferente—. ¿Tengo que repetírtelo?

—No, en absoluto. —Entendió que ella era el secreto. Se sintió… buscó las palabras, tenida en cuenta, parte de algo. Era una sensación embriagadora. Siguieron caminando—. Dime, tío, ¿a qué te dedicas?

—No lo sabes muy bien. Mis factorías fabrican equipos inalámbricos, pero también hacen un trabajo vital para el Reich, aunque en su mayor parte secreto. Viajo mucho. Tengo amigos importantes y me he hecho rico gracias al milagro económico del Führer.

Se detuvo y lo vio seguir caminando.

—Hum… ¿Y qué hace el capitán Floyd? —preguntó arqueando las cejas.

La cogió por el brazo con firmeza, la apartó de las sillas y la llevó hacia un árbol con grandes raíces que sobresalían en la hierba. Se sentó en un nudo de la corteza, como si fuera un sillón, e indicó hacia una rama más pequeña a su lado. Sarah se sentó e hizo que el globo se moviera de un lado a otro con un dedo.

—Mira —empezó a decir.

—¿Qué?

—Mira sin más.

Los jardines se extendían delante de ellos y descendían hasta el muro del zoo. Unos niños se empujaban junto a un balón de cuero y discutían quién sería el siguiente Hanne Sobek. Más abajo un hombre y una mujer se acercaban el uno al otro sobre una manta fingiendo que iban a servirse el picnic. Al fondo, el restaurante servía té y cotilleos entre los árboles y las modernas farolas, bañado en una moteada luz verde amarilla. Un acordeón empezó a sonar y recibió unos tímidos aplausos al tiempo que algunos entusiastas se levantaron y se dirigieron de la mano hacia una oculta pista de baile.

—Berlín divirtiéndose, ¿y?

—¿Qué sobra en esa imagen?

Volvió a mirar y, tan inesperadamente como ver un pato donde había un conejo, cayó en la cuenta.

Daba la impresión de que todos los hombres iban uniformados. De marrón, gris o negro azabache, como sombras oscuras a pleno sol.

—El ejército.

—No solo el ejército.

—El ejército, la policía, las SS…, los bomberos, los médicos, los taxistas. Los guardianes del zoo —añadió con una risita desprovista de humor. Dobló las piernas y las rodeó con los brazos. Apoyó la cabeza en las rodillas y observó el mundo de lado—. Ya veo.

El capitán se volvió hacia ella, puso un codo en una rodilla y habló con un acento inconfundiblemente británico.

—No luché contra Alemania en la Gran Guerra, sino contra los turcos. Llevo diez años viviendo intermitentemente en este país. No tengo nada contra vuestra patria, pero ese… —dijo apuntando hacia un oficial de las SS con uniforme negro—. Ese, ese y ese. —Su dedo iba de un lado a otro. El mundo se oscureció con cada movimiento y su voz se endureció—. Son como el moho. Se han multiplicado y ahora están por todas partes. —Sarah siguió su dedo conforme lo movía. Estaban realmente por todas partes—. Y, al igual que el moho, se han infiltrado, no están solo en la superficie. Se lo están comiendo todo desde el interior. Si amas a tu país, la mejor forma de defenderlo es ayudarme.

Miró al hombre que había causado la muerte de su madre y levantó un dedo.

—Si quieres que acepte, tendrás que decirme siempre la verdad. —Movió el dedo para enfatizar su propuesta—. A par-

69

tir de ahora. Eso no se reduce a no mentir, sino que tendrás que contármelo todo, sin dejar nada.

—De acuerdo —aceptó recostándose.

Necesitaba saber algo.

—Viniste a Friedrichshafen para observar los zepelines, pero, ¿para qué fuiste al baño en el que me encontraste?

—Para matarte. Eras un cabo suelto.

—Pero no lo hiciste.

—No.

—¿Por qué?

—Lo pensé mejor…

—Quizás estemos más en paz de lo que creía —aseguró suspirando. En cierta forma había matado a Sarah o, más bien, lo había hecho ella al saltar del ferri. Ese había sido el momento decisivo y ya pertenecía al pasado.

El balón de los niños rebotó y golpeó las rodillas de Sarah. Soltó un grito, casi pierde el equilibrio y tuvo que alargar los brazos para no caerse de la raíz del árbol. Después sonrió al verla rodar hacia abajo.

—Perdona —gritó uno de los niños.

Entonces se dio cuenta de que el globo se había soltado y ascendía entre las hojas en busca del cielo. Dejó que se llevara su lucha con él. Se sintió feliz y libre. Ya no la perseguían ni la odiaban ni tenía hambre y tenía una casa enorme para buscar cosas.

Guardó el ser una traidora en la caja, junto con la muerte de su madre, a cambio de la oportunidad de estar en ese podio con Jesse Owens y decir a los gobernantes de su país que estaban equivocados. La caja empezaba a desbordarse, pero se cerró.

—¿Por dónde empiezo?

7

*L*a guerra estalló al día siguiente.

Los polacos atacaron una emisora de radio en la frontera. Las Fuerzas de Defensa respondieron a la agresión invadiendo Polonia. Sus tanques aplastaron las andrajosas fuerzas polacas a caballo o en bicicleta, y en poco tiempo los pueblos germánicos de Danzig y Prusia Oriental, separados de Alemania después de la guerra anterior, volvieron a formar parte del Reich.

71

Francia y el Reino Unido no creyeron que la patria estuviera defendiéndose y dos días después declararon la guerra a Alemania, amparados en el acuerdo que habían hecho firmar al Führer en Múnich.

Todo el mundo estaba entusiasmado.

A Sarah le resultó difícil poner la cara adecuada entre tanto regocijo. Pensaba en la concentración que estaba llevando a cabo el ejército alemán y en los tanques que había visto de camino a Berlín. ¿Por qué iban los polacos, que contaban solamente con un ejército de jinetes y ancianos en bicicleta, a provocar una guerra contra un enemigo tremendamente superior? Era un acto hostil inexplicable, que había dado la excusa necesaria a las expectantes Fuerzas de Defensa. Todo aquello sonaba a mentira infantil, un cuento absurdo en el que todas las preguntas se respondían con una declaración cada vez más increíble.

Pero ¿qué significaban los polacos para ella? Todo el mundo

sabía que resultaba fácil tenerles antipatía y era verdad que estaban cortando un trozo de Alemania. ¿Qué importaba? Tenía suficientes preocupaciones.

Su desasosiego era como llevar un abrigo en una habitación caldeada. Sabía que solo tenía que quitárselo para sentirse más cómoda.

Pero no conocía a ningún polaco, así que ¿cómo sabía que eran antipáticos? Porque se lo habían dicho. Porque la gente decía que si algo estaba sucio o era viejo, era polaco. Porque se había tragado la historia sin comprobar los ingredientes.

Se dio cuenta, con la sensación de tener el estómago revuelto por haber olvidado algo importante, de que empezaba a pensar como el monstruo ario que fingía ser. «Así es como sucede», pensó. Así es como la gente les dio la espalda a los judíos y por qué nadie les ayudó en la *Kristallnacht*, la Noche de los Cristales Rotos. La gente tenía demasiadas cosas en las que pensar.

«Polonia está llena de judíos, *dumme Schlampe*. Ahora tienen mucho de lo que preocuparse.»

Preparativos. Fotografías y mapas. Diagramas y planos. Dormir en un catre en un trastero. Comidas de sabrosas salchichas y panecillos calientes y crujientes. Café fuerte y amargo; espesa y cremosa leche; y azúcar moreno.

Miró de reojo la granulada fotografía. Apenas se distinguía a la persona en medio del paisaje y la distancia oscurecía su cara. El capitán la estiró encima del mapa cuadriculado.

—Hans Schäfer es un científico con mucho talento. Brillante, pero desconfiado y paranoico. Su arrogancia lo hace muy impopular, aunque se esforzó por conseguir el reconocimiento del mundo académico. Es rico y poderoso. Ha trasladado sus experimentos con uranio a su casa de campo cerca de Núremberg. En los dos últimos años ha llevado allí todo tipo de maquinaria y materiales, pero está guardado a cal y canto. Muros, guardias... Necesitaría un batallón para entrar.

—Así que soy tu batallón, ¿no?

—Exactamente, una unidad muy especial.

El capitán sujetó otra fotografía con chinchetas sobre el mapa. Una más nítida. Una chica rubia con cara muy seria, uniforme de la Liga de Muchachas Alemanas y abrigo. Dio unos golpecitos en la fotografía con una uña.

—Schäfer tiene una hija más o menos de tu edad, de tu verdadera edad quiero decir, que ha llevado a amigos a la casa de campo. Va a la Nationalpolitische Erziehungsanstalt de allí.

—¿A una *Napola*? ¿A un colegio nacionalsocialista? ¿Vas a enviarme a un colegio del Partido Nazi? ¿A una judía? —preguntó antes de echarse a reír. Era demasiado ridículo, pero su cara dejaba bien claro que hablaba en serio.

—Tú misma lo dijiste. No eres judía, al menos no una verdadera judía. Es puro teatro. Sabes actuar, ¿no?

—El mundo es un escenario y todos los hombres y mujeres son meros actores —declamó en inglés levantando los brazos para rendirse.

El capitán sonrió muy a su pesar.

—¿Cómo lo has hecho?

—¿El qué?

—Shakespeare, inglés, imitar acentos, todo eso.

—Cuando cambiaron las leyes en 1934 no volvieron a dejar subir a un escenario a mi madre ni le permitieron trabajar. Perdimos todo nuestro dinero en el crac, así que me educó ella. Idiomas, acentos, interpretación, oír grabaciones de discursos, nada realmente útil... la que realmente tenía talento era ella. Polaco, checo, inglés, francés, neerlandés e incluso ruso. Era increíble. Tenía ocho o nueve años cuando me di cuenta de que la mayoría de las personas solo hablan uno o dos idiomas. Al final fue lo único que pudo hacer. —Se calló y sintió que le hervían las mejillas, como si acabara de revelar algo que no

73

debía, pero continuó—. No tenía amigos, solo libros. En la casa de Berlín tenía una biblioteca y nada que hacer.

—¿Y tu padre?

—No sé nada de él —aseguró rápidamente—. Dejó muchos libros sobre ejércitos. De distintas épocas, chinos, indios… Al parecer a todas las culturas les gusta matar. ¿Crees que se puede conocer a una persona por los libros que tiene, capitán Floyd?

—No lo sé. ¿Quién soy yo?

—Un mentiroso y un embaucador.

—Exactamente —aceptó asintiendo con la cabeza y esbozando una sonrisa.

Preparativos.

Se despertó cuando se abrió la puerta del trastero. Antes de ni siquiera levantar los párpados unas fuertes manos ya la habían sacado del catre y la habían arrojado a un rincón. Se golpeó contra la pared hecha un lío de brazos y piernas, y cayó encima de la alfombra.

Una potente luz la enfocó a la cara y se clavó en sus ojos. Se los tapó, pero siguió viendo destellos rojos en la oscuridad que crearon sus dedos.

—¿Cómo te llamas? —preguntó una voz amenazadora.

—¿Qué? —balbució aturdida.

—¡Cómo te llamas! —gritó el intruso.

—Sa… Ursula Haller —acabó diciendo.

La luz se apagó y antes de que abriera los ojos la puerta se cerró y se quedó a oscuras.

Diagramas y planos.

—No lo entiendo —confesó meneando la cabeza ante las notas y las flechas.

—No tienes que hacerlo.

Sarah chasqueó la lengua y probó otra táctica.

—Muy bien, esa bomba… la *Pampelmusebombe* de Lise Meitner, la bomba de racimo que está fabricando Schäfer ¿Por qué estás… por qué estamos…? ¿Por qué es tan importante para Alemania? Siempre ha habido bombas cada vez más grandes.

—No como esta —contestó el capitán impetuosamente, haciendo un gesto para enfatizar sus palabras—. Una bomba pequeña podría destruir una ciudad. Instantáneamente. ¿Te lo imaginas?

Todavía no podía hacerlo. En realidad no podía imaginar ninguna bomba. Entonces recordó el resplandor y el calor de la improvisada explosión del capitán en la estación. Algo en ese recuerdo hizo que quisiera evitarlo.

—No, la verdad es que no.

—Plantéatelo así. Si se arrasa la mitad de Londres o de París y se descuentan los muertos —el capitán continuó como si estuviera ensamblando sus ideas conforme hablaba—, ¿que quedaría? ¿Un millón de personas heridas? ¿Cómo los curarías? No habría suficientes hospitales. ¿Cómo apagarías miles de casas ardiendo? El país se hundiría en un día.

Pensó en aquellas palabras, en las colas para ir al médico después de la *Kristallnacht,* en la que la Sección de Asalto destruyó los barrios judíos. A pesar de todo, la idea era demasiado fantasiosa, como sacada de una novela de H. G. Wells, marcianos pisoteando un destruido Londres con máquinas de tres patas.

—¿Una ciudad entera? ¿De golpe? Los edificios, habitantes, mujeres y niños… Nadie haría algo así. ¿Cómo iba a hacerlo nadie?

Tuvo la impresión de que el capitán intentaba recordar lo que había dicho. Después se levantó.

—Deja que te enseñe algo. —Sacó una revista francesa de

la estantería con libros incriminatorios de su oficina secreta, *Cahiers d'Art*. Se paró delante de ella y fue pasando páginas al tiempo que hablaba—. Fue en España, hace dos años, durante su guerra civil. En un bando estaban los republicanos…

—¿Los comunistas?

—El Gobierno elegido —la corrigió el capitán enojado—. Y en el otro los nacionales. Una rebelión militar fascista. Al cabo de un año las cosas se pusieron feas para los republicanos. Los fascistas contaban con el apoyo de la Luftwaffe y aquello fue decisivo.

—¿Por qué? —preguntó sin mirarlo. Evitaba darle todos los datos, como siempre.

—¿Por qué?

—¿Por qué estabas en España? ¿Qué hacías allí exactamente?

El capitán puso los ojos en blanco.

—Estaba en un viaje de negocios y acabé en un pueblo del País Vasco a unos treinta kilómetros del frente. Allí no había tropas republicanas, por lo que era un lugar seguro para esconderse un tiempo.

Encontró lo que estaba buscando y le entregó la revista. No reconoció el cuadro, pero el extraño estilo, angular y troceado, le recordó a Picasso. A diferencia de los revueltos, coloridos y alegres músicos y bailarinas de los libros de su madre, esa pintura era dolorosamente monocromática —gris, negro, blanco sucio— y plana, como trozos de periódico pegados en una tabla. Podría haberlo pintado un niño, lo que conseguía que las imágenes fueran más inquietantes. El orden se había deshecho y el caos había roto la tela en crudos trozos. Los caballos que gritaban eran personas, las personas eran toros, llorando o muriendo, aplastados por pezuñas y pies. Había un edificio ardiendo, una llorosa madre acunaba un niño muerto, retorcida, gritando. Pánico, dolor, miedo y pena. Mientras sus ojos iban de una terrible imagen a otra, el capitán siguió hablando con una voz desprovista de emoción, al principio.

—Fue un lunes. Debido a la guerra no era un día oficial de mercado, pero los agricultores tenían que vender sus productos y los vecinos del pueblo necesitaban comprar comida, por lo que la plaza estaba llena. Algunos refugiados de los combates descansaban, reunidos alrededor de sus escasas pertenencias. Había soldados, seguramente desertores. Por la tarde repicaron las campanas de la iglesia para anunciar un ataque aéreo. Todo el mundo se apiñó en los refugios, poco más grandes que un sótano, pero nadie tenía miedo. ¿Por qué iban los nacionales a atacar un pueblo en el que solo había civiles?

»Pero lo hicieron —continuó con un tono menos objetivo, más implicado, más emocionado—. Un avión descargó sus bombas en el centro del pueblo. Todo el mundo salió de los refugios y corrió a ayudar. Había gente bajo los escombros, atrapada en edificios en llamas, nadie sabía qué hacer. Los campesinos y los curas empezaron a apartar cascotes con las manos… Pero al cabo de unos minutos todo un escuadrón de la Luftwaffe e italianos de la Legión Cóndor sobrevolaron aquel lugar y descargaron todo lo que llevaban. Reinó el caos. La gente trató de volver a los refugios, pero habían quedado destruidos en el primer ataque. Fuego, polvo, ruido. Al no tener adónde ir, la gente huyó a los campos. Se produjo una estampida y se pisoteó a los pequeños y más débiles…

La voz del capitán era más tensa. Al cabo de un momento continuó:

—Cuando echaron a correr, los cazas realizaron vuelos rasantes y los ametrallaron con balas y granadas. Hombres, mujeres, niños… perseguidos hasta los campos de cultivo y escabechados como perdices en una cacería.

—¡Qué horror! —exclamó Sarah, consciente de lo insuficientes que eran esas palabras.

—Y eso no fue nada —añadió con voz cargada de desdén—. Al poco de irse los aviones, tras diez o veinte minutos de lloros y gritos, de intentar frenar la sangre con las manos, de mirar a los destruidos edificios envueltos en humo, oímos un sordo zumbido. Eran bombarderos, volaban en formación de tres y realizaron pasadas por el pueblo durante dos horas y media. Las bombas explotaron y arrasaron los edificios. Llovieron bombas incendiarias como si fuera confeti, que lo abrasaron todo. Los animales corrieron bramando por las calles envueltos en llamas. Hombres encendidos como teas se tambalearon entre los escombros sin que nada pudiera hacerse por ellos. Cuando acabaron, el pueblo había desaparecido. Lo único que quedó fue el esqueleto, con mil seiscientos cadáveres y novecientas personas mutiladas y arruinadas.

—¿Por qué lo hicieron? —preguntó Sarah, que sentía náuseas—. ¿Por qué haría alguien algo así?

—Para destruir una población importante y aterrorizar a los vascos. Para bloquear la retirada republicana y probar una nueva técnica de bombardeo. Quizás intentaron volar el puente de las afueras y se perdieron. El porqué importa poco. Lo importante es que querían hacerlo y lo hicieron. Así de simple. Si conviene a sus fines, lo hacen —explicó mientras daba unos golpecitos en la foto—. Eso solo fueron veintidós toneladas de explosivos. La profesora Meitner cree que la bomba de Schäfer tendrá una potencia de quinientas toneladas de dinamita. Una sola bomba. La gente que lo hizo, los que asesinaron a todas esas personas, borraron ese pueblo del mapa. Si pueden destruir París o Londres con solo una bomba, no dudarán.

Se quedaron en silencio. Sarah miró el cuadro una última vez y cerró la revista para confinar el horror en su interior. Algo más le preocupaba.

—Veintidós toneladas de explosivos. Exactamente veintidós toneladas. ¿Cómo lo sabes?

El capitán le daba la espalda. Sus hombros se movieron ligeramente y después se quedaron quietos.

—Fui yo el que les vendió las bombas —confesó.

Y

Preparativos.

Cuando el capitán abrió la puerta e iluminó el catre con una potente linterna eran las cuatro de la mañana.

Estaba vacío.

En un rincón oscuro a su espalda oyó una voz.

—Esto empieza a aburrirme, creo que ya estoy preparada.

El capitán asintió.

—Buenas noches, Ursula —se despidió antes de cerrar la puerta.

—Buenas noches, *Onkel.*

8

4 de octubre de 1939

—*N*o me gustan los niños —protestó Sarah—. Y no suelo caerles bien. Ese es el fallo en tu plan.

—Entonces conviértete en alguien a quien le gusten los niños. Sé alguien simpático.

—Eso es como si quisiera poder volar.

—Concéntrate en la seguridad altanera. Eso sí sabes hacerlo.

Sarah hizo una mueca.

—Solo es un colegio —añadió el capitán en tono más conciliador.

Sarah no había ido al colegio. Habría podido hacerlo, pero su madre creyó que era demasiado buena, demasiado especial e importante como para estudiar con los niños de la *Arbeiterklasse*, la clase obrera. Más tarde no se le permitió mezclarse. Era consciente de aquella ironía. Al principio tuvo tutores y una institutriz, pero cuando el dinero empezó a escasear, su madre se encargó de educarla. Aquello comenzó como un regalo ocasional en sesiones bien organizadas y serias, pero cuando su madre se quedó sin trabajo, su educación se convirtió en algo constante y frustrantemente aleatorio. Para historia se aprovecharon unos polvorientos tomos encuadernados en piel de antiguas batallas; para geografía, unos mapas de imperios desaparecidos; y para los muchos idiomas, la cáustica lengua de su madre.

E interpretación. Constante, incesantemente, día y noche.

Cómo engañar, convencer, exteriorizar emociones y proyectar. Cómo centrar la atención y desviarla a placer. Cómo ser otra persona hasta no saber dónde acaba uno mismo y dónde empieza la representación. Cayó en la cuenta de que la estaba preparando para una carrera en los escenarios que no tendría jamás, para representar papeles en países a los que nunca viajaría, para personas que nunca la verían. La sensación de ausencia se instaló en su interior y supo que solo desaparecería si estaba con otras personas.

Había odiado esa soledad y la odiaba en ese momento. Era una señal de debilidad.

La NPEA, la escuela política nacional, de Rothenstadt era una monstruosidad gótica: medio castillo-medio mansión, salida de la enfermiza imaginación del conde Drácula y el doctor Frankenstein, en las profundidades del bosque. Sin la enorme bandera del Tercer Reich en la entrada habría dado risa. Era auténticamente amenazadora. Cuando el coche del capitán subió por la avenida bordeada de árboles, las torres parecían alzarse hacia el cielo como garras y la bandera roja parecía una lengua. No consiguió deshacerse de la impresión de estar entrando en la boca de una bestia dormida.

«Utiliza el miedo. El miedo te da energía. Rómpelo y crea algo nuevo.»

El coche paró en la puerta.

—Entra. Confraterniza… —Sarah abrió la boca, pero el capitán le pidió que no dijera nada levantando una mano—, con tu objetivo, como sea. Aparte de eso, diviértete.

—No me apetece divertirme —replicó con frialdad.

—Entonces, finge que te diviertes —le recomendó haciendo un gesto hacia el colegio—. ¿Vamos?

En comparación con el luminoso día, el vestíbulo era como una cueva decorada con paneles de madera oscura, grandes

81

escaleras, tenebrosos cuadros y velas apagadas. El techo desaparecía en la oscuridad que flotaba en lo alto, como una nube portadora de lluvia. A pesar del barniz de esplendor, olía a jabón carbólico y a col hervida. En el centro del vestíbulo había una chica muy alta de unos dieciséis años con el uniforme de la Liga de las Muchachas Alemanas. La iluminaba un solitario rayo de sol que procedía de una ventana oculta en lo alto y sus rubias trenzas resplandecían. Se fijó en que sus relucientes zapatos estaban perfectamente encuadrados en una baldosa blanca, como si fuera una pieza de un meticuloso jugador de ajedrez.

—*Heil* Hitler —saludó, y cuando Sarah levantó ligeramente el brazo, miró al capitán y esperó.

Un reloj marcaba el paso de los segundos en la distancia. Tras lo que pareció una eternidad, el capitán respondió:

—*Heil*.

—¿*Herr* Haller?

—Sí.

—Síganme, por favor —pidió echándose a andar.

El capitán se volvió hacia Sarah. Las comisuras de sus labios se movieron ligeramente y durante un instante un extraño fuego iluminó sus ojos.

—¿Vamos? —le pidió a Sarah.

Esta alzó las cejas recriminatoriamente y esperó a que se moviera. Le hizo un gesto con la mano y el capitán la siguió rápidamente. Sus pasos resonaron y reverberaron en la oscuridad.

—*Herr* Bauer me ha pedido que lo disculpe por la iluminación. La preparación de la vigilia de esta noche requiere que esté así —explicó con una voz acostumbrada a que se la obedeciera.

—No es necesario que se disculpe —comentó el capitán.

La chica dio un paso en falso, pero recuperó rápidamente el equilibrio y la fría expresión de la cara reapareció tras aquella inesperada vacilación.

—En ocasiones, *Herr* Bauer se ve obligado a hacer concesiones a los visitantes.

El capitán puso cara de haber recibido una bofetada y lanzó una breve sonrisa a Sarah. «Deja de hacerlo —pensó esta—. No, recapacitó, está comportándose como *Herr* Haller.»

«¿Y quién eres tú?»

«Una chica asustada y nerviosa.»

«¡Déjalo ya!»

—Esperen, por favor —pidió la chica antes de recorrer sola los últimos metros hasta una amplia puerta de roble.

El capitán puso un dedo en los riñones de Sarah y le dio un suave golpecito.

—Telón, mucha suerte.

Sarah sabía bien que no debía juzgar por las apariencias. Jóvenes o viejos, altos o bajos, guapos o feos, en forma o lisiados, sabía que eran igualmente capaces de hacer el bien o, según su experiencia, ser despiadados y horribles. El director, Bauer, era gordo. Pero, muy a su pesar, le pareció insoportablemente obeso.

No estaba ligeramente sobrealimentado ni era rollizo, grueso, orondo o regordete como pueden ser algunas personas, sino terriblemente bulboso. Tenía una gordura que parecía provenir de un deliberado, continuo y muy disciplinado consumo excesivo del que no parecía extraer el más mínimo placer. La incesante sensación de hambre que había estado presente en ella en los últimos años se despertó en su interior y supo instantáneamente que odiaba a ese hombre. Intentó imaginar la cantidad de comida necesaria para hacer un experimento como ese, pero no fue capaz. La niña que llevaba dentro gritó y dio una patada en el suelo ante aquella injusticia, ante el despilfarro.

Mientras miraba a Sarah con los dedos cruzados se fue formando una línea de sudor en el labio superior de *Herr* Bauer. Sarah no tenía intención de mirarlo a los ojos y se dedicó a observar al uniformado oficial que había detrás de él. Este, por su parte, era ridículamente flaco, poco más que piel y huesos. El contraste no podía ser más acusado. Miraba al frente con tanta convicción que estuvo tentada de echar un vistazo a su alrededor para ver qué se estaba perdiendo. El silencio se alargó y de repente empezó a preocuparse por las manos. ¿Debería tenerlas juntas? No, tienen que estar libres para indicar que se está relajado. «No las muevas, *dumme Schlampe.*» El director soltó un profundo suspiro.

—*Herr* Haller, agradecemos y respetamos su deseo de que admitamos a su... sobrina en este colegio. Valoramos la consideración que implica. Sin embargo, no vemos razón para aceptarla.

Sarah frunció el entrecejo. Se suponía que esa iba a ser la parte fácil. No había pensado que simplemente pudieran no quererla allí.

«No lo evidencies, recuerda quién se supone que eres.»

—*Herr* Bauer, nos coloca en una situación... muy embarazosa. —El capitán se recostó y apartó la vista como si estuviera calmándose—. Su colegio fue uno de los más recomendados. Ayer mismo estuve hablando con *Herr* Bormann...

El director levantó una mano y le interrumpió.

—*Herr* Haller, no es necesario que me hable de sus contactos en el partido, los invitados en el salón de su esposa o su conexión con la familia del Führer. Todos los que quieren que su hija estudie aquí se atribuyen un estatus especial en el nuevo orden basándose en las pruebas menos sólidas. ¿Sabe cuántos hermanos tendría Hermann Göring si fuera verdad todo lo que he oído en esta habitación?

—Tiene nueve hermanos. Supongo que puede considerarse una familia muy numerosa —contestó el capitán.

Herr Bauer abrió las manos e hizo un gesto desdeñoso.

—Pero la cuestión es la misma, invito a todos a que hagan esa llamada a sus poderosos amigos, si existen. Es un colegio exclusivo para la flor y nata de la próxima generación de mujeres alemanas. La procedencia de su sobrina es normal, en el mejor de los casos —aseguró hojeando los papeles que había sobre su escritorio con indiferencia—. Su importancia para el Reich es igual de vaga. Estoy seguro —continuó poniendo los ojos en blanco con exagerada teatralidad— de que le va bien económicamente y su generosidad no tendrá límite, pero no se trata de eso, ¿verdad? Se trata de pureza, inteligencia y brillantez, fuerza y poder. ¿Qué tiene su pequeña sobrina que ofrecernos?

—Sé tocar el piano.

Todos la miraron. Se había cansado de que hablaran de ella como si no estuviera. Hizo un gesto hacia el piano de cola que había en un rincón de la oficina.

Herr Bauer resopló.

—Yo también sé tocar el piano.

—Pero no como yo —replicó Sarah. Cuando lo miró a los ojos sintió arcadas.

Herr Bauer se pasó lentamente la lengua por los labios y después chasqueó un regordete dedo índice en dirección al piano.

—Toca.

Sarah se levantó lentamente de la silla, recordó alisarse la falda y después cerró las manos con recato delante de ella. El desdén de aquel hombre la había provocado y en ese momento se sentía insegura. Creyó que sus piernas se movían con lentitud, como si estuvieran andando sobre almíbar, y el aire parecía viciado. Se dio cuenta de que en el atril no había una partitura ni nada que le sugiriera qué podría ser adecuado. ¿Qué sabía de memoria? Repasó su repertorio y rechazó todas las piezas por inapropiadas, una interminable sucesión de números de cabaré escritos por judíos e indeseables. ¿No era Wagner el músico favorito del Führer? «Algo que sepas, idiota», pensó. Llegó al piano sin tener una idea clara.

Era un bonito Grotrian-Steinweg, como el de su madre, pulido, desempolvado y jamás tocado. Casi pudo ver a una niña rubia mirándola desde sus impolutas curvas.

Alargó un brazo y dejó que sus dedos lo rozaran al pasar. Unas empañadas líneas brotaron y se evaporaron a su paso. «Piensa.» Levantó la tapa y movió el atril a un lado. Su elegante fondo dorado relució. Alguien había sufrido para que el interior de ese instrumento estuviera impecable.

Conforme su madre se había ido hundiendo lentamente en la amargura y la depresión, su piano había sufrido. La tapa siempre abierta había recibido bebidas derramadas y basura durante una docena de rabietas; las cuerdas se habían atascado con pelusas y colillas. Cuando finalmente se fueron a Austria, se había convertido en una irreconocible montaña de botellas de licor vacías y ceniceros llenos. Sentarse frente a ese extremadamente limpio instrumento era como volver al tiempo en el que su madre sonreía más y gruñía menos, cuando su apartamento estaba lleno de risas en vez de cristales rotos. Aquel pensamiento fue una lanza que atravesó su corazón.

Levantó la tapa y colocó las manos sobre las teclas. Pensó que había visto la cara de su madre en el atril, más cálida, calmada y joven, moviendo la cabeza lentamente adelante y atrás, cada movimiento sincronizado con los acordes de la mano izquierda y haciendo imperceptibles círculos con la mano derecha.

De repente sus dedos estaban tocando y su pie marcaba el tiempo en los pedales. Era un suave y lento vals, melancólico y oscuramente impreciso, salpicado de notas altas casi al azar, como lluvia de primavera en los acordes menores graves. Gotas que corrían por el cristal de una ventana y apenas dejaban notar su presencia, pero arruinaban el día. Las notas se sostenían y descendían, y reaparecían con una repentina imprevisión, en los lugares equivocados, pero en el momento oportuno. Cuando la irregular melodía circular subió en espiral por sus brazos, notó que la caja que tenía en su interior se había abierto y el miedo, la tristeza y la soledad se desbordaban. Contuvo la respiración y quiso parar, pero no pudo. Las notas descosieron los puntos conforme los dedos iban a derecha e izquierda. En su imaginación la cabeza de su madre seguía moviéndose con aquel lento y débil tempo, pero a la altura del pelo sus rojizos mechones se habían convertido en una mezcla de sangre y cristales. Una mano se posó con tanta fuerza en el atril que dio un respingo y soltó un chillido.

El delgado oficial estaba a su lado, con cara de asco. Cuando las últimas notas discordantes resonaron en el silencio, intentó calmar sus temblorosos hombros.

—Satie era un degenerado francés. Sus experimentos con el modernismo y el dadaísmo son enfermizos, la incompetencia de un bolchevique. ¿Dónde has aprendido esa basura? —gritó el oficial.

Sarah estaba llenando, cerrando, echando el candado y escondiendo rápidamente la caja en su interior, alejando desesperadamente sus miedos, consciente de una amenaza más inmediata. No podía confesar ninguna debilidad. «El ataque es la clave de la defensa; la defensa es la planificación de un ataque.»

—Mi padre siempre lo decía. Es la pieza favorita de mi madre, pero era una mujer muy enferma —dijo en voz baja, y esperó sin pestañear. La voz del capitán Floyd se oyó al otro lado de la habitación.

—La madre de Ursula estuvo mucho tiempo lejos de la patria. Ahora puede darse cuenta de por qué insisto tanto en que reciba la adecuada educación nacionalsocialista.

El oficial miró al director.

—Asegúrese de que esta chica solo aprenda música alemana. Una música apropiada a su talento.

Herr Bauer asintió y apartó la mirada.

—Si insiste, Klaus.

—Sí. —El oficial se volvió hacia Sarah, que no sabía si la había rechazado. Al cabo de un momento le ofreció un pañuelo. Miró el blanco algodón plegado, pero no consiguió moverse, incapaz de conciliar ese acto con el asco que reflejaba su cara.

87

Finalmente el oficial chasqueó la lengua y alargó la mano hacia su cara. Sarah gritó en su interior mientras le sujetaba con firmeza la barbilla con el pulgar y el índice y borraba limpiamente una lágrima descarriada.

Después se apartó y salió de la habitación. Sarah se percató de que olía a naranjas.

El director suspiró y miró su escritorio.

—Aceptar a una nueva alumna con el trimestre tan avanzado es un inconveniente... gastos, pensión completa...

—Si el dinero fuera el problema, *Herr* Bauer, habría dejado a Ursula en el instituto local —aseguró el capitán poniéndose de pie—. Haga los preparativos.

—Klaus estará encantado de que haya otra pianista —murmuró cansinamente el director.

Afuera, el sol de media tarde era especialmente brillante y la brisa, saludable, como si estuvieran hechos para la flor y nata de la feminidad alemana. El capitán se apartó del coche, junto al que un arrugado anciano se esforzaba por cargar la maleta de Sarah.

—Ursula, creo que daremos un paseo.

—Claro, *Onkel*.

Echaron a andar con absoluta tranquilidad por la parte delantera del colegio. No había arriates, arbustos ni nada colorido. Incluso la hierba parecía apagada.

—Tocas muy bien, no lo sabía —la alabó el capitán con un tono parecido a la admiración.

—Hay muchas cosas que no sabes de mí. Creo que reconforta darse cuenta de que tienes límites. En cualquier caso, una señora ha de tener secretos.

—Ojalá hubieras tocado Wagner o algo así.

—Sí, claro, Wagner es muy popular entre las familias judías que se dedican al mundo del espectáculo.

—Tienes suerte de que nuestro nuevo amigo sea un mecenas.

Sarah sintió un escalofrío.

—¿Quién es?

—No lo sé —contestó con una inusual franqueza—. No lo había visto nunca.

—Más ignorancia. Hum… Esto no reconforta tanto después de todo —dijo con más humor del que sentía.

—Ya me enteraré —aseguró poniéndole una mano en el hombro—. Mientras tanto, pórtate bien con él. Aprende algo de Wagner.

Doblaron la esquina del edificio.

—Entonces, ¿me dejas aquí? —preguntó Sarah en voz baja.

—Ese era el plan, ¿no?

Sintió que la estaba bajando a un pozo de serpientes y necesitaba que la persona que sujetaba la cuerda la confortara.

—Ese hombre es uno de los uniformados de los que os queréis librar.

—Sí.

—Y por eso estoy aquí.

—En cierta forma.

Siguieron el sendero que se alejaba del colegio hacia una capilla. El patio estaba vacío, pero aun así Sarah tuvo necesidad de mirar por encima del hombro.

—¿Qué estoy haciendo aquí? ¿Si me quedo, estoy liberando a Alemania?

El capitán estuvo a punto de tomarse la pregunta a la ligera, lo notó en sus ojos, pero algo en su cara le hizo dudar.

—¿Quieres irte? —preguntó con delicadeza.

Inspiró profundamente y hundió las manos en los bolsillos del abrigo sin apartar los ojos del suelo.

—No exactamente, sino que… —Levantó la vista e intentó entender aquellos ojos vidriosos—. Me gustaría asegurarme de que lo que estoy haciendo es importante.

—¿Cómo de importante quieres ser? —Volvió a mostrar ligereza.

Dio una patada en el suelo y dijo entre dientes:

—No quiero ser el mono del piano de un esqueleto, a menos que sea necesario. ¿Necesita Alemania que esté aquí? ¿Es tan importante entrar en la casa de ese hombre?

El capitán levantó las palmas de las manos.

—En la oficina de Hans Schäfer no hay nada. Lo ha llevado todo a su casa de campo. Está a buen recaudo, vigilado día y noche.

—¿Y está fabricando la bomba de racimo? —insistió.

—Quizá. Sea lo que sea lo que está haciendo, asustó a la profesora Meitner. Y Lisa Meitner no tiene miedo de nada. Eso es lo que me preocupa —explicó en voz baja.

—¿Y realmente crees que puedo hablar con Elsa Schäfer y conseguir que te invite a casa de su padre?

—Quizás —admitió.

Se pasó la punta de los dedos por las sienes.

—Demasiados quizás.

—Siempre los hay.

Una nube ocultó el sol.

—¿Y si lo estropeo todo?

—Entonces te llevaré a casa.

—¿A casa? —preguntó echándose a reír. Un cuartucho y un nombre falso no era suficiente—. No, me refiero a si descubren quién soy.

—Ese problema lo resolveremos si llega ese momento.

—¿Más quizás?

—Sí.

Demasiada incertidumbre. Hizo una raya en la gravilla con un zapato.

—¿Has utilizado alguna vez una barra flotante?

—No sé a qué te refieres.

—¿Cómo lo llamáis vosotros? Una… barra de equilibrio.

El capitán negó con la cabeza. Se colocó en la línea que había dibujado y puso los brazos detrás de ella con las palmas de las manos hacia arriba. Levantó lentamente una pierna hasta colocarla a la altura de la cabeza mientras mantenía el equilibrio con la otra sin mover el pie de la raya.

—Solo tiene ocho centímetros de anchura, la misma que tu pie, con suerte —explicó.

Elevó los brazos por encima de la cabeza y bajó la pierna detrás de ella hasta que quedó en ángulo recto con el cuerpo.

—Se mueve contigo, así que hay que prever lo que va a hacer, gobernarla. —Su voz sonaba forzada, tensa, incluso en sus oídos—. La recorres infinitas veces, con los ojos cerrados, te caes una y otra vez, hasta que consigues hacer la tabla a la perfección, ajustando el equilibrio con los músculos y los dedos, nunca con los pies.

Arqueó la espalda y dobló la pierna extendida. Movió los brazos por encima de la cabeza y agarró el pie.

—Mientras tanto, te están mirando, juzgando, desaprobando —continuó—. Caes en la tentación de hacerlo rápido, pero no puedes y tienes que comprometerte con el movimiento. Si te asustas, estás perdida. Normalmente estás a un metro del suelo, lo suficientemente alto como para romperte o torcerte algo si no caes bien. Pero practiqué en las barandillas de casa cuando me echaron del colegio. Tenía que dominarla, ser perfecta, porque por un lado la caída era de tres metros.

Soltó el pie y se inclinó hacia delante hasta que se quedó ladeada haciendo equilibrio con la pierna estirada, antes de enderezarse.

—Así es como estoy ahora, ¿no? Excepto que la barra está mojada y el suelo en llamas.

—Muy poético. —El capitán no parecía saber qué otra cosa decir.

—El arte es una mentira que nos hace ver la verdad, capitán Floyd.

Este echó la cabeza hacia atrás y soltó una rotunda carcajada que resonó en el edificio del colegio y consiguió que Sarah sonriera por su espontaneidad.

—Sarah de Elsengrund, actúa con más cuidado. Las buenas chicas nacionalsocialistas no citan a Picasso ni interpretan a Satie. Ahora tienes que ser un perfecto monstruito descerebrado.

—Sí, señor —aceptó dando un taconazo. Interpretar un papel. Hacerlo bien. Estaba en su elemento.

El sol volvió a salir por detrás de la capilla. Vio algo que le llamó la atención y se acercó. En el crucero, encima de una oscura ventana de cristal había tres liebres talladas en piedra. Corrían en círculo y se perseguían una a otra dando saltos, de forma que sus orejas se unían en el centro.

—¡Ah! —exclamó—. Las tres liebres. Están... Estaban en la sinagoga de Karlshorst.

92

—Creía que no ibas a la sinagoga.

—El que no fuera no quiere decir que nunca haya estado en una.

—Para los cristianos representa la Trinidad: Padre, Hijo y Espíritu Santo. En la cábala son los tres niveles del alma. Las hay en muchas iglesias y santuarios, de la ruta de la seda al Reino Unido.

«*Der Hasen und der Löffel drei, Und doch hat jeder Hase zwei.*»

—«Tres liebres que comparten tres orejas, cada una tiene dos...» —cantó Sarah en voz baja. Sintió un escalofrío y ladeó la cabeza antes de decir—: Se supone que las liebres son los judíos. Imagino que los nacionalsocialistas son los perros. A los judíos se les persigue, caza y odia, pero corren, se escabullen y no se pueden exterminar.

—Sospecho que intentan hacerlo.

9

—Solo puede haber dos objetos personales en la mesilla. Se llevarán tu maleta. Así es como tiene que estar hecho el catre —explicó la jefa del dormitorio, Liebrich, indicando con una mano hacia la cama. Las sábanas estaban insufriblemente limpias y perfectamente dobladas. La cubierta no parecía muy gruesa. Algo debió dibujarse en su cara porque la líder del dormitorio arrugó la nariz con desdén—. Abriga más que suficiente. La habitación está caliente incluso en invierno. No se nos permite ser endebles. El lujo es una debilidad. Tenemos que ser fuertes, piadosas...

—*Fröhlich, frei* —intervino Sarah.

La chica continuó, como si no la hubiera oído.

—Nos despertamos a las seis. Nos lavamos y vamos a hacer ejercicio antes de desayunar.

—Imagino que las duchas son de agua fría —comentó casi susurrando. Apartó la mirada de los catres y los armarios blancos. Suelos desnudos, lavabos inmaculados y el omnipresente retrato del Führer pintado con óleos baratos. Tenía el encanto de una sala de hospital.

—Por supuesto. No nos vas a traer problemas, ¿verdad, Haller? —Una pregunta que no era una pregunta.

Miró fijamente a Liebrich.

—Claro que no. —«Cede terreno. Asiente, haz algo.»

—¿Qué te ha pasado en la nariz? ¿Eres problemática? —preguntó Liebrich con desdén. Sarah resistió la tentación de

93

tocársela. La moradura debía de ser todavía visible. Se había acostumbrado a verla.

—Solo si alguien se interpone en mi camino.

Dumme Schlampe. Eso no había estado nada bien. Aquella chica era más alta y más corpulenta, a pesar de tener dos años menos que ella. Sería una contrincante difícil y, además, estaba en su terreno. «El que llega antes al campo de batalla y espera al enemigo está más tranquilo. Cede, retráctate.»

—Yo tendría mucho cuidado, Haller —la amenazó Liebrich.

—Buen consejo —admitió ofreciéndole la mano—. Ursula.

—*Heil* —la saludó Liebrich levantando un brazo. Notó que la piel se le calentaba como si la hubieran abofeteado, pero lenta y parsimoniosamente levantó el brazo y lo extendió dejando que se tensaran todos los músculos, hasta hacer un saludo.

—*Heil* —dijo claramente con un tono tan neutral como pudo—. Sigo siendo Ursula, Ursula Haller.

Liebrich hizo caso omiso al comentario.

—La vigilia es a las siete. Vendrán a buscarte. Haz lo que te digan y no nos avergüences, Ursula Haller —la conminó antes de girar sobre los talones e irse. Esperó oír que la puerta se cerraba, pero la manija estaba bien engrasada y no hizo ruido. «Aquí nada de puertas cerradas ni sonidos de alguien que se acerca.» Miró las tablas del suelo. Gruesas y viejas, pero seguro que crujían. Tendría que aprender a andar sobre ellas.

Se sentó en la cama y sintió que el acaloramiento de aquel encuentro desaparecía como la luz diurna en la ventana. ¿Había sido una demostración de fuerza? Quizá. ¿Tenía una nueva enemiga? Quizá también. No le había dicho ni su nombre. El catre era duro y frío. Parecía una losa. Añoró el que había en el mal ventilado trastero del capitán y sus mohosas sábanas, y se dio cuenta de que, durante un corto periodo de tiempo, se había sentido a salvo. Prácticamente intocable.

Aferró esa añoranza y la estranguló apretando con fuerza su lamentable y lastimoso cuello. No había estado a salvo.

No había estado a salvo desde que tenía uso de razón. La seguridad era una ilusión. Ir hacia delante lo era todo; dudar significaba perder el equilibrio. Había que comprometerse. «Tienes un trabajo, un papel que representar. El público está entrando y te estás escondiendo, vestida para la obra. La obertura ha comenzado, es la espera hasta que se levante el telón. ¿Quién vas a ser?» «Soy Ursula Bettina Haller —contestó—. Un estúpido monstruito nacionalsocialista. Nadie es enemigo. Todos son amigos.»

«*Alles auf Anfang*. A sus posiciones, por favor», dijo la voz.

—¿Eres Haller? —preguntó otra vocecita. Tardó un momento en darse cuenta de que alguien había hablado. En la puerta había una chica pequeña de aspecto frágil. Llevaba unas descuidadas trenzas y tenía unos ojos ridículamente grandes y asustados—. Soy Mauser, pero todo el mundo me llama *die Maus*.

—No sé por qué —dijo Sarah sonriendo.

—Yo tampoco —contestó Ratón. Era tan poca cosa que si la puerta hubiera estado vacía, le habría causado más impresión. Si había una prueba menos convincente de la *die Herrenrasse*, de la raza superior, estaba por ver. Se preguntó cómo había conseguido entrar en el colegio alguien tan débil. Quizá también tocaba el piano.

Ratón se retorció y preguntó:

—¿Estás lista para conocer a las demás?

—Supongo.

Sarah ya había estado en otras vigilias. En católicas, en mayo, con antorchas, estandartes y velas en procesiones por las calles al ponerse el sol, cantando himnos a la madre de Jesucristo. Aquello era lo mismo, pero con un nuevo mesías.

Las chicas iban por los pasillos en filas muy ordenadas, a la luz de las velas y cantaban suavemente a la gloria de la patria, las virtudes de sus mujeres y su amor al líder. Entraron en el gran salón desde diferentes puntos y se unieron a la perfección, con los orlados estandartes y banderas colocados a la cabeza de la formación. Desfilaron hasta la gran escalera para reunirse con las chicas que bajaban por ella y, dándose la vuelta, formaron un nutrido coro frente a la fila de profesores que había en la puerta de entrada. Después, tras un momento de silencio, se oyó una voz de soprano que cantó un aria a una resistente flor alpina y al amor que el Führer sentía por ella.

A Sarah la llevaron a la parte de atrás de las filas de chicas de la planta baja y la colocaron donde no se la viera. Volvió a darse cuenta de lo fácil que debía de ser abrir el corazón a algo así. No cabía duda de que era muy emotivo. Hasta el mínimo detalle parecía estudiado para decir: «Únete a nosotras». En los actos nacionalsocialistas siempre hay multitudes, con antorchas, fuego y orlados estandartes. En los rincones más oscuros, ocultos a la luz, un convertido más podría incorporarse a la muchedumbre sin que nadie se diera cuenta. Si se iba a las primeras filas, siempre había manos deseosas de aplaudir cuando se quemaban libros, se apaleaba a los panaderos o se destrozaban escaparates.

A veces había entrado a hurtadillas en un cine a muchos kilómetros de su casa. La caminata era agotadora, pero, a pesar de que los cines no estuvieron oficialmente prohibidos a los judíos hasta tiempo después, era más seguro estar en algún sitio donde no la reconocieran. Además, no tenía dinero. Pero su esfuerzo siempre se había visto recompensado con el anonimato y la rota puerta trasera, que le permitía entrar furtivamente y sentarse en los raídos asientos de terciopelo de un rincón, lejos de las miradas indiscretas de las acomodadoras. Cuando tenía once años había ido sin darse cuenta a ver una película sobre una importante concentración nazi, *La voluntad triunfante* o algo así, y se había quedado embelesada y asombrada por lo que había visto. Era bonita, como un largo número de baile, mejor coreografiado que cualquier musical estadounidense que hubiera visto. Parecía brillar desde dentro, con un dorado amanecer que provenía de una olvidada y mejor niñez, con un dios que descendía de las nubes para traer alegría e inspiración. Y lo que era más, daba la impresión de ser todo un argumento para el nacionalsocialismo: el orden, la elegancia, la majestuosidad. ¿Quién no querría pertenecer a algo así?

—¿De dónde eres, amigo? —preguntaban los lozanos jóvenes uniformados antes de que otros reprodujeran, uno por uno, un listado de ciudades y pueblos alemanes. Todos estaban allí. Estuvo tan abstraída durante esas dos horas que olvidó que era exactamente la misma gente que había arrojado piedras a su ventana y le había pegado en la calle. Relacionar esa hermosa danza de orgullo y celebración con el odio, el dolor y la humillación que infligían parecía imposible. Debía de haberlo entendido mal. Tardó prácticamente todo el camino de vuelta en deshacer el hechizo. La sed y las ampollas le recordaron por qué tenía que hacer muchos kilómetros para encontrar un cine en el que poder colarse.

Los cánticos cesaron y uno de los profesores dio un paso adelante para hablar. Tenía una voz tan monótona que perdió interés rápidamente. «Un futuro brillante... un glorioso legado... agresión polaca... enemigos del Reich dentro y fuera... ocupar vuestro lugar... la carrera anual del río, un ejemplo de fuerza y compromiso...»

Escudriñó la congregación en busca de Elsa Schäfer. Parecía imposible encontrarla entre tantas filas de alumnas prácticamente iguales, inmaculadas con sus uniformes de las Juventudes Alemanas y de la Liga de las Muchachas Alemanas, hasta que sus ojos se fijaron en una chica alta del último curso arriba del todo de la escalera.

Tenía el pelo rubio ondulado recogido en trenzas y la cara

limpia, lozana y cordial, piel color alabastro, llamativos ojos grises, brazos musculosos y caderas anchas. Era un cartel viviente del Tercer Reich. A su alrededor había un grupo de jóvenes recién salidas de las páginas del *Das deutsche Mädel*. Todas tenían rasgos pronunciados, complexión atlética y uniformes de la Liga de las Muchachas Alemanas de alto rango, aunque estaba claro cuál era la líder.

Detrás de ella estaba Elsa. Tenía quince años, como ella, pero era unos diez centímetros más alta, el tipo de crecimiento y madurez que provienen de una buena dieta o de suficiente comida de cualquier tipo. Tenía el pelo espeso y brillante, algo que ella no había podido conseguir cuando había tenido tiempo para cuidárselo, ojos muy abiertos y agradables, con un toque de vinagre oculto en tanta vitalidad.

En ese momento se dio cuenta de que la estaban observando. La líder tenía la vista fija en ella. Intentó no mirarla a los ojos, pero no lo consiguió. Tras un incómodo y prolongado momento la chica apartó la mirada, pero para dar un codazo a una de sus amigas e indicar hacia ella.

Supo instintivamente que aquello no era nada bueno. Reconoció un grupo malicioso y se dio cuenta de que no habría forma de evitarlo. Aquella líder sería la guardiana del grupo y no habría forma de acercarse a Elsa sin su consentimiento.

Se obligó a desviar la mirada.

Los profesores eran una mediocre y deprimente colección de envejecidos hombres trajeados y moños tan tirantes que las profesoras debían de tener dolor de cabeza constante. *Herr* Bauer estaba sentado en un enorme asiento en la parte de atrás. A su lado, el esqueleto Klaus se mezclaba con las sombras gracias a su uniforme marrón.

Se inclinó hacia su acompañante.

—Ratón, ¿quién es el del uniforme? ¿Es un profesor?

Ratón miró rápidamente de izquierda a derecha.

—Es el mayor Klaus Foch. No es un profesor, simplemente

está aquí. Se encarga de la pureza política de nuestros, ya sabes, pensamientos. No hace gran cosa…

—Entonces no es profesor de música…

Ratón enarcó las cejas.

—Bueno… le gusta el piano y la música. O, mejor dicho, le gustan las chicas que tocan música.

—¡Silencio! —susurró una de las chicas mayores que estaba un poco más allá en la fila. Ratón se calló y asintió con la cabeza, pero se alzó sobre los talones y siguió mirando de reojo a Sarah. Al poco se inclinó otra vez.

—Al parecer era un pez gordo en la Sección de Asalto, ya sabes, la SA, amigo de Röhm y todo. Consiguió sobrevivir a la purga de sangre cuando el Führer ejecutó a todos los miembros de la SA, pero dicen que el pobre esqueleto no ha vuelto a ser el mismo desde entonces. Es un poco, ya sabes, raro…

Esa vez la chica mayor tiró de la trenza de Ratón.

—¡He dicho que silencio! —la amenazó antes de darle un último tirón. Sarah mantuvo la vista al frente y observó todo aquello con el rabillo del ojo. Contó treinta segundos antes de volver a mirar a Ratón. Una lágrima corría por su mejilla. Una intensa furia se agolpó en sus sienes y tuvo que cerrar los ojos.

En la película de la concentración no había imágenes de niñas acosadas, pero sabía que, en la vida real y a escondidas, había tirones de pelo, tal como se habían roto escaparates y se había llevado a inocentes a campamentos para reeducarlos.

«Elije tus batallas, Sarah. Es la ley del más fuerte.»

Sintió frío, como si hubiera abierto la puerta de la calle en una noche de invierno. Se dio cuenta de que su transformación en un monstruito había comenzado.

El profesor había puesto fin a sus diatribas contra los planes de los polacos y eslavos para oprimir a los pueblos de habla germana de Europa y estaba prometiendo, muy a su pesar, una rápida y decisiva respuesta. Elevó la voz, pero no dejó de ser tediosa.

—Tenéis que creer en Alemania tan firme, manifiesta y verdaderamente como creéis en el sol, la luna y las estrellas. Tenéis que creer en Alemania como si vosotras mismas fuerais Alemania. Tal como creéis en que vuestra alma se esfuerza por alcanzar la eternidad. Tenéis que creer en Alemania, pues vuestra vida solo es muerte. Y tenéis que luchar por Alemania hasta el nuevo amanecer.

Al llegar a ese punto culminante las chicas saludaron levantando el brazo y gritaron una y otra vez el nombre del Führer. Comenzó como un cántico al unísono, pero las palabras y pautas se convirtieron en histéricos y entusiastas aullidos.

Cada vez que se unía a ellos era como si algo en su interior muriera. «Monstruo estúpido, monstruo estúpido», se repetía. Empezó a sentirse cada vez más mugrienta y sucia.

Finalmente, la ceremonia acabó y las filas de chicas se deshicieron para formar parlanchines grupos. Se encendió la luz eléctrica en el salón y todo el mundo pareció más pequeño e infantil.

Buscó a Elsa Schäfer, pero daba la sensación de haber desaparecido en aquel desorden. No tendría una fácil victoria esa primera noche. Visto desde esa perspectiva, la escala del desafío la empequeñecía, al igual que el peligro. ¿Cuánto tiempo tardaría alguien en identificar a la sucia judía entre ellas? Estaba a punto de preguntar a Ratón qué iban a hacer después, cuando se oyó una voz por encima de la algarabía.

—¡Tú, chica nueva! ¡No sabes las canciones!

Aquella voz tenía autoridad: un acento berlinés que evidenciaba una casa adinerada y criados. Se percató de que Ratón se escabullía antes de que la chica alta, la líder, llegara hasta ella.

La flanqueaba un séquito de uniformes de alto rango de la Liga de las Muchachas Alemanas, que casi imperceptiblemente la rodearon. Ya la habían acosado suficientes veces en las calles de Berlín y de Viena como para saber cómo iba a acabar aquello, pero contuvo el impulso de huir.

«Entra el monstruito por la izquierda del escenario. Se queda quieto. No tiene por qué asustarse.»

—¿Perdona? —preguntó ladeando la cabeza y abriendo los ojos desmesuradamente. El corazón le latía a toda velocidad, así que espiró lenta y silenciosamente por la nariz.

—¿Cómo has conseguido ese uniforme si no sabes nuestras canciones? —continuó la chica sonriendo.

—Bueno, me da un poco de vergüenza. He estado viajando mucho con mis padres y mi formación en las Juventudes Alemanas estaba un poco incompleta. Mi tío espera que mi educación mejore aquí. —Estaba a punto de añadir: «Estoy segura de que lo hará», alegremente, pero se contuvo.

—¿Dónde has estado? —preguntó la chica picada por la curiosidad.

—En España casi todo el tiempo. Mi padre estaba en la Legión Cóndor.

—Ah, muy bien. Bombardeando a los republicanos hasta hacerlos picadillo, espero. —Más sonrisas—. ¿Cómo te llamas?

—Haller, Ursula Haller. —«Esto está saliendo demasiado bien», pensó. Pero todavía faltaba algo por llegar.

—Muy bien Haller. —Más sonrisas—. Mañana vendrás a verme por la noche y ensayaremos todas las canciones que hemos cantado hoy. Por cada equivocación, por cada palabra que no sepas, Rahn te arrancará un pelo. —Sonrisa—. Eso sí que mejorará tu educación. —Ojos agrandados con inocencia, resolución, satisfacción.

Sarah miró a Rahn, una montaña cuyos brazos parecía que iban a reventar la camisa. La líder seguía sonriendo, sin mostrar indicio alguno de enfado u odio, y sus amigas esbozaron una sonrisita de satisfacción. Se despidió de Sarah con la cabeza y se fue diciendo:

—¿Digamos que a la puesta de sol? Sí.

101

En ese momento todo el mundo la estaba mirando. Notó que se le secaban los labios. ¿Se había sonrojado? Sintió calor en la nuca. La plenitud de su derrota la estaba destrozando, al igual que la velocidad a la que la habían derrotado. «Cierra la boca, *dumme Schlampe*, pareces un pez.»

—Von Scharnhorst es la *Schulsprecherin*, la delegada. —Ratón había vuelto a aparecer y daba saltitos con un pie y con el otro—. Esta noche solo hemos cantado cuatro canciones, ¿o han sido cinco? No estoy segura. La Reina del Hielo está siendo amable contigo.

—Aun así es mucho pelo —gruñó Sarah.

10

—¡*L*o sabía! Sabía que ibas a traer problemas —exclamó Liebrich yendo de un lado para otro a los pies del catre de Sarah, prácticamente bufando—. Lo último que necesitamos es que Von Scharnhorst transforme este dormitorio en su siguiente proyecto personal. Maldita seas, Haller.

Sarah estaba sentada en la cama con las piernas cruzadas, con unas páginas escritas a toda velocidad esparcidas delante de ella. Leyó las líneas una y otra vez. Algunas canciones, como *El estandarte*, eran fáciles y estaba familiarizada con la música, pero había dos que no había oído jamás. Sin melodía con la que acompasar, las palabras se dispersaban como hojas de otoño cayendo de las ramas.

—No me estás ayudando nada —murmuró.

—¿Debajo de qué piedra has estado para no saber esas canciones?

—Eso es, he estado debajo de una piedra. No en España, sino bajo una piedra. Mi mejor amigo era un gusano —replicó fríamente.

—No te pases de lista, Haller.

—No todos podemos ser como tú.

Liebrich meditó aquellas palabras un momento. Dos de las chicas que se estaban preparando para acostarse ahogaron una risita a su espalda. Liebrich cerró la mano en un puño.

—Si no contentas a la Reina del Hielo mañana, tendrás otra sesión de arranque de pelos aquí justo después.

103

—Estaré encantada. Trae un sombrero.

No miró a Liebrich, ya no le importaba. Tenía salchichas más grandes que freír.

—Hora de apagar la luz —dijo una voz, y todas las chicas se fueron corriendo a la cama. Dio vueltas en el catre e intentó envolverse en la sábana. Liebrich le había mentido, aquello no abrigaba lo suficiente.

Corría apresuradamente por el callejón. Se había arañado la mejilla y notaba la sangre en la barbilla.

—¡JUDAS! —gritó una voz a su espalda.

—¡JUDAS! —corearon otras voces más alejadas.

Miró hacia atrás para ver lo cerca que estaban y no vio a los tres chicos de las Juventudes Hitlerianas, hasta que se topó con ellos. El más alto, de unos quince años, la agarró por la muñeca y la obligó a detenerse.

—Mira… es la pequeña judía de oro —anunció lanzándola contra una pared antes de limpiarse las manos en los pantalones del uniforme. Los duros ladrillos le hicieron un corte en la espalda por debajo del fino algodón.

—Te has ensuciado las manos, Bernt —dijo otro de los chicos mientras se inclinaba hacia la pared. Eran casi el doble de altos que ella, demasiado grandes como para pelear contra ellos y lo suficientemente en forma como para alcanzarla si escapaba. Intentó no resollar, pero la situación era demasiado intensa y acabó jadeando como un perro.

—No deberían estar fuera estropeando este lugar —murmuró el tercero, al tiempo que bloqueaba la huida de Sarah hacia el otro lado y resoplaba.

—Sí, deberíamos obligarlos a lavarse, ¿no crees, Martin?

Martin se agachó y escupió a Sarah en la cara. Notó la saliva caliente cuando se estampó en la mejilla y le salpicó el ojo y la oreja. Esperó a que cayera, con la vista en el suelo y los ojos muy abiertos. Su única defensa era aburrirlos. «No soy nadie. No merezco que os molestéis conmigo.»

—Qué hace una judía con ese pelo, ¿eh? —El líder agarró uno de sus rizos y tiró de él lentamente. Aquello era algo nuevo y no sabía bien cómo reaccionar. Al verla aturdida tiró rápidamente y lo arrancó de raíz. Gritó muy a su pesar y notó que las lágrimas se le agolpaban en los ojos.

«No te atrevas a llorar, *dumme Schlampe*. Es mejor que te arranquen todo el pelo que mostrar debilidad.»

«Mi bonito pelo.»

«Vanidosa putita. Ni siquiera deberías tenerlo de ese color.»

Los chicos se echaron a reír y le agarraron la melena.

—¿Eso es lo que hace ahora la raza superior? ¿Acosar a una niña? —La voz consiguió que vacilaran y se dieran la vuelta—. ¿Os hace sentir grandes e importantes?

El carnicero era enorme. Alto y con anchas espaldas, tenía unos fornidos brazos que se unían a la perfección con su cabeza calva sin necesidad de cuello. La parte delantera de su bata blanca estaba manchada de rojo, con trozos brillantes todavía húmedos. Llevaba un *chalef*, una larga cuchilla de cocinero con la punta reluciente.

En medio del silencio se formó una gota de sangre en el extremo de la hoja y cayó en los adoquines.

—Vete, abuelo. Esto es asunto del Reich —afirmó Bernt, pero le tembló la voz.

—¿Un asunto del Reich? ¿Unos niños amenazando a una niña? —preguntó, mientras se pasaba la cuchilla a la mano derecha. La sangre dejó un reguero en el suelo—. Tenéis hasta que cuente cinco para iros. Uno… —Los chicos se miraron unos a otros.

Bernt dio un paso adelante.

—No obedecemos órdenes de un judío.

—Dos.

—Tú vas a obedecer nuestras órdenes. —Martin dio un paso hacia la derecha detrás de él.

—Tres.

El tercer chico miró a Martin y este se encogió de hombros.

—Bernt... —susurró Martin.

—¡Calla! —dijo Bernt entre dientes, pero Martin se alejó un poco más.

—Cuatro. —El carnicero dio un paso adelante y el tercer chico salió corriendo. Bernt se echó involuntariamente hacia atrás y Martin desapareció.

—Esto no ha acabado todavía, Israel...

—Cinco. —Bernt echó a correr. Se paró a unos diez metros y gritó.

—No para ti. No para ti, putita.

El carnicero se volvió lentamente hacia él, pero ya se había ido.

Respiró despacio y meneó la cabeza. Se agachó y se quitó la bata. Dejó con cuidado la cuchilla entre sus pliegues y la tapó con una manga. Sarah estaba temblando. El carnicero le ofreció una mano, pero la rechazó.

—Eh, eh, no pasa nada, no pasa nada —la tranquilizó mientras sacaba un pañuelo ensangrentado de un bolsillo. Le apartó el pelo mojado de la cara—. No te preocupes, no habría arriesgado la cuchilla en esos delincuentes. Es demasiado valiosa. —Le limpió con cuidado la saliva de la cara con el pañuelo que olía a carne—. Cuando hago esto con mi hijo normalmente escupo en él —dijo riéndose suavemente.

—Esos chicos... —susurró Sarah.

—Se han ido, todo ha acabado —la calmó el carnicero.

—No, no ha acabado —aseguró con voz áspera—. Volverán y serán más, y vendrá la Sección de Asalto y... ¿No tiene miedo?

Los ojos del carnicero eran dos pequeñas avellanas en un enorme pudin de sebo. No lo tenía.

—Rapunzel, ha habido pogromos antes, dentro de unos años habrá pequeños energúmenos como ese tirando piedras a la ventana de mi hijo. Nada cambia, pero seguimos aquí. No puedo asustarme de que haya una tormenta. Llueve, deja de hacerlo. Volverá a llover. ¿Te asusta la lluvia? —preguntó con fingida seriedad.

—No.

—¿El trueno o el relámpago? —continuó sonriendo.

—No. —Se echó a reír tonta, inesperadamente, como si le hubiera entrado hipo. Era como un rayo de sol a través de una nube.

—¿Lo ves? Ahora es mejor que te vayas a casa.

El cielo se oscureció y empezó a hacer frío. Miró al carnicero. Su sonrisa se desvaneció y la luz de sus ojos se apagó. Se le hinchó la mejilla derecha, la piel se amorató y le salieron ampollas, y finalmente se agrietó y brotó una sangre muy oscura. La sangre se extendió hasta que el ojo adquirió un color rojinegro. La nariz se ensanchó y se partió. Los labios se agrandaron y los dientes partidos salieron a través de ellos. Era de noche y el mundo estaba iluminado por fuego acompañado de gritos. Cuando el carnicero se cayó de rodillas, vio que el suelo estaba lleno de cristales rotos que relucían como miles de estrellas, cuando las botas los pisaban. Del cuello le colgaba un tablero recortado en forma de estrella de David y la cuerda le apretaba el cuello. Abrió la boca y se inclinó hacia ella. Sangre y vómito cayeron por la pintura amarilla.

La sangre le llegó a la cara y el vómito al pelo.

Quiso gritar, pero no pudo, notaba el pulso en las orejas como si su cabeza fuera a estallar. Necesitaba gritar, forzar que todo aquello desapareciera con el poder de su voz, pero no consiguió emitir ningún sonido. Inspiró con fuerza y abrió la boca, en vano.

107

Υ

—¡Haller! —Notó que unas manos se extendían hacia ella. Las apartó e intentó irse de allí—. ¡Calla, Haller!

Vio la cara de Ratón, inconfundible en el resplandor de la luna.

—Has tenido una pesadilla.

Dejó de defenderse. Estaba cubierta de sudor y las sábanas, húmedas. Los grandes ojos de Ratón parpadearon inquisitivamente.

—No hay perros. —Rio amargamente mientras se frotaba los ojos.

—¿Te gustan los perros? A mí, sí. Son bonitos, aunque huelen un poco —farfulló Ratón—. ¿Qué estabas soñando?

—Estaba soñando con la Noche de los Cristales… —Se le heló la piel.

Intentó pensar con claridad y deshacerse de las partes del sueño que seguían en su cabeza. ¿Qué iba a saber de esa noche si era uno de ellos? ¿Cómo la llamaría? No el pogromo de noviembre, no, tenía razón. La Noche de los Cristales Rotos. Le habían puesto un nombre bonito a un episodio horrible. Meneó la cabeza y murmuró algo incoherente.

—Era aterrador, ¿verdad? Has gritado. —Ratón hizo una pausa—. ¿No estabas entonces en España?

«*Dumme Schlampe*.»

—No lo vi… Solo era un sueño… Los judíos se escapaban. Nadie me hacía caso. Una tontería…

—No, eso habría sido horroroso. —Ratón había asentido mientras Sarah hablaba y parecía satisfecha. Intentó poner en orden sus ideas. La mentira, las consecuencias, el sentido… ¿Cuál sería la siguiente pregunta de Ursula Haller?

—¿Cómo fue? Me refiero a la Noche de los Cristales Rotos.

—Ah, fue muy emocionante, supongo. Ya sabes, se castigó a los judíos, la voluntad del pueblo y todo lo demás. Hubo cristales por todas partes, en todas las calles, incluso donde no

había judíos, y se tardó mucho tiempo en limpiarlo todo y me
cayeron en el pelo y se me rompieron los zapatos…

—Ratón —dijo una voz en la oscuridad—. ¡Cállate!

Ratón hizo una mueca.

—Deberías dormir para estar lista para mañana por la noche —susurró con tono conspirador—. ¿Qué tal vas?

—No sé la música de la mitad. Son más difíciles de recordar.

—Por eso no hay problema, ya te las cantaré. Acuéstate,
duerme y te las cantaré y así te acordarás de ellas. Venga.

No supo qué decir. Se tumbó en la sábana y se apartó para
que Ratón se pusiera a su lado.

No quería que la tocara. Había pasado mucho tiempo desde
que alguien la había abrazado, deliberada y voluntariamente,
sin intención de engañarla o hacerle daño. Pero Ratón no la
tocó. Dejó diez centímetros de distancia entre las dos, demasiado cerca para estar cómoda, pero lo suficientemente lejos
como para que no le importara. Su delicada voz sonó, medio
susurrando medio cantando, como un gramófono defectuoso.

Somos solidarios bajo nuestra reluciente bandera, unidos.
Con ella somos un pueblo. Ya no caminas solo, ya no caminas solo.
Todos juntos obedecemos a Dios, al Führer y a la sangre…

Empezó a adentrarse en una brumosa y nocturna carretera
a un puerto y en los distantes ladridos de perros.

Queremos ser uno, estar unidos. Alemania, permanece encendida.
Veremos tu honor en tu brillante luz.

—Ratón —gruñó una voz en la oscuridad—. ¡Calla la boca!

11

*L*a comida de Rothenstadt estaba fría y era asquerosa. Se había frito, pero no se sabía cuándo. Al igual que la mayoría de establecimientos del Tercer Reich, el barniz de grandeza era un simple engaño, pero, aun sabiéndolo, la poca calidad de aquel lugar la sorprendió. Las semanas en las que había estado comiendo las sabrosas y caras sobras del capitán la habían ablandado y tuvo que guardar en su caja el profundo anhelo que sentía por una tarta de manzana. Se recordó que había comido cosas mucho peores, y al menos lo servían en un plato sucio y no tenía que buscarlo en la basura.

Las clases eran fáciles. Le preocupaba no estar a la altura de sus compañeras en aritmética y álgebra, unas materias que no le habían resultado sencillas ni siquiera antes de perder a su tutor, pero no hacían verdaderas operaciones ni estudiaban ciencias o nada parecido a lo que habría estudiado en un colegio normal. Allí la consigna parecía ser *Kinder, Küche, Kirche* —niños, cocina, iglesia— y el componente religioso, el nacionalsocialismo. Daban clases de Economía doméstica, Puericultura y, por irónico que pareciera, Cocina. Sabía cómo hacer la mayoría de las tareas domésticas, en los últimos años prácticamente se había encargado de llevar la casa, con provisiones cada vez más escasas.

El resto era como una parodia de la educación. Hacían ejercicios que parecían operaciones matemáticas, pero que en realidad se reducían a cuánto robaban los judíos a la patria. En

Geografía se hablaba de los alemanes a los que acosaban en Polonia. Historia trataba del *Volk* —el pueblo— y sus logros. Las respuestas no importaban, el mensaje lo era todo.

Cualquier error, respuesta dudosa o trabajo que no estuviera a la altura de los frustrantemente indefinidos estándares del colegio acarreaba golpes en la palma de la mano con una regla. Algunos profesores administraban ese castigo superficialmente. Vio chicas a las que ni siquiera les cambiaba la expresión de la cara cuando la madera rebotaba en su piel. Otros profesores se tomaban aquella responsabilidad con mucha más seriedad. Una de ellas era *Fräulein* Langefeld.

Fräulein Langefeld llevaba o, más bien, blandía una gruesa vara de un metro de largo que golpeaba con impaciencia contra la tarima cuando acababan las clases. Su voz acompañaba aquel ritmo en *staccato* en el que cada palabra era un arma y en su cara se formaba un imperecedero ceño, resultado de una profunda repulsión. Utilizaba la vara con demasiada fuerza y demasiado a menudo, al tiempo que chasqueaba la lengua.

111

El principal objetivo de su latente descontento parecía ser Ratón. Cuanto más fuerte la golpeaba Langefeld, más tartamudeaba Ratón; cuanto más subía la vara, más profundo era el miedo que reflejaban sus redondos ojos. Sarah tenía que darse la vuelta para no verlo.

«Estúpida, monstruo.»

Habría preferido moverse en las sombras. Pasar inadvertida tenía sus ventajas, ver sin ser vista. Pero durante el primer día se dio cuenta de que era imposible. Se había corrido la voz. Von Scharnhorst le había exigido una tarea irrealizable y su maníaca lacaya, Rahn, iba a arrancarle el cuero cabelludo. Se percató de las miradas, los codazos y los susurros. La Reina del Hielo tenía una nueva cabeza de turco. Las chicas sentían lástima por ella, pero a la vez estaban aliviadas. Mientras Haller estuviera en lo más bajo de su estima, no lo estarían ellas.

«Estúpidas, monstruos.»

Y

Abrió la pesada doble puerta que daba a la sala de música con tanto cuidado como pudo. Aquella pequeña habitación estaba vacía y olía a humedad. En la pared del fondo, un montón de cancioneros formaban una irregular torre. Todas las copias de ¡*Las chicas cantamos!* estaban amarillentas y ajadas, y sujetas con cinta adhesiva, pero, para su inmenso alivio, Ratón estaba en lo cierto: contenía todas las letras y música que necesitaba aprender.

El piano era barato y estaba lleno de polvo. Evidentemente, la meticulosidad de *Herr* Bauer no iba más allá de su oficina. De hecho, todo lo que había visto hasta ese momento indicaba que aquel colegio era una manzana podrida, brillante y sana en el exterior, pero putrefacta en el interior.

Pulsó una tecla. La funda de marfil del do grave estaba sujeta con la misma cinta adhesiva y era pegajosa al tacto. Se sentó en el taburete y practicó escalas. Los macillos golpeaban ruidosamente bajo la tapa y las cuerdas estaban ligeramente desafinadas. Soltó un gruñido y empezó a trabajar con el cancionero.

Las canciones eran triunfales, incluso alegres. Algunas eran antiguas canciones folk alemanas que reconoció fácilmente, visiones románticas de un objetivo común. Otras las había oído en los desfiles de las Juventudes Hitlerianas, esas eran más estrepitosas, más marciales, llenas de oscuridad y sangre. Las mujeres daban, producían y sufrían, pero también tenían que ser fuertes y estar unidas y orgullosas. «Ve al este, venga la injusticia, libera al pueblo alemán… ¡A las armas!»

Seguir las notas en el pentagrama era atractivo, casi hipnótico. Comenzó a cantar con voz baja, pero fue aumentando el volumen. Subía y bajaba, aprendiendo las palabras, colocándolas en el lugar preciso para más tarde: «Alemania, despierta y acaba con…».

HUÉRFANA, MONSTRUO, ESPÍA

Paró. Aquello no estaba bien. Conocía esa canción. Se la había oído cantar constantemente a chicos con piedras y escupitajos. «Alemania, despierta y acaba con los judíos», esa era la letra. Sin embargo, en el cancionero ponía «acaba con el sufrimiento». ¿El sufrimiento de quién? ¿De los judíos? ¿No de las otras naciones? ¿Cuánto habían sufrido? Estaba muy enfadada. ¿Por qué habían cambiado la letra? ¿Tenían que hacer caso omiso del pogromo las chicas? ¿No sabían nada de él? Por supuesto que lo sabían. Era imposible no estar al tanto.

¿No?

—Acaba con el sufrimiento, es la siguiente frase.

Se quedó de piedra al notar olor a naranjas. Leyó la mentira en la página y, muy a su pesar, su rabia se desbordó.

—Es «acaba con los judíos». ¿Por qué han cambiado la frase? —preguntó bruscamente—. ¿Os da vergüenza?

«Calla, calla, *dumme Schlampe*.»

Detrás de ella el mayor Foch dio dos pasos hacia delante. Sintió un frío helador, como si hubiera salido de casa con el pelo mojado en diciembre. Empezó a tocar *¡Pueblo a las armas!* otra vez. En la manchada superficie de la tapa abierta vio que el oficial se acercaba.

—No es necesario que las mujeres intervengan en esa labor. Su parte consiste en formar una familia y dejar que nosotros nos ocupemos de retirar a los judíos de la vida pública. Nadie muere —dijo con voz tranquilizadora.

—Muerte... —murmuró bajando la vista.

—Es el entusiasmo de la juventud —aseguró.

Notó una mano en el hombro e intentó seguir tocando. La pieza era sencilla, demasiado como para concentrarse en ella. Quería apartarse, quitarse esa mano de encima e irse a un rincón.

El mayor volvió a hablar.

—¿Sabes algo de Beethoven, Haller?

Nada. No tenía ni una sola nota en la cabeza. «Piensa en

algo. Di algo.» Era patético. *Pathétique*. Casi se echó a reír. La sonata para piano n.º 8 de Beethoven. Las notas acudieron a su mente.

Golpeó las teclas venenosamente, se frenó y volvió a golpear. La dulzura que seguía después veló la tensión, la insinuación de cólera y de dolor. Ruido, paz, oscuridad, luz.

El comienzo de aquella pieza siempre había sido divertido. Era como congregar a los demonios, a los monstruos y los relámpagos antes de controlarlos con los pedales y la punta de los dedos. En esa ocasión no lo fue.

Dejó que sus manos recorrieran el teclado con una alegría que no sentía y se decidió por una acunadora nana, una nana de nubes que se cernían, relámpagos y destrucción. Sus manos ya no eran libres. Se frenaban cuando la libertad las llamaba. Después las notas flotaron en un torrente de trinos y fraseos, y la emoción se perdió en el esfuerzo técnico. Simples números y dedos, matemáticas y memoria.

La mano se aferró con fuerza en el hombro. Perdió el ritmo, lo que desencadenó disonancias y errores. Paró, la última equivocación seguía resonando débilmente bajo la tapa.

—Hace mucho que no la interpreto, mayor.

—No pasa nada, Gretel. La próxima vez lo harás mejor.

—Ursula, señor. —Ratón dijo que era raro, ¿se refería a eso?

La mano se apartó del hombro.

—Por supuesto, continúa.

La oscura figura fue haciéndose más pequeña, hasta desaparecer en el reflejo del piano. En algún lugar sonó un reloj. «Cuenta los segundos, espera, controla».

La habitación estaba prácticamente a oscuras. La luz de la ventana perdía intensidad y se enrojecía.

Puesta de sol.

Se colocó ¡*Las chicas cantamos!* en el pecho y fue hacia la puerta.

Y

La habitación estaba caliente, sofocantemente. Había fuego en la chimenea y la bandera acabada en punta burdamente sujeta a la pared ondeaba lentamente con el aire ascendente. En su lucha por mantener fuera el frío o resistir el calor de dentro, el cristal lleno de vaho dejaba caer gotas de agua. Pero eso no era lo que conseguía que el ambiente fuera agobiante. En la habitación flotaba una recelosa y cruel condescendencia que se pegaba a las desconchadas paredes como el moho.

Fue al centro de la habitación. Una gota de sudor le cayó por la espalda, esquivó la apretada cinturilla y continuó bajando. Tuvo la desagradable sensación de que se había meado. «Prepárate para actuar, *dumme Schlampe*. No es un ensayo: la prensa y los invitados de honor esperan, los focos están encendidos, el telón se levanta.»

La Reina del Hielo estaba sentada en un viejo sillón de piel como si fuera un trono, con una pierna perezosamente cruzada sobre la otra y las manos extendidas sobre los brazos; sus largas uñas arañaban el borde distraídamente. Parte del pelo escapaba de la trenza que llevaba alrededor de la cabeza y formaba un flequillo sobre sus ojos azules semejantes a lámparas. Notó sonrisitas y susurros en las chicas mayores que estaban en las sombras. Sabía que Elsa estaría allí, a poca distancia.

Las palabras que necesitaba se retorcieron en su mente, pero las apartó. Volverían cuando las llamara, o no. En ese momento no ganaba nada aferrándose a ellas frenéticamente.

—¡Cabeza arriba, ojos al frente, chica nueva! Tu postura es espantosa.

Miró el banderín de la Liga de las Muchachas Alemanas. Era cutre y le colgaban algunos hilos. El águila se había cosido toscamente y casi daba risa, parecía un pollo herido.

—¿Empiezo? —preguntó con cautela.

—Cuando yo lo diga.

115

Por el rabillo del ojo vio que Rahn se alzaba desde la encorvada posición que había ocupado junto al sillón de la Reina del Hielo, como hacen las arañas cuando una mosca cae en su red.

Rahn acechaba detrás de ella, incómodamente cerca. Oyó sus lentos pasos de un lado a otro sobre la moqueta.

—¿Sabes? —comenzó a decir suavemente la Reina del Hielo—. Estás aquí por dos razones. En primer lugar, nuestro pueblo está destinado a grandes cosas, pero el futuro se conseguirá con esfuerzo. Solo los que resistan la tensión merecen educar a la nueva generación. —Tenía una voz razonable, incluso amistosa, pero que no podía contrariarse—. Es la ley del más fuerte… y nosotros seremos los más fuertes. El resto se desecharán.

Rahn rodeó el cuello de Sarah con un muscular brazo y empezó a apretar lentamente. Un olor a sudor rancio y a jabón barato le llegó a la nariz, y unos ásperos dedos le recorrieron el cuero cabelludo y el pelo.

—La otra razón es que tienes que ponerte al día y sé que el dolor es una increíble motivación. Centra la mente.

Cuando el brazo se cerró más, tuvo que ponerse de puntillas para poder respirar. Una mano agarró un mechón de pelo y tiró lentamente hasta que quedó tirante. Unos primeros pelos se desprendieron; notó una ráfaga de rápidos pinchazos en la cabeza.

—No tanto, Rahn —la reprendió con dulzura Von Scharnhorst—. Todavía queda mucho. No queremos que parezca una trabajadora polaca, ¿verdad?

La mano soltó el mechón, que cayó sobre su frente, pero enrolló otro más pequeño alrededor de un dedo y tiró. Sarah chasqueó la lengua cuando tres pelos se soltaron haciendo un ligero ruido. El dedo se detuvo y su cuero cabelludo bramó.

—Puedes empezar.

«Tu entrada.» Se pasó la lengua por los secos labios y empezó a cantar.

En el este las banderas se elevan
y con el viento del este se alaban…
Después dan la señal para partir
y en el corazón la sangre no cesa de bullir…

La letra llegó en el momento justo, se unió a la melodía y salió de su boca con ritmo militar.

La respuesta proviene de esa natura
de alemana compostura.
Por ella muchos han sangrado…
Es lo que la tierra nos ha dejado.

Su voz fue adquiriendo energía conforme se acomodaba al ritmo y permitió que su tono fuera más desafiante.

Las banderas ondearán con el viento del este
en un viaje para el valiente.
¡Protégete y acumula fuerza!,
si vas al este la tendrás en la reserva.

117

«¿Qué estás cantando, estúpido monstruo? ¿Ir al este? ¿Qué pasará cuando Alemania vaya al este? ¿Y qué pasará con la gente que hay allí? Concéntrate.»

Tartamudeó al comienzo de la cuarta estrofa y Rahn le arrancó el mechón con un gruñido de satisfacción. El dolor fue como una explosión de luz. Ahogó un grito, pero se le escapó un gemido cuando Rahn apretó con fuerza y enrolló otro mechón en el dedo índice.

«Mira lo que has hecho, princesa.»

«Mi bonito pelo.»

«Vanidosa putita, concéntrate.»

«*Mutti*…»

«No, canta las canciones.»

Cerró los ojos. Acabó *En el este las banderas se elevan* y pasó directamente a *Se solidarizan*. Bandera, Führer, sangre…, más pasión y más volumen conforme salían las palabras, impecables, perfectas, como los hilos de una historia que hubiera contado toda la vida.

Cuando interpretó *Una llama,* Rahn gruñó y empezó a apretar el antebrazo contra su tráquea. Su voz se volvió más desigual y ronca. Apenas le dolía, era como un dolor de garganta, pero al cabo de un tiempo le resultó más difícil respirar. Con cada inspiración recogía menos aire.

—Cerrad filas —el corazón le latía con más velocidad y fuerza en el pecho—, dejad que se enciendan las brasas —jadeo—, ninguna mancillará ni censurará —la canción era un doloroso susurro— lo que anida en nuestros corazones.

Inspiró con fuerza por la boca y Rahn le arrancó un puñado de pelo de raíz.

—¡Rahn…! —Una advertencia. ¿De quién?

Soltó un grito ahogado y abrió la boca para decir algo, pero no consiguió hacerlo. Las palabras sonaban demasiado débiles. La bandera empezaba a oscurecerse.

—¡Rahn…!

Esta arrancó un largo mechón de pelo rubio.

—¡Basta, Rahn! —le ordenó la Reina del Hielo.

Rahn soltó un juramento y relajó la presión del brazo en el cuello de Sarah. Esta se desplomó y recibió un empujón por detrás. Consiguió frenar la caída frente al sillón de Von Scharnhorst.

La Reina del Hielo observó cómo le subían y bajaban los hombros. Asintió una vez y entrecerró los ojos y los labios.

—Ya veo que no pasa nada con tu cerebro —dijo Von Scharnhorst mientras encendía un cigarrillo. Soltó una bocanada y la nube de humo se arremolinó alrededor de la cara de Sarah—. ¿Cuántos años tienes, Haller?

—Trece —contestó con voz ronca. «Mentirosa, mentirosa, mentirosa.»

—Eres muy alta para tener trece años, ¿no te parece? —añadió un tanto decepcionada.

—Imagino.

—Tal como te he dicho, tienes que ponerte al día, pero me interesas. Nunca había tenido una tabula rasa, una nueva cuenta con la que trabajar. A ver qué puedo hacer contigo. La próxima vez veremos de lo que es capaz tu cuerpo, ¿vale?

Rahn empujó a Sarah hacia la puerta y a su espalda se oyeron risas en las sombras. Miró hacia atrás y vio a Elsa, a la luz del fuego su cara reflejaba una risueña fascinación. Sus ojos la siguieron mientras salía. ¿De parte de quién estaba? ¿Quiénes eran sus amigas especiales? ¿Qué…?

Rahn le dio una bofetada. Fue dando tumbos hasta la pared y se agachó y se cubrió la cara con las manos. «Encógete y minimiza el daño.»

—¡Basta, Rahn! —ordenó la Reina del Hielo.

Rahn se colocó al lado de Sarah y se limpió la saliva que tenía en la comisura de los labios.

—Fracasarás, pequeña, y entonces te destrozaré.

En el dormitorio las chicas fingían estar ocupadas, pero todas estaban esperando a que volviera Sarah. Cuando entró, Liebrich se interpuso entre la puerta y su cama.

—Todavía te queda pelo, estupendo —la saludó con sarcasmo. Sarah siguió andando hasta que quedaron cara a cara. Cuando levantó la vista, Liebrich intentó hablar con los ojos y la boca muy abiertos. Sarah dio otro paso y aprovechó esa ventaja.

—Aléjate de mí, Liebrich —gruñó en voz baja—. ¿Me has oído?

Liebrich, perdida la compostura, asintió.

119

La apartó y se sentó en la cama mirando a la pared. Estaba cansada, demasiado cansada como para desnudarse.

—Haller —la llamó una vocecita.

—Hola, Ratón —susurró.

—Casi no te han arrancado nada de pelo, eso está muy bien, cuando lo peinemos y lo limpiemos, ya sabes, la sangre y eso, haremos unas trenzas… —Ratón dejó de hablar cuando Sarah levantó la cabeza.

—¿Qué pasa?

—Tus ojos, Haller, tus ojos —dijo con voz entrecortada.

—¿Tienes un espejo, Ratón?

Esta salió corriendo y regresó a los pocos segundos con una antigua polvera de carey. Sarah levantó la tapa.

El blanco de sus ojos ya no era blanco, sino de un rojo profundamente oscuro.

¿Cómo decía esa canción de la Liga de las Muchachas Alemanas? *La sangre oye la llamada.*

Toda la habitación la miraba con asombro, lástima y miedo dibujados en la cara.

12

*L*a llevaron a la enfermería, supuestamente para ver si estaba bien, pero sobre todo porque el resto de compañeras se sentían incómodas. Los profesores y el personal del colegio decidieron hacer caso omiso a lo que hubiera sucedido. Quizás era más fácil que intentar abordar esa cuestión y admitir que había pasado algo muy desagradable. Quizá sí lo sabían y les daba igual. No parecía importarles.

En ese lugar las prioridades parecían invertidas, incluso para ella, que no había ido al colegio. La disciplina era férrea, pero la educación no parecía tener importancia. Daba la impresión de que a las chicas mayores se les dejaba hacer lo que querían. El capitán había dicho en una ocasión que el Tercer Reich era así, que carecía de estructura y organización y solo tenía miedo, envidia, control e incompetencia. De ser cierto, quizá había una forma de derrotarlo. Sin embargo, ese colegio funcionaba, resistía.

La cama de la enfermería estaba caliente y las sábanas, limpias, así que durmió. Durante la mayor parte del tiempo, los perros estuvieron ausentes.

Una enfermera de mediana edad le llevaba las comidas o, más bien, dejaba una bandeja delante de ella chasqueando la lengua. Para comprobar si tenía fiebre le metió el termómetro en la boca con tanta fuerza que le hizo daño en la lengua, pero no dijo nada. De hecho, solo la miró a la cara en una ocasión. Su mirada, bajo un corto flequillo, era tan desagradable que tuvo que volver la cara. No supo qué había hecho para merecer una respuesta tan despiadada.

Tuvo otras dos visitas.

Ratón fue y habló de la comida, de las clases, de correr, de perros y gatos. «No vengas a verme. No me hables —aulló para sí misma—. Que no te asocien conmigo. Déjame en paz.»

Pero en vez de decir esas palabras en voz alta, asintió, susurró y se encogió de hombros. Vio una luz en sus ojos semejante a un resquicio de amanecer a través de una ventana con la persiana bajada. No consiguió acordarse de cuándo había alegrado a otra persona. ¿Lo había hecho alguna vez? A pesar de que aquello le parecía extraño y claustrofóbico después de haber pasado tanto tiempo sola, también era reconfortante, como un chocolate caliente en un día helador. Quería más.

Ratón no dejó de hablar mientras le hacía una trenza alrededor de la cabeza.

—¿Sabes lo que dicen todas? Que enviaron a Haller a la Reina del Hielo y pasaste todas las pruebas, pero Rahn te pegó igualmente e hiciste que te sangraran los ojos adrede y se asustó y paró. ¡Imagínate! Menuda historia. Imagino que prefieren creerla.

—¿Que me enviaron a la Reina del Hielo? —Tuvo la sensación de que formaba parte de una historia de la que todavía no sabía nada—. Lo dices como si ya hubiera pasado antes.

—Sí, claro. Normalmente se elige a una chica para… probarla.

—¿Y qué les hacen? —El malestar iba en aumento—. ¿Qué le pasó a la última?

A Ratón se le ensombreció la cara y pareció abatirse.

—Algunas se unen a Von Scharnhorst como líderes juveniles. Les dan mejor comida y dejan de ir a muchas clases. Estuvo Kohlmeyer y…

—¿Qué pasó en la última prueba? —la interrumpió tocándole el brazo, estaba frío.

—Creyeron que… que no era lo suficientemente fuerte. A veces hay accidentes… A veces… —Ratón no acabó la frase.

Nada salía como estaba planeado.

«¿Qué plan? ¿Bajar la cabeza? ¿No decir nada? ¿Esconderse en las sombras?»

«No, así es como acabas, completando el programa. Ya sabes dónde está el límite. Sabes cuál es, por eso no puede hacerte daño.»

Su segunda visita le dejó una partitura de Beethoven en el regazo mientras dormía.

No volvió a pasar otra noche en la enfermería.

La ventana estaba entornada, como antes. El olor a sangre provenía del interior. Se agachó debajo de ella y miró hacia la calle. Estaba vacía.

Alargó una mano y tocó el alféizar. Estaba manchado de sangre. Se sobrepuso al asco que sintió, agarró con fuerza la madera y se aupó. Cuando tuvo los ojos a la altura de la falleba paró y se mantuvo a unos centímetros del suelo. No había nadie en la habitación, pero la habitación no estaba vacía. Perfecto.

Abrió la ventana con el codo. Las bisagras rechinaron y se quedó quieta. Nada. Un grito, un carro, un coche, ruidos distantes en la ciudad. Se alzó y pasó las piernas entre los brazos, tal como había hecho miles de veces en las barras, con cuidado de no tocar el marco. Saltó al interior, el suelo estaba resbaladizo y se deslizó hasta la mesa. Cuando recuperó el equilibrio se paró para escuchar. No se oía nada ni se percibía movimiento alguno en el pasillo.

Miró la mesa y se le revolvió el estómago. «Madura,

123

dumme Schlampe.» Tenía las manos llenas de sangre incluso antes de buscar el saco en el abrigo. Hizo caso omiso a la saliva que se le formaba en la garganta y empezó a meter las vísceras blancas, marrones y rojas en la improvisada bolsa.

—¡No voy a dejar que te lleves eso, Rapunzel!

Se detuvo un segundo y después siguió tirando de la carne hacia ella.

—Tenemos hambre. Tengo hambre.

—No puedes llevártelo.

Se paró y miró al carnicero. Se apartó un mechón de pelo de la cara y dejó un reguero de sangre en la mejilla. Empezó a temblarle el mentón. ¡Maldita sea!

—No tenemos comida ni dinero. Nos morimos de hambre.

Cayó sangre en sus mugrientos calcetines y en los gastados zapatos.

—Bueno, puedes llevártelo, pero no dejaré que te lo comas. —El carnicero cruzó los brazos y apoyó la hoja de la cuchilla en su amplio pecho.

—¿Qué? —tartamudeó, y la confusión superó el hambre.

—Es *nikur*, nervio ciático, nervios, tendones, cuartos traseros sin purgar. No puedo permitir que lo comas.

—¿No es *kosher*? —Se echó a reír con incredulidad—. ¿De verdad? ¿Y crees que me importa que no esté limpio?

El carnicero miró al suelo y suspiró.

—No, pero a mí sí.

—¿Y lo vas a tirar sin más? —preguntó dejando el saco de golpe en la mesa.

—Solíamos vendérselo a los gentiles, pero ya no podemos. No sé purgar los cuartos traseros debidamente, así que…

—Los tiras… —dijo Sarah con pena—. Y mientras tanto la gente pasa hambre.

—No es el fin del mundo, Rapunzel. En cualquier caso, todavía no —dijo mientras levantaba el saco con cuidado—. Ven. Ven y come conmigo.

La sentó en un taburete en medio de los cuerpos abiertos en canal que colgaban en la habitación de al lado y al poco volvió con unas salchichas.

Se abalanzó sobre la *kishka* como un lobo.

Las salchichas eran gruesas, grasientas y jugosas a pesar de estar frías. Su sensación de derrota desapareció cuando les hincó el diente y rompió la suave y gomosa cubierta para que el contenido entrara en su boca. Durante un momento se olvidó de su vida y se deleitó con el hilillo de grasa que le caía por la mejilla.

El carnicero observó cómo atacaba la comida.

—¿No te da de comer tu madre?

Dirigió los ojos hacia él. *Mutti*. Esperando. Llorando. Durmiendo.

—La tuya te da de comer demasiado —gruñó, y siguió comiendo. Su ingratitud le picó como una ortiga y volvió a intentarlo entre bocado y bocado—. No se encuentra bien, pero tampoco la dejan trabajar. No tenemos dinero.

—¿Y tu padre?

—Pura cepa aria, así que mientras nadie se entere de que es un corruptor de la raza, no le pasará nada, dondequiera que esté. ¿Y tú?

—Todo el mundo necesita al *shohet*, alguien tiene que cortar la carne debidamente. Mientras haya comida para alguien, la hay para mí. —Hizo una pausa y después se encogió de hombros—. Tengo suerte.

—¿Cómo te pagan?

—Pagan lo que pueden. —Alargó la mano para ofrecerle el resto de su *kishka*. Intentó no arrebatársela, pero la tenía en su poder antes de que el pensamiento se hubiera formado en su mente. Murmuró «gracias» mientras la devoraba.

125

En esos tiempos solo pensaba en comida. Al principio tenía la sensación de que el estómago se le cerraba y no necesitaba comer. Después, poco a poco creyó que su vida se consumía. Sentía las extremidades pesadas e inútiles. Estaba cansada, con un agotamiento generalizado que nunca desaparecía. Se enfadaba con facilidad y le costaba pensar, todas sus ideas se perdían en el vacío zumbido que se alojaba en su cabeza. Resultaba fácil imaginar que su frágil cuerpo se arrastraba hacia el vacío en su interior, como el agua en un desagüe. Todo trozo de comida que encontraba parecía darle más hambre, como si esos pagos indicaran al banco cuánto le debía. Soñaba con pasteles, estofados, sopa y fruta, pero la realidad era tan desoladora que le resultaba imposible soportarla. Esa salchicha —tan grasienta y tan hermosa— era un recuerdo de su propia ausencia. Alegría y sufrimiento cocinados en la misma cazuela, con sabor a ambas cosas y a ninguna de ellas.

—Despacio, Rapunzel. Te vas a poner mala. —El carnicero se levantó sonriendo y salió de la habitación.

Se deleitó con la sensación de la aceitosa carne deslizándose hasta su estómago. Apoyó la espalda en la pared. No había muchas reses colgando. ¿Cuántos hombres trabajaban allí? De repente se dio cuenta de que la aparente riqueza del carnicero era minúscula. Los boicots, las leyes antisemitas que les habían dejado sin trabajo… ¿Cuánta carne podía vender a un pueblo que cada vez tenía menos?

A través de la otra puerta vio el saco junto a la ventana por la que había entrado. Seguía lleno y la parte de abajo estaba manchada de sangre.

Miró la ventana, miró el saco, miró la otra puerta.

Cuando aterrizó en los adoquines estuvo a punto de caerse por el peso del saco, pero mantuvo el equilibrio y aceleró. Corrió como si la persiguiera el mismísimo diablo.

Se cansó enseguida y en cuanto dobló la esquina redujo velocidad. El saco era realmente pesado. ¿Cuánto había metido?

Empezó a andar y, al notar humedad a través del vestido, se quitó el saco de la espalda. Se paró y lo abrió.

Dentro había media res cortada a la manera tradicional *kosher*, con sal.

No estaba triste, pero las lágrimas que brotaron en sus ojos lavaron la sangre de su cara.

127

$\mathcal{H}$abía pasado muchos años intentando pasar inadvertida, escondiéndose, moviéndose con sigilo. Cuando no lo había conseguido, había tenido que correr, más rápido, más lejos y, de ser necesario, con más sensatez que sus perseguidores. De repente era famosa. La observaban. Hablaban de ella. Notaba miradas de envidia, admiración y lástima en todas partes. Para Liebrich era una rival. Para Ratón, una diosa. Para la Reina del Hielo, un nuevo conejillo de Indias. ¿Y para el resto? No lo entendía. Tras el aislamiento de los últimos años, toda esa atención era abrumadora. El colegio le parecía demasiado pequeño y agobiantemente lleno de chicas. Los pasillos y aulas, las salas y los dormitorios. Allá donde fuera para estar sola, alguien la vigilaba y Ratón la seguía a una respetuosa distancia. Era asfixiante, como una manta mojada.

128

Evitaba la sala de música.

Solo se sentía libre cuando estaba fuera del edificio. En aquel colegio el ejercicio era tan importante como la propaganda. Todas las tardes las obligaban a salir a los jardines, hiciera el tiempo que hiciera, para desfilar, bailar, practicar y hacer estiramientos en filas simétricas. En esa versión gimnástica de las ceremonias de la bandera, con consignas y canciones, ella, un minúsculo engranaje en la máquina nacionalsocialista, disfrutaba de cierto anonimato. El monstruo estúpido con un aro. El monstruo estúpido tocándose los dedos de los pies. El monstruo estúpido sonriendo, moviéndose grácilmente. Lozana, piadosa, alegre, libre. Cuando tenía oportunidad de destacar, procuraba hacerlo mal. Intentaba correr con torpeza, dar volteretas descuidadamente y saltar sin elegancia.

Pero cuanto más ejercicio hacía, más resaltaban sus debilitados músculos y cuanto más comía, más fuerte estaba. Acabó llegando a la meta, triunfando, venciendo. Sacar ventaja se convirtió en un hábito y dejar atrás a las hijas de la raza superior, una emoción soterrada que le confería poder. Se fijó en las chicas más débiles y se dio cuenta de que su primera reacción era desdeñar, reírse burlonamente y mofarse. Era mejor no luchar contra aquello.

La carrera a campo traviesa le dio la oportunidad para librarse del público y menospreciarlo. Era demasiado tentador. Superó fácilmente a las otras chicas cuando el sendero empezó a serpentear en el bosque. El suelo estaba duro, pero en la pista no había ni piedras ni ramas. Iba dejando los árboles atrás y sentía profundamente cada inspiración, cada espiración ondeaba en el aire a su espalda. Corría demasiado rápido, pero se sentía calmada. Durante un momento lo controló todo. Contó los segundos, uno, dos… llevando el ritmo incluso con la palma de las manos. Tres, cuatro, cinco…

Al sentir el impacto con el suelo a través de los pies, picor en el pecho y en la garganta, y flato, aminoró la velocidad. Dejó que la inundara el repentino malestar que había mantenido a raya hasta estar preparada. Sus músculos parecían haberse recuperado y estar preparados para el siguiente desafío.

Dobló una curva.

Von Scharnhorst, Elsa y tres chicas del último curso bloqueaban el paso.

Se detuvo y vio que Rahn salía del bosque a su espalda. No tenía fuerzas en las piernas para escapar, aunque hubiera podido pasar a través de ellas. «*Dumme Schlampe.*»

—Buenas tardes, Haller. Me alegro de que te hayas recuperado. —La Reina del Hielo sonrió y le hizo una seña—. Ven a dar una vuelta conmigo.

Miró a Rahn, estaba a diez metros y con un pie movía las hojas caídas que había en el suelo. La Reina del Hielo volvió a hacerle una seña, con una mueca de incitación iluminándole la cara, como si estuviera llamando a un perro. Al igual que un perro de caza seguiría a su amo, por mal carácter que tuviera, fue detrás de ella.

—Vamos, no pasa nada.

Miró a Elsa. Seguía siendo el mejor momento para impresionar a la hija del profesor, pero no pudo evitar la sensación de que era una polilla bailando alrededor de una vela. Elsa la miró como un niño mira un cucurucho de helado. Tuvo que apartar la vista. El resto de chicas fingieron indiferencia cuando pasó a su lado.

La Reina del Hielo se mantuvo un rato a su altura.

—Fue una pena que acabaras herida. Debería aprender a utilizar a Rahn con más cuidado. —«Vista al frente»—. No piensa, y me temo que disfruta demasiado.

—¿Y tú no? —«¡Calla!»

—No —contestó con un deje de advertencia—. Todo esto es por la patria. El resultado final lo es todo. Los medios no me importan en absoluto. Incluso el Führer se alió con los bolcheviques en el este porque le interesaba.

Se dio la vuelta.

—¿A qué viene todo esto? ¿No se supone que solo tenemos que ser madres y amas de casa?

—No solo eso. Educar a las nuevas generaciones es sagrado, mucho más importante. Tenemos que ser atrevidas e inteligentes como los lobos. —Sus ojos reflejaban ferocidad—. ¿Crees que el gordo montón de grasa de Bauer y los contrahechos roedores de sus empleados son el futuro de este país? —preguntó indicando hacia el camino. El sol apareció entre las nubes bajas que tenían detrás—. ¿Crees que se puede aprender algo de ellos? ¿Con sus reglas y sus varas y su cólera concentrada en los débiles e inútiles como tu amiga Ratón? El traidor de Foch es lo más parecido a un verdadero nacionalsocialista y aun así es un balbuciente fracasado al que tenían que haber metido un balazo en 1934. —Se detuvo y se calmó—. No, aquí enseñamos la verdadera lección. Buscamos a las más fuertes y puras. No perdemos el tiempo con la morralla.

El sol se ocultó detrás de una nube y el calor desapareció.

«Pero», pensó Sarah.

—Pero tenemos un problema —continuó la Reina del Hielo—. Por alguna razón el colegio cree que te has enfrentado a mí. Por supuesto, la culpa es mía por haber dejado que Rahn se dejara llevar, pero eso no es asunto de nadie. Fue un experimento fallido. Lo entiendes, ¿verdad?

—No. —Era la lógica de un manicomio—. No estoy segura de haberlo entendido.

—Es una pena, porque tenías potencial, pero necesito restablecer la jerarquía. El desafío físico, la carrera del río habría sido perfecta para ti, pero me temo que la malograrás. Tendrás un desafortunado accidente, aunque sobrevivirás. Seguramente volverás el año que viene mientras yo paseo por las ruinas de París.

Sarah paró. «Déjalo, deja que suceda, pide perdón, suplica piedad.» En vez de eso el creciente resentimiento y la quejumbrosa histeria que sentía en lo más profundo de su ser salió de la caja, a pesar de que intentó contener la tapa. Sintió calor en los dientes y en las orejas e intentó mantener la voz baja.

—No la malograré. ¿Qué harás entonces?

La Reina del Hielo sonrió y arqueó las cejas.

—Interesante, pero no será así.

Empezaron a oírse las risas de sus compañeras de clase y la Reina del Hielo hizo un gesto con la cabeza hacia el colegio.

—Hora de correr, Haller.

131

Y

Como regalo, de postre sirvieron tarta de chocolate. Estaba asquerosa.

Elsa, la Reina del Hielo y las otras no la probaron. Tal como le había dicho Ratón, comían y hacían ejercicio por su cuenta. Aun así, la élite de Rothenstadt estaba en una mesa en un extremo del salón, demasiado alejada, demasiado hermosa y riéndose demasiado alto. Elsa era la más joven, pero lo compensaba hablando alto, aunque sus palabras se perdían en el barullo del salón.

Miró al resto de alumnas, aquel exquisito grupo mediocre de la juventud alemana intentando disfrutar del postre, y se preguntó si debería estar agradecida a la Reina del Hielo por haberla elegido como conejillo de Indias. Estaba claro que no había otra forma de tener contacto con Elsa Schäfer. Acercarse a ella y trabar conversación estaba fuera de su alcance, aunque empezaba a dudar de si su misión era hacerse amiga de Elsa o simplemente sobrevivir. Ser una judía en un colegio nazi no parecía tener nada que ver.

Ratón estaba hablando. Ratón siempre hablaba. Debería haberle parecido agobiante y molesto, pero era extrañamente relajante. Estar con ella era mejor que estar sola. Ratón no hacía muchas preguntas, pero sabía que no era porque no tuviese interés. Le daba espacio en la única forma que podía.

La interrumpió.

—¿Qué es la carrera del río, Ratón?

—Es la última carrera del trimestre. Dan un trofeo y todo. Son tres kilómetros hasta el río y tres de vuelta por el otro lado. La hacen las mayores, pero se supone que tenemos que animarlas. La organizan las chicas del último curso —continuó parloteando Ratón—. Eligen a una chica de cada clase. Liebrich quiere que la elijan a ella porque es la jefa del dormitorio, pero todas sabemos que es muy lenta —comentó entre risas—.

Tampoco es que importe. Las mayores ganarán… —Ratón se calló y se le ocurrió una idea nada agradable—. ¿Te han desafiado a hacer la carrera del río?

—Eso parece —contestó apartando del plato una cereza amarga.

—Lo siento, Haller.

—Quizá gane —dijo con la confianza de un zorro acosado por perros de caza.

—No, no creo. —Ratón guardó silencio y se concentró en intentar que su tenedor no rechinase en el plato.

—¿Qué le pasa al mayor Foch? —preguntó Sarah para cambiar de tema.

—No lo sé. Llora mucho. Creo que desea que le hubieran pegado un tiro al igual que a los otros —contestó Ratón—. He oído decir que hizo algo para sobrevivir, algo horrible.

«¿Hay algo peor que ser un oficial de la Sección de Asalto?», estuvo a punto de decir en voz alta. No se atrevió a seguir hablando sobre él.

El séquito de la Reina del Hielo abandonó el salón ceremoniosamente. Algunas chicas del primer curso incluso se levantaron a su paso.

—¿Qué sabes de ella? —preguntó indicando hacia Elsa cuando salió por la puerta.

Ratón puso cara de que podían oírlas y contestó rápidamente:

—No sé nada, ¿por qué?

—Por nada. Es más joven que las otras…

—No es cuestión de edad. —Ratón hizo rechinar el tenedor y recibió silbidos reprobatorios de la mesa de al lado—. No es nada interesante —añadió—. ¿Qué tal la tarta?

Sarah hizo una mueca y suspiró.

—¿Por qué es tan mala la comida? —murmuró mirando la arenosa masa marrón que tenía delante.

Ratón se animó y se inclinó hacia ella.

133

—Al parecer, *Herr* Bauer se queda con todo el dinero, bueno, casi todo, el dinero que viene del Ministerio de Educación del Reich. Las *Napola* se crearon con tanta prisa que nadie comprobó nada y Bauer consiguió engañarles, pero ahora está en la cuerda floja, solo es cuestión de tiempo antes de que…

Ratón se calló con pánico en los ojos. Bajó la cabeza.

—Ratón, ¿cómo sabes todas esas cosas? —Esa chica estaba ridículamente bien informada. Era una chica a la que le gustaban los secretos. Una chica que quería conquistar su corazón.

—Bueno… mi padre es… importante. Está relacionado con colegios y cosas así —tartamudeó.

Miró a su alrededor, pero nadie parecía haber oído la conversación. En ese momento cayó en la cuenta de por qué Ratón, tan pequeña y tan limitada, estaba en un colegio para las más fuertes, las más rápidas y las más inteligentes.

—Ratón, ¿has venido aquí como espía?

Ratón estaba temblando.

—Solo me fijo en cosas…

Sarah se rio, soltó una sonora y fuerte carcajada que no pudo contener en un rato.

—Venga, no pasa nada. No se lo diré a nadie —susurró.

—¿Lo prometes? —preguntó Ratón con voz débil.

—Lo prometo. ¿Quieres mi trozo de tarta? —preguntó ofreciéndole una cucharada.

—¿De verdad? —La cara de Ratón se iluminó.

—De verdad.

Las dos espías continuaron sentadas la una junto a la otra e intentaron disfrutar del arenoso bulto marrón con fruta echada a perder, rodeadas de monstruos ajenos a su condición.

La miembro de la Liga de las Muchachas Alemanas Ursula Haller ha de presentarse al mayor Foch en el despacho de *Herr* Bauer a las 14:00 horas.

Sarah esperó en la puerta y sintió la necesidad de contener la respiración, como si fuera a zambullirse en el Müggelsee un día que hiciera frío. Pero el ambiente parecía falso, inadecuado. Le inquietaba que Foch se interesara por ella. Pertenecía a las tropas de asalto y llevaba el uniforme de las palizas, los cristales rotos y los incendios, pero eso no era todo. También estaba muy delgado, era muy ordinario y feo. En una situación normal se habría echado a reír. El mal que había visto y el odio gratuito que había experimentado provenían de tipos inmaculadamente vestidos y superficialmente atractivos. Pero él le parecía falso, estropeado e impredecible, y había algo más que no podía descifrar y que hacía que su proximidad fuera insoportable.

Levantó la mano para llamar, pero antes de golpear, una voz le ordenó:

—Entra.

Tragó saliva y giró el frío pomo.

El mayor Foch estaba junto a la ventana con las manos en la espalda. Cerró la puerta y se dirigió al piano con la partitura pegada al pecho como si fuera un escudo.

«Es un recital, solo un recital.»

«¿Cuándo he hecho un recital?»

«Los has visto. El público aplaude y se maravilla de cómo el solista se atreve a estar delante de todo el mundo. Se sienten incómodos durante el silencio inicial. Están asustados. Aprovecha su miedo».

La tapa estaba levantada y el atril vacío. Todo parecía expectante. La silueta de su público se recortaba en la ventana.

«No mires al público, *dumme Schlampe*».

Se sentó en el taburete y se sintió empequeñecida por el instrumento. Tuvo que ajustar la altura del asiento, pero quería empezar. «Siéntate, toca y vete.» Al colocar las hojas en el atril estudió los pentagramas, las notas, los tonos. Dejó que su cerebro se deslizara por unas melodías que conocía muy bien y buscara los cambios de última hora en los que su memoria había desdibujado o borrado los detalles. Se permitió enfadarse. Odiaba la notación. Era un corsé que asfixiaba la música. Como alguien que explica un chiste.

Pulsó las teclas con fingido melodrama, pero no consiguió luces y sombras, solo ruido. Mantuvo el ritmo con una vehemente precisión, pero no llegaba bien a los pedales, por lo que se perdió toda la sutileza. «Ahí tiene su maldita música, mayor.»

—Estupendo, Gretel. Más despacio.

Sus palabras, tan cerca detrás de ella, eran como un jarro de agua fría. Se había vuelto a mover con felino sigilo y oía su aliento entre las notas. Tocó con mayor lentitud, tal como le había ordenado. y el ambiente se llenó de olor a naranjas.

«¿Quién es Gretel?»

«No prestes atención al público.»

—Ursula, señor.

136

¿Se había sentado Gretel en aquel taburete? ¿Había tocado ese piano?

Miró el bosque de notas que se aproximaban y buscó cobijo en él. «Corre.»

¿Tenía que estar tan cerca?

—Más despacio, Gretel —susurró el mayor.

Llegó a la parte rápida y atacó el teclado.

«Que pare.»

«Calla, *dumme Schlampe*. Calla y toca.»

Algo le rozó la parte superior de la cabeza y sintió un escalofrío. Sus hombros se tensaron y se alzaron para tocar las orejas. Sus dedos seguían moviéndose, pero los codos se apretaron contra el cuerpo y descompusieron el ritmo.

Los dedos del mayor descendieron suavemente por la parte exterior de su pelo y se detuvieron en las curvas y salientes de las trenzas, acariciaron los mechones sueltos y después deslizó las manos hacia el cuello. Tuvo la misma sensación que si hubiera oído chirriar un cuchillo en un plato.

«Deja de tocarme.»

Intentó moverse hacia delante, encogerse, pero no parecía haber escape, era como si la tuviera sujeta. Empezó a inclinarse hacia el teclado.

«Deja de tocar y escapa. ¡Corre!»

Sintió calor en el cuello cuando sus manos llegaron a la nuca y repitió el mismo movimiento desde arriba. Seguía tocando, pero solo repetía las mismas frases una y otra vez. Empezó a temblarle el mentón y se mordió la lengua para contenerlo, pero, avergonzada, notó que un gemido empezaba a salirle por la garganta. Cerró los ojos antes de que se formara alguna lágrima.

«Deja de tocarme.»

No confió en poder hablar sin echarse a llorar.

«Para, por favor.»

Le temblaban tanto las manos que no podía pulsar las teclas.

—No pares, Gretel —susurró Klaus Foch con voz temblorosa.

«¿Quién es Gretel? ¿Qué le pasó a Gretel? ¿Qué va a pasarme a mí?»

Contuvo un gemido y oyó que el mayor estaba llorando. Apartó la cabeza de sus manos y se retiró hasta el borde del taburete.

—Gretel… —sollozó.

Sarah cerró la tapa del piano de golpe y las cuerdas protestaron con un cacofónico aullido mientras corría hacia la puerta. Algunos papeles salieron volando del escritorio a su paso y la moqueta intentó escabullirse, pero después llegó a la puerta y tiró del pomo con dedos sudorosos.

Salió de la habitación y llegó al final del pasillo antes de que dejara de oírse el piano.

137

14

*E*n el aula solo se oía ruido de bolígrafos sobre papel y los cómodos zapatos de *Fräulein* Langefeld en el suelo de madera mientras rondaba entre los pupitres.

Observó su cuartilla en blanco. Una carta a casa. Intentó imaginar lo que sus manos manchadas de tinta podrían escribir.

Querido capitán Floyd:

Me gustaría darte las gracias por haberme traído a un manicomio. En el poco tiempo que he pasado en él me he convertido en el juguete de una de las Furias de la Antigüedad y me ha estrangulado su perro de presa hasta que me sangraron los ojos. La comida es venenosa, los profesores, psicópatas, y en cuanto al personal encargado de la música...

Le entraron náuseas.

«¡Sácame de aquí! Llévame a una cocina limpia con pan caliente y embutido frío, sábanas limpias y una habitación segura sin ventanas...»

Se mordió la lengua para ahuyentar la debilidad.

«La próxima vez que salga a correr puedo desaparecer en el bosque y nadie me encontrará.»

«Si tuviera un lugar al que ir, sí.»

«Cualquier sitio menos este.»

«Tengo un trabajo que hacer. No hay hogar, seguridad y ningún lugar al que escapar hasta que esté hecho.»

«¿El trabajo? ¿Y cuál es el plan? ¿Derrotar a la Reina del Hielo? ¿Salvar a Ratón? ¿Sacar de Egipto al pueblo elegido?»

«Ve a clase. Intégrate. Haz amigas. Espera tu oportunidad. Sobrevive.»

«Más bien, haz enemigas».

«Quizá. Limítate a comprometerte con el movimiento.»

«¿Y si fracaso?»

«Entonces perderás y te quemarás.»

Ratón garabateaba frenéticamente. ¿Qué estaba escribiendo? ¿Estaba dando detalles de la maldad? ¿Cómo había podido dejarla su padre en un lugar como ese? Y si era su espía, ¿por qué no había cambiado nada?

—¿Qué estás haciendo, Haller? —la voz de Langefeld cortó el aire en dos.

—Nada —respondió concentrándose en el papel en blanco. Langefeld golpeó con la vara en el pupitre. No acertó en las manos de Sarah, pero el impacto hizo que el tintero se derramara.

—Eso ya lo veo. ¿Qué te parece tan interesante de Ratón?

—Lo siento, ya me concentro. —«Haz algo mejor, consigue que se vaya.»

—Seguro que pasa algo, si no, ¿por qué estabas tan interesada? —Langefeld fue hacia Ratón, que se encogió al verla llegar. Sarah se echó a temblar cuando la profesora rompió la carta—. ¡Mauser! Esto es ilegible. ¿Qué se supone que quieres decir?

—Solo es… —tartamudeó Ratón.

—Eres una inútil. Un desperdicio humano. ¿Qué eres? —Langefeld se inclinó hasta poner su cara frente a la de Ratón.

—Un desperdicio… —repitió Ratón en voz baja.

—Habla más alto, no te oigo —gruñó Langefeld al tiempo que unas gotas de saliva salían volando de su boca.

—¡Un desperdicio humano! —gritó Ratón.

—¡Ponte de pie!

—No, por favor, no, lo siento —suplicó Ratón con lágrimas en los ojos.

—Extiende las manos. .

Sarah vio que la mujer se ponía tensa y levantaba la vara con ojos inyectados en furia.

—No…

Empezó a escribir. Anotó cada palabra deliberada y lentamente conforme comenzaron los golpes y los lloros ahogados.

Querido tío:

Gracias por traerme a esta excelente institución. La flor y nata de nuestro compartido y dorado futuro se prepara para lo que nos espera a todos.

—Sarachen… Sarachen… ¿Dónde estás?

Salió a gatas de debajo de la mesa y se fijó en que la estufa había vuelto a apagarse.

—Ya voy, *Mutti*.

—Sarah… —La voz de su madre era débil y áspera, pero no había perdido el afilado efecto que ejercía en su hija. Resistirse la habría destrozado. Estiró los brazos de camino al dormitorio.

Su madre se había instalado en esa habitación cuando se mudaron al último piso y no había vuelto a salir de ella. Lo que la había llevado al límite no fue que la Sección de Asalto las hubiera echado de su apartamento en Giselhergasse, sino haber tenido que vender el piano a un codicioso vecino por un precio muy bajo. El instrumento al que había estado vinculada, física y emocionalmente, había desaparecido. Al principio habían compartido la cama, pero el olor a alcohol se había vuelto insoportable. Cuando su madre mojó la cama por primera vez, decidió dormir en la cocina y comenzar una lucha continua contra las cucarachas más pertinaces de Viena.

Habían tenido suerte de poder huir a Austria, pero Alemania las había seguido y había engullido a su vecino en la Anschluss, la anexión. Y todo había vuelto a empezar, aunque peor.

Abrió la puerta del dormitorio y la recibió el fuerte olor a whisky y a orina. Su madre estaba erguida en la cama, el pelo se le había salido de los pasadores y sus ojos rojos brillaban en la luz que amortiguaban las cortinas.

—¿Qué te pasa, *Mutti*?

—Sarahchen, se me ha acabado la medicina.

En la mesilla había una botella vacía y un vaso agrietado.

—*Mutti*, ayer estaba entera. No has podido bebértela toda —gimió. Aquella botella le había costado una tetera y, lo más doloroso de todo, media hogaza de pan—. Madre, el dinero del piano se ha acabado. No nos queda nada.

—Eres una chica lista, ya pensarás en algo. Has llevado la casa todo el tiempo que *Mutti* ha estado enferma.

—¿Y el coche, *Mutti*? Seguro que vale… ·

—No digas tonterías. Necesitamos el coche para irnos —aclaró su madre con voz desdeñosa.

Se clavó las uñas en la palma de la mano. Lo intentó de nuevo —tenía que hacerlo—, aunque sabía que no llegaría a ninguna parte.

—¿Adónde vamos, *Mutti*? Ahora comprueban la documentación al cruzar los puentes, en las tiendas… Dentro de poco no nos dejarán salir.

—Esperaremos a tu padre; vendrá y nos ayudará. —La atención de su madre se disipaba.

—¿Cuándo? Hace ocho años que no lo vemos. —La frustración que sentía con aquel cuento de hadas imposible se desbordó—. *Mutti*, no va a volver…

—¡Calla, *dumme Schlampe*! —gritó—. No sabes nada. Nada de nada.

141

Sarah levantó la cabeza y vio el resentimiento y el odio que se alojaban en sus ojos verdes inyectados en sangre. Esperó a que se le pasara, a que las palabras y el rencor desaparecieran. A que el odio se fuera por el desagüe como agua de fregar. Esperó...

En sus pesadillas esperaba constantemente.

La barbilla de su madre empezó a temblar, seguida del labio superior. Levantó las cejas, su cara se vació de crueldad para sustituirla por tristeza y arrepentimiento. Extendió los brazos en busca de absolución. Sarah se la daría. Siempre se la daría.

Solo tenía que esperar.

Sabía que su madre la quería.

Sabía que la necesitaba.

—Solo tenemos que esperar un poco más, eso es todo. Nos mudaremos a una casa más grande, compraremos un piano nuevo...

Dejó de prestar atención y se limitó a asentir.

En tiempos, su madre olía a perfumes almizclados y a jabones caros. Era el olor de la seguridad y el amor. En ese momento sus poros solo exudaban sudor y alcohol, por lo que tenía que contentarse con recordar. Cerró los ojos y pensó en la casa en Elsengrund y en el apartamento en Berlín, el calor, el estómago lleno, terciopelo y superficies brillantes, pianos afinados y ventanas limpias.

Su madre dijo algo.

—Perdona, *Mutti*. ¿Qué has dicho?

—¿Puedes conseguirme más medicina? —volvió a pedir, en checo.

—Sí, madre. Por supuesto —contestó con un perfecto acento de Praga.

—Esa es mi chica. Mi chica lista.

Υ

Hacía mucho frío para estar fuera en ropa de deporte. Cada vez que soplaba el viento, a ella se le saltaban las lágrimas y sus compañeras emitían un grito que desaparecía rápidamente en el estruendo del río. Tenía las manos tan frías que no conseguía tocarse el pulgar con el meñique; en Viena era señal de que tenía que ir a robar más leña.

Sintió que aquel claro en el bosque era una trampa que se cerraba sobre ella. Todas las clases estaban esperando que las chicas del último curso hicieran la selección. El personal docente estaba detrás, carceleros desconocedores de su papel.

«*Dumme Schlampe*. Sigues sin tener un plan, ¿verdad?»

«Calla y déjame pensar.»

—¿Dónde estamos, Ratón? —Aquella fecha había llegado demasiado deprisa. La información que había recopilado era muy vaga. Necesitaba enterarse de todo lo que sabía el enemigo, y más. Necesitaba secretos, más tiempo.

«Demasiado tarde.»

«Calla.»

—A unos dos kilómetros del colegio, imagino. El puente por el que hemos pasado es la única forma de cruzar el río en tres kilómetros en ambas direcciones. El cauce es muy profundo, ancho, y el agua baja muy rápida en esta época del año, así que no hay atajos, no se puede hacer trampa.

—Te fijas en todo, ¿verdad? —Sonrió a Ratón, a la que se le iluminó la cara.

—Callaos las dos —ordenó Liebrich.

—Cállate tú —contestó Sarah con vehemencia.

La Reina del Hielo y su séquito iban de clase en clase eligiendo corredoras. ¿Rápidas? ¿Lentas? Daba igual. El ejercicio del poder lo era todo. El personal docente no necesitaba aterrorizar a las estudiantes, solo tenía que dejárselas a la delegada de clase y sus amigas.

«Es maravilloso tener la fuerza de un gigante —pensó Sarah—, pero utilizarla como un gigante es de tiranos.»

«Aclárate la cabeza, *dumme Schlampe*. Tienes que pensar.»

Elsa Schäfer estaba en la parte de atrás del grupo. Parecía pequeña en comparación con las demás, pero solo era ficticio. Las cortesanas de la Reina del Hielo eran gigantes y el resto de chicas, peones, personas en miniatura. Hablar con ella, hacerse su amiga era ridículo. Para el caso, bien podría estar en la luna.

Al llegar al grupo del tercer curso dio la impresión de que la Reina del Hielo iba a pasar de largo y sintió un escalofrío de alivio en el estómago. Por supuesto, lo había planeado así.

—¡Jefa del dormitorio! —gritó la Reina del Hielo.

Liebrich dio un paso adelante.

—Mi delegada —ladró con entusiasmo como respuesta.

—¿Quién es la más rápida en esta clase?

—Yo, delegada.

—¿Una gorda como tú? No, por suerte el Reich no tiene que depender de la velocidad de tus talones. —La Reina del Hielo sonrió a su séquito. Estas rieron obedientes y alguna desconsiderada chica de tercero también—. No, tú no. ¿A quién elijo? —Fingió que echaba un vistazo por encima de las cabezas de las chicas más pequeñas.

Sarah mantuvo la vista al frente y no se movió. «Venga, date prisa», pensó.

—Haller, ven aquí.

Esperó un desobediente lapso de tiempo antes de dar un paso.

La Reina del Hielo se colocó muy cerca de ella y habló en voz baja.

—Así que aquí estamos. Ha llegado el momento. Recuerda que es por el bien del Reich. Me aseguraré de que puedas seguir contribuyendo. Eres muy inteligente. —Hizo una pausa. A pesar del tono desenfadado, los ojos azules de Von Scharnhorst eran infinitamente fríos y perfectamente intolerantes—. Pero para eso no necesitas las piernas —susurró antes de alejarse para dirigirse a todo el colegio.

—Chicas, Haller no solo se ha ofrecido voluntaria para hacer la carrera del río, sino que cree que la va a ganar —anunció la Reina del Hielo moviendo teatralmente las manos en el aire, lo que provocó algunas risas—. Al Führer le gustan las personas que confían en ellas, pero ¿y cuando se trata solamente de arrogancia, orgullo y derrota? Esta carrera es peligrosa, Haller. Puede pasar de todo. Absolutamente de todo…

Escuchó el estruendo del río.

—Si cruzo la línea de meta la primera, estaremos en paz —propuso Sarah en voz baja para que solo la oyera la Reina del Hielo—. No más pruebas, no más torturas.

La chica mayor giró sobre sus talones. Su máscara cayó.

—No ganarás —gruñó.

—Cruzaré la meta la primera —gritó Sarah para que pudiera oírla todo el mundo—. Lo hago por el Führer y por el Reich.

La cara de la Reina del Hielo reflejó una expresión de respeto.

—Bien jugado, Haller, bien jugado —dijo acercándole la cara—. No sé por qué estamos en esta situación, tienes mucho potencial. Pero no hay forma de ganar para ninguna de las dos. Es una pena. —Echó la cabeza hacia atrás y gritó—: Haller dedica la carrera al Führer; gane… o pierda, es un acto muy noble. *Heil* Hitler.

Las chicas vitorearon. Rompieron filas y rodearon a las corredoras. No pudo oír sus preguntas ni sentir las palmaditas en la espalda debido a la desesperación.

Fuera lo que fuese lo que había planeado la Reina del Hielo, no parecía que pudiera seguir en el colegio después y eso daría al traste con su misión. Conocer a Elsa en condiciones de igualdad significaba entrar en su círculo, lo que requería demostrar su valía. No sabía qué haría la Reina del Hielo si ganaba, pero sobrevivir y completar la misión se habían convertido en una misma cuestión. Perder significaba perder dos veces. Estar hundida.

«¿Qué plan tienes, *dumme Schlampe*?»

145

«Voy a cruzar la meta la primera.»

«Siempre tienes buenos planes.»

Se llevó a las chicas a la línea de salida y se colocaron a ambos lados del sendero de ceniza en el que empezaba la carrera. Sarah miró a las contrincantes.

Había otras seis corredoras, todas más altas que ella, pero tres eran demasiado frágiles como para causarle problemas. Una tenía grandes pechos y seguramente la había elegido para aportar cierta comicidad. De las dos restantes, Kohlmeyer, del último curso y miembro del séquito de la Reina del Hielo, era una atleta nata. La vio hacer estiramientos y flexionar los músculos, se fijó en la fuerza de sus hombros bajo la camiseta y se dio cuenta de que estaba ante una tarea imposible de cumplir. Kohlmeyer era el seguro de la Reina del Hielo ante cualquier cosa que pudiera urdir Sarah.

—Buena suerte —le deseó Ratón, y su aflautada voz se perdió entre el clamor. Una de sus compañeras repitió la frase y, para su horror, otras empezaron a corear su apellido.

—¡HALLER!

«Por Dios, dejad de hacerlo. Parad.»

—¡HALLER!

La Reina del Hielo tiene razón. Soy una amenaza para ella.

Durante un instante se preguntó si podría perder, lastimarse, caer o desaparecer. Rendirse, abandonar, ahogarse en las circunstancias. Olvidar la misión, salir corriendo.

Entonces vio a la Reina del Hielo al otro lado del claro, con sus penetrantes ojos llenos de conjura y desprecio, y deseó no perder.

Recordó un cuento de los hermanos Grimm, de la colección *Cuentos de la infancia y del hogar*.

Cansado de su arrogancia y acoso, el erizo corrió contra la liebre. El animal más lento y con pequeñas patas torcidas recurrió a sus defectos —su reducido tamaño y el hecho de que todos los erizos se parecen— y sacó partido de ellos.

Puso a su mujer en la línea de meta, en el fondo de un surco, por lo que por muchas veces que la liebre hiciera la carrera, el erizo siempre estaba esperándole allí.

Finalmente se partió una vena en el cuello de la liebre y se desangró en el suelo sin siquiera enterarse del secreto del erizo.

Sarah utilizaría su talla y le sacaría provecho. Haría trampa. La Reina del Hielo iba a sangrar mucho.

—¡HALLER!

—¡HALLER!

—¡HALLER!

147

15

*L*as siete contendientes estaban hombro con hombro en la línea de salida. Cuando el sendero se adentrara en el bosque no habría sitio para todas. Más allá había raíces que salían del suelo para hacer tropezar a las desprevenidas y el camino apenas sería visible en los trozos en los que los arbustos lo hubieran invadido. Empezar rápido en la superficie plana era lo más indicado, sobre todo para una chica de ciudad.

Cerró los ojos. Imaginó una larga y suave pista en un estadio vacío. Dejó que los vítores y los aplausos se fueran apagando.

—Preparadas...

Se agachó.

—Listas...

Notó que sus pies comprimían la ceniza cuando se tensó.

—¡Ya!

Abrió los ojos de golpe, salió disparada, sus piernas parecían pistones, fuertes, pero ligeros. Mantuvo el cuerpo lo más bajo que pudo y, cuando las chicas más altas empezaron a acercarse por ambos lados, se fue apartando de ellas hacia la parte despejada.

A tres metros de los árboles, Kohlmeyer la superó, se puso a la cabeza desde uno de los flancos y entró la primera en el sendero.

La siguió sin dejar de oír muy cerca a las otras chicas. El primer tramo era cuesta arriba, lo que la obligó a inclinarse hacia delante y cuando sus pies resbalaron en la tierra húmeda oyó que dos chicas chocaban y gritaban a su espalda. Recibió un ligero empujón que la impulsó hasta coronar el montículo y le permitió acelerar entre las ramas.

Vio que Kohlmeyer soltaba una rama que había apartado a su paso. Esta volvió hacia el sendero y, aunque tuvo tiempo de apartar la cabeza, le golpeó en la mejilla.

Dio un tumbo hacia un arbusto, pero la inercia la ayudó a continuar. Sin dejar de mover las piernas, fue rápidamente por la ribera hasta la orilla del río. Aminoró la velocidad y lo vio: había un segundo sendero más estrecho, apisonado por los pies de pescadores en verano. Se perdía en la distancia y serpenteaba hasta la siguiente curva del río. No era un atajo, pero sí una pista limpia, resbaladiza por la helada, pero firme. Decidió seguir ese camino, resbaló, recobró el equilibrio y aceleró sintiendo, más que oyendo, sus pasos y su respiración por encima del estruendo del río.

Avivó el ritmo y corrió tan rápido como pudo por el consistente terreno. Tenía que alejarse del grupo para poder llevar a cabo su plan, si encontraba lo que estaba buscando, claro.

El río era ancho, profundo y rápido, y estaba lleno de piedras afiladas. Arrancó una rama sin dejar de correr y la arrojó al agua. Se hundió en la espuma y no volvió a aparecer. Intentar cruzarlo a nado seguramente era suicida.

Tras la Noche de los Cristales Rotos, en la que los nazis se habían extralimitado en las comunidades judías de toda Alemania, arrestando, asesinando y destruyendo, era imposible pasear por las calles de Viena. Su pelo rubio era demasiado llamativo y las bandas de matones no dejaban de acosarla. En cualquier caso, no podía presenciar cómo obligaban a los tenderos a destrozar sus escaparates o a los ancianos a barrer las calles con manos ensangrentadas y espaldas rojas por los azotes. A estos últimos les habían entregado cubos con ácido en vez de agua o, al menos, eso era lo que se decía. Después se los llevaron para que nadie pudiera preguntarles nada.

A pesar de todo, su reducido y pestilente apartamento en el último piso tenía algo positivo: la ventana de la cocina daba al tejado. Había salido en alguna ocasión solo para librarse del olor y después había empezado a gatear hasta el borde para ver las puestas de sol y los rosados y rojizos techos de teja que relucían en la evanescente luz. Con el tiempo se dio cuenta de que podía ir de edificio en edificio por las cumbres y valles de los atestados tejados del casco antiguo. Saltar los cortos espacios entre ellos y pisar los frágiles lucernarios era peligroso, pero para alguien con su entrenamiento, sus rápidos pies, su sentido del equilibrio y fuertes puntas de los dedos, era casi más seguro que sufrir el acoso de las tropas de asalto en la calle. Comparado con la barra de equilibrio o el caballo, aquel paisaje de tejas rojas era un patio de recreo, un patio de recreo que se convirtió en un pasadizo secreto y finalmente en una ruta de escape.

Solo tres metros de vacío separaban el humilde barrio de Leopoldstadt de una zona de edificios de apartamentos con ventanas sin barrotes, propietarios ricos y objetos de valor fácilmente vendibles. Cuando estaba en el borde del tejado, planeaba sus incursiones y elegía las rutas, se sentía realmente libre, sin ataduras, restricciones o trabas. La sucia judía, la mugrienta niña, la hambrienta hija de una madre postrada en cama, desaparecía. Se deslizaba por los lucernarios, se balanceaba en las tuberías y pasaba por los canalones como una niña que corre en círculos en un soleado parque, con las manitas y los lazos del vestido detrás.

Disfrutaba del control que manifestaba al acelerar en el último tejado. Ser consciente de lo peligroso que era, de lo alta que era la caída e incluso de lo prohibido que estaba, solo demostraba el poder que tenía sobre su destino. Los años de gimnasia y práctica en casa cuando la expulsaron del colegio habían aportado precisión a su juego de piernas, su discernimiento y su potencia. Todo eso era suyo, incontrolable e intangible en cielo abierto… y volar, abandonar realmente la tierra y navegar por el espacio, con los oprimidos animales y sus demoníacos paseantes tan distantes a sus pies y borrosos por la velocidad que llevaba, era auténtica libertad. Era un fuego que se encendía en su estómago y se extendía a las extremidades y el cerebro con un crepitante y feliz silbido.

El aterrizaje era difícil y siempre doloroso, pero no le importaba. El daño lo recibía ella, nadie más. Podía volar. El cielo le pertenecía. Era un pájaro.

Era un pájaro y cruzaría el río volando.

Se puso de pie con cuidado en aquella ancha rama, sin dejar de jadear. Delante de ella, hacia el río, había un entramado de ramas sin hojas, una urdimbre llena de posibilidades y peligros.

A mitad de camino del puente había encontrado lo que buscaba: un lugar en el que los árboles de ambas orillas casi se tocaban en el centro. No era la situación perfecta, pero quizá no encontraría una opción mejor y el reloj seguía avanzando.

Además, encontrar un árbol al que pudiera trepar le había costado una eternidad. Los troncos que bordeaban el río eran altos y lisos, y las ramas más bajas colgaban tentadoras fuera de su alcance. Había ido tierra adentro descartando las hayas, que no le habrían servido, en busca de un ondulado olmo o un viejo roble, con miedo de haberse alejado demasiado, de que ningún atajo fuera lo suficientemente corto como para superar a sus musculosas y bien alimentadas contrincantes. Aquel ancho árbol con gruesa corteza estriada y hendiduras ideales para apoyar unos pies pequeños había sido todo un hallazgo, pero había tardado en encontrarlo.

¿Cuánto tiempo había pasado desde que se había alejado del río? ¿Cuatro minutos? De ser así Kohlmeyer y las otras estarían llegando al puente y a mitad del recorrido. Tenía que ponerse en marcha.

«Mira lo alto que estás.»

«No.»

Cerró los ojos y esperó que desapareciera esa sensación.

«Confía en ti, *dumme Schlampe*. Lo has hecho mil veces. Piensa en una viga de madera. Piensa en tejas, ladrillos, canalones y en fustes de chimenea. O, aún mejor, no pienses en nada.»

«Concéntrate en el salto.»

Corrió por la rama hasta el final y cuando empezó a doblarse saltó al siguiente árbol, aterrizó limpiamente en una rama ascendente y sintió su pesada persistencia bajo los pies. Se dijo una y otra vez que la barra de equilibrio, el salto, los tejados vieneses, las ramas de los árboles eran lo mismo. Volvió a saltar. La rama del tercer árbol cedió ligeramente, pero se mantuvo, y aceleró y saltó hasta el siguiente. Tejas y ladrillos. Canalones y fustes de chimenea. Lonas llenas de polvo. Mientras corría oyó el estruendo del río, pero no le prestó atención. El agua era simplemente una calle barrida por ancianos judíos. No tenía nada que ver con ella.

Pisó con cuidado, rápidamente. Las ramas estaban húmedas en los trozos en los que se había deshelado la escarcha nocturna, pero no eran resbaladizas como las tejas mojadas. Se fijó en que las ramas se volvían más finas conforme se acercaba al río, por lo que eligió la más grande para la tercera etapa hasta el otro lado.

«Tres.»

La orilla estaba muy abajo y la pasó con los brazos abiertos para contrarrestar la ligera curvatura de la rama. Resbaló. «Concéntrate en el salto.»

«Dos.»

Aterrizó torpemente cuando la penúltima rama se combó bajo su peso. Recobró el equilibrio extendiendo los brazos hacia la izquierda. Estaba sobre el agua y solo conseguía oír su velocidad. La tercera rama estaba encima de ella, por lo que tuvo que saltar con los dos pies juntos para darse impulso.

«Concéntrate.»

«Uno.»

Se tambaleó al aterrizar, pero se irguió ayudándose con las manos antes de que la rama se volviera demasiado estrecha. Miró hacia arriba y vio que el extremo era demasiado fino, pero a unos dos metros de distancia había otro árbol. Sus esbeltas ramas eran la piedra angular del puente, detrás de ellas había ramas que soportarían su peso. No sabía a cuánta distancia estaban, pero estaba totalmente entregada.

«Imagina que tienes un montón de salchichas y el estómago vacío. Imagina que te persiguen unas furiosas amas de casa vienesas.»

Aceleró en los dos últimos metros y, con la rama precariamente curvada bajo su peso, salió disparada con los brazos extendidos hacia delante.

153

Volando.

«Cayendo.»

Se estrelló contra dos delgadas ramas paralelas, que se quebraron instantáneamente y le rasgaron la camiseta. Sus brazos se aferraron al trozo que había quedado de la más larga, con los hombros doloridos. Una mano se separó de la otra y cayó por su peso y la otra rompió la corteza... y se agarró.

Se columpió hacia delante y hacia atrás con un hombro hinchado. Miró hacia abajo y vio el torrente de agua restallando y burbujeando entre las rocas. Las gotas que saltaban le mojaron los pies, pero el río no podía tocarla. Sonrió por su triste triunfo.

El otro brazo se le había dormido y lo movía con lentitud, por lo que tuvo que izarse con el brazo bueno hasta que el más débil pudiera agarrarse a la rama. Soltó un grito por el esfuerzo, un aullido desgarrador que la asustó, y se dio cuenta de que no le quedaba suficiente energía para acabar la carrera.

«Es el último tramo, *dumme Schlampe.*»

Se balanceó adelante y atrás hasta que consiguió levantar las piernas y curvarlas alrededor de la rama. Después, tras un agonizante revoltijo de piernas y brazos, trepó por ella. Tenía las uñas rotas y ensangrentadas, y los brazos llenos de arañazos.

Pero estaba bien. Lo había conseguido. El camino en la otra orilla era más fácil, con ramas más gruesas y menos saltos. Se puso de puntillas lentamente y aprovechó para estirar los músculos antes de hacer el último esfuerzo. Volvía a estar a salvo en el tejado del apartamento, con una cena de salchichas esperando. Aún mejor, era Trudi Meyer sonriendo con su medalla de oro.

Corrió por la rama y saltó a otra más ancha a un metro de distancia. Aterrizó haciendo un ruido seco.

Antes de poder moverse, la madera podrida se partió en dos y cayó al río, que la arrastró.

154

16

*E*l dolor del impacto desapareció instantáneamente y lo reemplazó una profunda y heladora sensación. Se le llenó la boca de agua y los oídos se resintieron por el cambio de presión. Sacudió los brazos y las piernas, pero no logró coordinar los movimientos mientras daba tumbos en la corriente.

Oscuridad.

Luz.

Oscuridad.

Se volvió más lenta. El intenso frío hincó las garras en sus músculos al tiempo que le susurraba, la calmaba y la tranquilizaba. Le entumeció el cerebro y el cuerpo, y se apoderó de ella.

Oscuridad.

Luz.

Hacía algo. Lo intentaba.

Luz.

«Frío.»

Una punzada de dolor. Algo le golpeó la cabeza y el cuello. Le arañó la espalda con fuertes dedos. Luz…

Su cara salió momentáneamente del agua mientras la arrastraba por encima de una roca.

«Respira.»

Después, debajo, en la oscuridad. Ya no tenía frío. Sentía un extraño calor. ¿Había tenido frío? Daba vueltas como si estuviera haciendo volteretas laterales en el parque.

Oía cantar a su madre, pero no la veía. Era la canción del pirata de aquel musical. La niña limpiaba, barría el suelo...

Miró hacia la luz, la oscuridad, la luz, y se preguntó por qué no veía a su madre si oía su voz tan cerca.

La niña, Jenny, «estaba barriendo el suelo».

«El suelo.»

Estiró las manos. Sus dedos se hundieron en la mojada arena llena de guijarros, pero no logró asirse. Luz. Un momento después los guijarros rozaron sus nudillos. Oscuridad. Luz. Volvió a estirar las manos y sus dedos agarraron la arena. Oscuridad. Durante más tiempo en esa ocasión. Extendió una vez más el brazo, un brazo frío, y sus dedos se hincaron con más profundidad en el limo y se aferraron a piedras más grandes, lo que redujo la velocidad de los giros. Sus zapatos tropezaron con algo e hincó la puntera. Sintió que aquello era vital.

Estaba boca abajo y se aferraba al limo a mayor profundidad sin dejar de moverse. Ya no oía la canción de su madre.

«Lo ves, Sarahchen, ahora estás barriendo el suelo, pero un día... se arrepentirán. Mucho.»

«Barriendo...»

«Barri...»

«Ba...»

«...»

Notó un ruido sordo y tuvo la vaga sensación de haber impactado con algo.

Luz.

Oscuridad.

Luz.

«Aire.»

Soltó aire dando una boqueada y se formaron burbujas en el agua poco profunda. Levantó la cabeza y al aspirar con fuerza sintió que estaba tragando cristales.

Dejó de deslizarse y se paró en un banco de arena con la cabeza fuera del río. Empezó a temblar, pero el pecho le ardía. Puso la frente en la arena mientras el agua chapaleaba a su alrededor y se concentró en inspirar y espirar hasta que ya no tuvo que forzarse a hacerlo.

Esperó a que se le pasara el dolor en la cabeza y el pecho, y encajó los fragmentos que recordaba.

«Levántate.»

Giró el cuerpo con dificultad y miró el río. Una gran roca y un tronco habían creado una poza junto a la orilla en la que el agua estaba más calmada y era menos profunda.

«¡Levántate *dumme Schlampe*!»

¿Por qué se había caído? Se sentó temblando de forma incontrolable. Tenía que salir del agua. ¿Por qué?

«Tictac.»

Una carrera. La carrera. Volvió a girarse y subió a cuatro patas hasta la orilla. Sus entumecidos dedos se habían agarrotado, pero los pies respondieron cuando se puso de pie. Miró a su alrededor confusa. ¿En qué orilla estaba? ¿Hacia qué dirección debía correr? Le castañeteaban los dientes y apretó con fuerza las mandíbulas.

«Piensa.»

«Hacia dónde, *Mutti*, ayúdame.»

«Orilla alta, río arriba».

Había estado corriendo río arriba. Había subido a los árboles en la orilla alta. Estaba en el otro lado.

«Tictac.»

Dos orillas, un puente, una carrera en forma de herradura. Un peligroso desafío. Fue tambaleándose hacia los árboles y buscó el sendero. ¿Cuánto tiempo había pasado? ¿La habían adelantado las otras corredoras? Encontró el camino y empezó a cojear río abajo. No vio huellas recientes... quizá seguía en cabeza.

Pero iba muy despacio. El cuerpo no le respondía y sus movimientos eran torpes y bruscos. El suelo era desigual y estaba lleno de raíces disfrazadas de ramas y hojas que escondían agujeros. La sensación de que las otras le pisaban los talones era inevitable, como los perros que aullaban detrás de ella en sus sueños. Imaginó que Kohlmeyer aparecía con un hocico lleno de dientes con el que olía la sangre.

Dejó que el pánico la enardeciera y notó que el acelerado ritmo de su corazón insuflaba vida a sus brazos y piernas.

«Piensa en los perros…»

Permitió que su mente conjurara los ladridos, los gruñidos y los jadeos hasta que consiguió oírlos. Conforme fue más rápido, empezó a dejar los árboles atrás. El dolor en los muslos, la carne arañada bajo la ropa mojada y el dolor en el pecho y en la cabeza la espolearon. Dejó que el miedo se adueñara de todo hasta que no hubo nada más.

Fuertes pisadas. Brazos moviéndose. El viento silbando en los oídos. La respiración acompasada con las zancadas. Iba de camino y su cuerpo respondía. ¿Cuánto faltaba? ¿Lo conseguiría? En ese momento supo que no la alcanzarían. Incluso Kohlmeyer era humana.

Empezó a gruñir mientras inspiraba y espiraba al ritmo de una canción que apareció en su mente.

Sonrió.

«Se quedarán de piedra cuando atraviese la meta la primera», pensó. Estaba deseando ver la cara que pondría la Reina del Hielo.

El hombro de Rahn chocó con sus rodillas al tiempo que las rodeaban sus brazos. Cayeron en los arbustos lanzando un grito. Sarah aterrizó boca abajo y Rahn, a sus pies.

—No, no, no —tartamudeó mientras intentaba alejarse a gatas y se le agolpaban las lágrimas en los ojos. Rahn le soltó los pies, pero la agarró por el tobillo y tiró hasta ponerla debajo de ella. No consiguió contenerlas y las lágrimas se desbordaron. La chica de último curso puso una rodilla en cada uno de los brazos y la sujetó de espaldas contra el suelo. Olía a sudor. Sarah agitó las piernas, pero no pudo moverse. Lanzó los talones contra la espalda de Rahn, pero los golpes no tenían fuerza.

—Sí, sí, sí —cacareó Rahn mientras tiraba del pelo para darle la vuelta a la cabeza—. Deja de lloriquear.

Se hundió, sollozó en las hojas y se rindió. La habían derrotado. Casi lo había conseguido y, de no haber estado tan satisfecha de sí misma, quizá habría visto a Rahn escondida en los árboles.

«Piensa. El capitán vendrá para sacarte de aquí y te pondrá a salvo. No puede dejarte aquí… pero, entonces, ¿qué? ¿De qué le servirás? ¿De qué servirás a nadie? ¿Qué va a hacer Rahn?».

—¡Continúa! —dijo entre dientes.

—¡Calla! —gruñó Rahn dándose la vuelta para agarrarle uno de los tobillos—. ¡Dame el pie! —Sarah puso los pies contra el suelo poco dispuesta a colaborar en su destrucción. Rahn tuvo que reequilibrarse y estiró un brazo—. ¡Dámelo, enana, *dumme Schlampe*!

De repente, la caja en la que guardaba los horrores se abrió.

La chica mayor había colocado una de las rodillas a pocos centímetros de su mejilla y cuando Rahn agarró su pie y lo levantó, torció la cabeza e hincó los dientes en la parte superior de la pantorrilla. Mordió con toda la rabia y furia que fue capaz.

Rahn soltó un grito cuando los dientes le desgarraron la piel. Soltó el pie y se apartó con los brazos en alto. Aquel movimiento la desequilibró y Sarah se zafó de ella con el hombro izquierdo. La chica mayor rodó con la pantorrilla todavía entre los dientes y sacudió los brazos al caer.

—¡Suelta! —gritó intentando golpearle en la cara con las manos, pero el miedo no le permitía hacer contacto.

Sarah puso las manos en la pierna de Rahn y tiró hacia arriba y hacia afuera con la cabeza. Notó que algo cedía y la pierna se liberó. En el momento en el que Rahn gritó y se sujetó la pierna, encontró lo que estaba buscando.

Dirigió la piedra hacia la cabeza de Rahn. No llevaba mucha velocidad, pero era pesada y cortante, y cuando se produjo el impacto se oyó un satisfactorio crujido. Rahn se desplomó.

Se apartó frenéticamente con las manos y los pies sin soltar la piedra. Jadeante y con la cara roja, escupió al cuerpo inerme y esperó a que se moviera. Pasó un segundo, empezaba a perder la ventaja que llevaba, pero no pasó nada. Se puso de pie, se volvió hacia el sendero y, con una última mirada por encima del hombro, cojeó y se fue tambaleándose.

«¿Qué has hecho?»

Tictac.

«Has matado a esa chica.»

Miró hacia atrás, pero nadie la seguía.

«Ni siquiera lo sabes. ¿Has matado a esa chica?».

Meneó la cabeza como si con eso pudiera deshacerse del pensamiento.

Empezó a correr y estiró los músculos.

«Una vena se partió en el cuello de la liebre y se desangró en el suelo.»

Volvió a mirar hacia atrás otra vez. Algo se movió a lo lejos. Se detuvo. A través de los árboles vio que algo pequeño y blanco iba a toda velocidad hacia ella. Kohlmeyer.

Echó a correr. Olvidó el dolor que sentía en la rodilla y en el pecho, las palpitaciones en la cabeza y el sentimiento de culpa que se había instalado en sus hombros como cestas de ropa sucia. Imaginó a los perros, a los chicos vieneses que la perseguían y a los de las Juventudes Hitlerianas. Pensó en la Sección de Asalto con cubos de ácido y en *Fräulein* Langefeld con su vara. Recordó al mayor Foch, sus arrugados dedos y el olor a naranjas, y dejó que la sensación le recorriera el cuero cabelludo y le bajara por la columna vertebral. Vio al fantasma de Rahn levantándose del barro con los ojos inyectados en sangre y colmillos en la boca...

No hubo premeditación ni atajo ni surco en el que esconderse, solo una carrera cara a cara con la liebre. Pero sabía que no había erizo. Ella podía ser su propia liebre, aunque una pequeña. Una con ventaja.

Corrió con mayor rapidez por el sendero, con lo que se aceleró el ritmo de sus jadeos.

«Sigue, no mires a tu alrededor.»

Volvió la cabeza. Kohlmeyer solo estaba a cien metros, con la cara crispada por la indignación y el esfuerzo.

«¡No mires a tu alrededor!»

Echó a correr a toda velocidad.

«Sigue, no mires a tu alrededor.»

El camino se estrechó, serpenteó y se volvió más empinado, por lo que no pudo mantener el ritmo, además estaba lleno de arbustos y hojas. Apartó con el antebrazo unas ramas que sobresalían en la pista y casi derribó a una chica que estaba al borde del camino. La chica se sobresaltó y cuando la vio pasar hizo bocina con las manos y gritó:

—¡Es Haller! ¡Haller va primera!

Oyó gritos a lo lejos.

—¡Es Haller...!

—¡Haller!

Al salir de una curva vio la línea de meta en un claro, al final de un tramo más ancho, flanqueada de compañeras que gritaban. Horrorizada, se dio cuenta de que todavía faltaban doscientos metros. Comenzó a notar la cuesta y el dolor que sentía en las piernas se convirtió en un suplicio que la aguijoneaba a cada paso. ¿Cuánto aguantaría?

Casi resbaló al llegar al claro, el paso de los continuos senderistas lo había convertido en un terreno anegado. Los charcos estaban helados y la recta final era una desesperante pista de patinaje. Mantuvo el equilibrio y continuó con los ojos fijos en el claro, sin prestar atención a los monstruos que daban saltos, hacían gestos con las manos y gritaban.

«¡No mires a tu alrededor!»

Kohlmeyer no había llegado a aquel tramo. La oteadora que se había adelantado en el camino seguía dando brincos a la espera de comprobar quién iba segunda. Volvió la vista al claro. Frente a los profesores vestidos de negro estaba la Reina del Hielo con su séquito, alta e inmaculadamente blanca, inverosímilmente rubia. Ya debía de haberse dado cuenta de que sus planes habían fallado.

«¿Y eso qué cambiará? No mantendrá su palabra. Solo estás alborotando el avispero.»

—¡Kohlmeyer! —gritó la vigía a su espalda.

Si en ese momento ella era la liebre, la chica del último curso era el lobo, más rápido, más fuerte e inevitablemente victorioso.

La multitud vitoreaba y coreaba su apellido.

—¡HALLER, HALLER!

Otro resbalón volvió a hacerle perder el ritmo y casi se cayó al suelo. Consiguió mantener el equilibrio extendiendo los brazos, pero aquello la ralentizó.

Los presentes lanzaron un grito ahogado y después vitorearon aún más cuando aceleró el paso, aunque también miraron detrás de ella, pues el lobo la seguía amenazadoramente cerca.

—¡HALLER, HALLER!

Ya solo estaba a cincuenta metros de la meta. Cuando las corredoras se acercaron, las chicas se apartaron de la cinta, un trozo de cuerda sostenido a ambos lados del sendero por dos aburridos profesores. Oyó el ruido de los pasos de Kohlmeyer por encima del griterío. Sonaban muy cerca y muy rápidos, las patas del lobo a punto de saltar sobre su víctima.

—¡HALLER, HALLER!

Cuando estuvo cerca de la línea se fijó en que la Reina del Hielo sonreía, aunque disimuló rápidamente. Las chicas que habían ido a ver la carrera chillaron; había quien se llevaba las manos a la boca y quien ponía cara de derrota. Por el rabillo del ojo vio que Kohlmeyer se acercaba y se ponía a su altura fácilmente. Su cuerpo había dado todo lo que tenía dentro. Corrieron codo con codo varios pasos más y después Kohlmeyer tomó la delantera. Al adelantarla volvió la cabeza y a pocos metros de la línea de meta la miró con desdén. Sarah soltó un gritito de derrota y empezó a desacelerar, un punzante agotamiento se había apoderado de sus piernas.

Kohlmeyer seguía mirándola cuando tropezó en un charco helado. El pie izquierdo resbaló y al cruzarse por delante del derecho provocó su caída a un metro de la meta. Sarah pasó a su lado dando tumbos, cruzó la línea y la cuerda cayó a sus pies. Los congregados formaron una desordenada y vitoreante masa que invadió la pista y engulló a Kohlmeyer.

Sarah fue cojeando los últimos metros y se detuvo desafiante frente a la Reina del Hielo. Al poco todas las chicas la rodearon, la levantaron del suelo y la llevaron en hombros, subiéndola y bajándola.

163

17

—*Y* la ganadora del descenso anual del río es... —El profesor hizo una pausa mientras comprobaba el nombre—. Ursula Haller.

Las chicas, agrupadas en dos filas, se volvieron locas mientras avanzaba entre ellas hasta donde esperaba la Reina del Hielo, al final de la formación. Sujetaba un deslucido trofeo y la miraba como un carnicero a un trozo de carne.

—*Heil* Hitler, delegada —saludó con todo el entusiasmo que logró reunir. Tenía los sobacos y los pezones desollados y le resultaba muy doloroso moverse. La Reina del Hielo esperó un momento antes de contestar, mientras el público seguía parloteando y aplaudiendo alegremente.

—Al parecer he vuelto a subestimarte —dijo en voz baja—. Estás mojada. ¿Has nadado?

—He volado —contestó con insolencia.

—Debería descalificarte.

—Eso es irrelevante. Te dije que cruzaría la línea de meta la primera y lo he hecho. Estamos en paz.

—¿Y cómo voy a mantener el orden si te saltas a la torera la jerarquía?

—No lo estoy haciendo. Soy una de vosotras, más fuerte, más rápida y mejor. Soy tu aliada y, por supuesto, tu leal sirviente.

«No volverás a estar en una posición tan ventajosa. Esperemos que funcione.»

Se postró sobre una rodilla.

—¿Qué haces? —La Reina del Hielo ladeó la cabeza sorprendida.

—Pon una mano en mi cabeza y ofréceme la otra, eso es todo. —Tomó la mano que le ofrecía y besó el dorso. Eso lo había leído en un libro—. Ahora ayúdame a levantarme y diles que no quiero el trofeo, que pertenece a la patria.

La Reina del Hielo arrugó el entrecejo y después sonrió.

—No, quédate ahí un momento. —Echó la cabeza hacia atrás—. Haller no quiere este insignificante trofeo. Ha ganado la carrera para el Führer y se lo ofrece a él. —Las congregadas vitorearon y corearon su apellido—. No, hermanas. No alabéis a Haller, no lo desea. La gloria pertenece al Reich. ¡*Heil* Hitler!

Las chicas hicieron el saludo brazo en alto y gritaron consignas mientras Sarah seguía arrodillada en el barro. Un profesor empezó a hablar de la guerra, pero el entusiasmo de las chicas ahogó sus palabras. La Reina del Hielo la ayudó a levantarse y se acercó para que no la oyera nadie.

165

—Bueno, Haller. Si de verdad vas a codearte con esta apreciada compañía —empezó a decir haciendo un gesto hacia sus lugartenientes—, serás la jefa de dormitorio de tu clase. Tendrás que imponerte, como sea. Serás la líder, no obedecerás a nadie.

—Muy bien —contestó. «Esto empieza a encajar. Puedo hacerlo», pensó.

Elsa Schäfer estaba detrás de la Reina del Hielo con las otras y observaba atentamente con cara de estar intrigada y fascinada. «Muestra intriga. Muestra fascinación. Sé mi amiga», pensó. Tenía la victoria tan cerca que casi podía saborearla.

—Y tendrás que dejar de fraternizar con las débiles e inútiles como tu amiga Mauser.

Ratoncito. Rechazada y no deseada. «Débil e inútil.» Era la

única chica que se preocupaba por Ursula Haller. Era la amiga de Ursula… la amiga de Sarah. Tenía una amiga. Le entraron ganas de gritar y dar un puñetazo a la Reina del Hielo.

—No.

—¿No? —Los ojos de la Reina del Hielo reflejaron una genuina sorpresa.

Entonces todo sucedió sin que pudiera detenerlo. Estaba tan llena de rabia y poder que habló sin pensar.

—Tienes razón —gruñó—. Seré la líder y no obedeceré a nadie, así que coge a tu banda de lameculos y lárgate.

La Reina del Hielo no daba crédito a lo que acababa de oír.

—No te vas a ir sin más, Haller.

«Mantente firme.»

—Es exactamente lo que estoy haciendo. Y me voy con mi débil e inútil amiga —aseguró apuntando con el dedo a la Reina del Hielo—. Mantén tu palabra. Estamos en paz y no tienes nada que hacer en mi clase. Mantente alejada. —Acabó la última frase con los dientes cerrados.

Se dio cuenta de que su oportunidad, su escapatoria y el trabajo se alejaban como el mar de la orilla… pero su pasión había sido mayor, más intensa. y la había controlado totalmente. El paso estaba dado.

A la chica mayor se le abrió la boca y pareció estar a punto de abofetearla. Pero la expresión de su cara cambió y reflejó una curiosa mezcla de rencor y enfado que no encajaba en su habitual tabula rasa. Los profesores empezaron a agrupar las clases para volver al colegio.

—¿Dónde está Rahn? —preguntó la Reina del Hielo cuando Sarah se dio la vuelta.

—No tengo ni idea —mintió con cara impasible—. ¿Dónde la dejaste?

La Reina del Hielo se fue haciendo un gesto a su séquito. Elsa la miró momentáneamente confundida y fue detrás de las otras. Sarah espiró como si hubiera vuelto a salir a la superficie. Empezó a temblar, totalmente exhausta. Ratón y otras dos chicas tuvieron que ayudarla a volver al colegio.

La carrera del río de aquel año fue muy controvertida. Al parecer un animal salvaje había atacado a una de las chicas, Rahn. Sus heridas habían sido tan graves que la habían enviado a su casa para que se recuperara. El bosque ya no era seguro y los profesores empezaron a pelearse, intentando decidir quién tenía la culpa. Algunos opinaban que la carrera era peligrosa y que las chicas del último curso tenían demasiado control sobre ella. Al final triunfó el aburrimiento y la indiferencia. Hacer algo era demasiado engorroso.

Se discutió mucho sobre la victoria de Sarah. La imposibilidad de cruzar el río a nado parecía ser el único hecho probado y algunas chicas preferían pensar que lo había atravesado volando. Que la victoria no conllevara el fin de la tiranía de la Reina del Hielo también produjo cierta decepción. Otras interpretaron aquella aparente tregua como una traición y empezaron a mirar por encima del hombro preguntándose quién sería la próxima en la lista negra de la delegada.

Sarah tuvo fiebre toda la semana siguiente. Confinada en la enfermería y acosada por vívidas pesadillas, pensó que su misión había sido un absoluto fracaso. Su fracaso. La habían invitado a entrar en el círculo íntimo, a liderar la clase junto a Elsa Schäfer, y no solo lo había rechazado, sino que había rociado de gasolina ese puente y le había prendido fuego.

Mientras se reprendía en silencio, las visitas de Ratón la ponían al día de la vida en Rothenstadt, gracias a su interminable aportación de cotilleos, intrigas y conjeturas.

—¿Cómo lograste ponerte la primera? —farfulló alegremente Ratón.

—Volando, ¿no te has enterado?

—No, ¿de verdad?

—De verdad.

Había intentado reconstruir lo que había sucedido en el río, pero ni siquiera estaba segura de lo que había pasado. Aquel fragmentado episodio estaba teñido de horrores que la perseguían, canciones de cabaré y perros que la acosaban en sueños. Parecía poco verosímil, incluso a ella.

Había lamentado desde el primer momento su deliberado sabotaje de la misión, pero, al mismo tiempo, se había aferrado a lo que representaba. No era un monstruo, un monstruo, un monstruo... pero la historia que contaban sus fragmentados recuerdos de la carrera era muy diferente. Un momento en concreto destacaba sobre los demás y lo revivía una y otra vez con claridad cristalina: el golpe con la piedra en la cabeza de Rahn. El golpe seco. El movimiento. El deseo que habían suscitado las circunstancias. Podía haberla matado. La habría matado si la piedra hubiera sido más grande. Había estado dispuesta a hacer cualquier cosa para librarse de ella. Y no para sobrevivir, sino para evitar el dolor, para evitar perder. Era como una profunda jarra de vergüenza y autodesprecio de la que parte de ella quería beber, solo para demostrar que seguía siendo un ser humano. Pero la jarra era enorme. Había suficiente en ella como para ahogarse.

En cuanto estuvo bien, la sensación de victoria la abandonó, al mismo tiempo que sus escrúpulos éticos. Quería una segunda oportunidad, intentarlo de nuevo. Su misión seguía pendiente y cada vez le parecía más difícil de llevar a cabo. No podía presentarse ante la Reina del Hielo y pedirle perdón, así que, a falta de algo mejor que hacer, empezó a seguir en silencio a su séquito. No tenía ningún plan ni idea alguna. Esperaba en las sombras, las observaba, se fijaba en sus hábitos, en su rutina. Acechaba cualquier tipo de información que pudiera utilizar, esperaba una oportunidad que sabía que no llegaría.

Elsa hablaba muy alto. Aquello solo probaba que tenía algo que demostrar. Al ser la más joven quizá creía que tenía que ser más dura, más desagradable y más escandalosa que las demás. Cuando la Reina del Hielo no estaba, su conversación era prosaica. Caballos, chicos, la nueva canción de Marika Rökk. Era como si la guerra, el Reich y la cuestión judía no existieran.

Solo oyó algo interesante en una ocasión. Estaba escuchando a escondidas a la corte sin reina, mientras fumaban en una escalera de incendios. Agachada, con la espalda pegada a la pared que había detrás de ellas, prestaba atención a unas voces que había llegado a conocer muy bien.

—¿A quién está acosando ahora?

—A esa chica nueva, a Haller.

—Ah, la heroína todopoderosa.

—Cierra el pico, Eckel.

—Eso es lo que hizo en la pierna de Rahn —bromeó Eckel.

—Calla, más te vale que no te oiga la Reina del Hielo.

—¿Y qué pasa con Foch?

—Ni idea, pero Schäfer lo sabe, ¿verdad?

—Mira qué cara ha puesto. Seguro que sabe algo.

—Esto es lo que sé. Me lo contó alguien cuyo padre conoce al personal —se jactó Elsa.

—¿Una de tus preferidas?

Elsa hizo caso omiso a la interrupción.

—Foch era leal a la Sección de Asalto desde el principio. Pusieron al Führer en el poder, pero Röhm, el jefe de la SA, era un revolucionario. Y no hay lugar para ellos cuando la revolución termina. Creyó que era más importante de lo que realmente era. Odiaba a Himmler y a Heydrich, y pensó que no podían tocarle.

—¡Ja! Eso salió muy bien.

—Las SS acabaron con el golpe de Estado de Röhm y con la SA en una noche —continuó Elsa—. Fue una purga de

sangre, la Noche de los Cuchillos Largos. Bang, bang, bang
—imitó Elsa riéndose.

—Eso ya lo sabemos, Schäfer.

—Pero a Foch no lo mataron como a los demás. ¿Qué pasó?

—Bueno… Cuando fueron a buscarlo suplicó que lo deja-
ran irse. Así que le obligaron a hacer algo que demostrara su
lealtad. Algo asqueroso.

—¿Qué?

—¿Qué es lo peor que podéis imaginar?

«Gretel», pensó Sarah.

Se oyó una campana. Los cigarrillos encendidos cayeron al
suelo mojado que había junto a sus pies.

Decidió que, aunque tuviera que romperse los dedos ella
misma, no volvería a tocar para Foch nunca más.

18

9 de noviembre de 1939

*E*l camino de entrada a Rothenstadt estaba lleno de coches caros y engalanados uniformes, conductores serviles y madres vestidas con seda y pieles. Los padres iban acompañados de subrepticios guardaespaldas con expresión desdeñosa. Las chicas corrían al encuentro de sus padres pensando en helados y atención incondicional.

Sarah se puso de puntillas para dar un beso en la mejilla del capitán.

—*Onkel* —lo saludó con toda formalidad.

—Ursula, ¿puedo estar orgulloso de ti? —contestó su *Onkel*.

—Sí, claro. Estoy totalmente entregada a mis estudios. —Esperó a que pasara una escandalosa chica de cuarto. En cuanto se fue continuó con voz cantarina—. He pasado todo un mes desfilando en círculos, tragando mentiras y atormentando a los débiles, y lo he hecho de maravilla. Ya soy el perfecto monstruito.

El capitán abrió la puerta del coche. Siempre había sentido que su presencia desbarataba el prístino y minimalista interior, pero estar en un espacio seguro después de semanas de tensión y deprimente fracaso era como sentirse rodeada por unos fuertes brazos.

—¿Dónde está? —preguntó el capitán tras entrar en el coche y fingir que ajustaba el espejo retrovisor.

—No va a salir. El profesor Schäfer no viene a verla. Recuerda que hoy es 9 de noviembre. Estará en los discursos del Führer en Múnich, banderas, desfiles, etcétera. La habitual mierda nazi.

—No hables así… —la reprendió encendiendo el motor.

El coche avanzó entre la multitud por la avenida bordeada de árboles y pasó por delante de largos vehículos con chófer.

—¿Por qué no tienes conductor? Te daría más distinción.

—Me basto para conducir un coche, gracias. Además —añadió, mientras salía por la puerta de la verja y aceleraba en la carretera—, ahora andamos escasos de amigos.

—¿Tenemos amigos? —Pensó que tenía que haberle hecho más preguntas antes, pero el capitán se había mostrado tan evasivo que había acabado por desistir. El coche circulaba por carreteras secundarias y seguía esperando su respuesta. Insistió—: ¿Conocidos?

El capitán resopló.

—Había otros agentes, pero por suerte no teníamos mucha relación.

—¿Dónde?

—La Gestapo está limpiando la casa.

Durante un instante la máscara cayó y notó cierta turbación en su cara. No era miedo, sino más bien un ligero desasosiego. Recordó las noches que lo había dejado en un sillón y a la mañana siguiente lo había encontrado en él. No se le había ocurrido que hubiera pasado allí toda la noche, pero en ese momento se dio cuenta de que estaba apostado frente a la puerta.

—Me tienes a mí… —empezó a decir, pero dejó que el resto de la frase fuera apagándose hasta ser inaudible.

Llegaron a las afueras de Rothenstadt, un deslucido pueblo al que no parecía haber llegado el milagro económico del Führer. La pintura de los edificios se estaba pelando, las piedras se desmoronaban y sus habitantes eran hoscos y parecían desnutridos.

¿La necesitaba el capitán? ¿O solo quería tener un agente

en el colegio? Parecía aislado. ¿La necesitaba como ella necesitaba a Ratón?

Aquel pensamiento había sido como tropezar contra una puerta que no se ha visto. ¿Necesitaba ella a Ratón?

¿Contrariaba al capitán igual que Ratón la incomodaba a ella por ser una prueba de su debilidad y una distracción? ¿Era para él una responsabilidad innecesaria? Y, al igual que Ratón, ¿era un punto vulnerable que le obligaba a actuar de forma impulsiva y lo condenaba al fracaso?

En aquel tapiz había demasiadas hebras y decidió no tirar de ninguna de ellas.

El coche salió del pueblo con un leve susurro, como si se negara a llenar con sonido alguno su incómodo silencio.

—Háblame de Elsa Schäfer —pidió el capitán.

La delegada había mantenido su palabra y había dejado en paz a Ursula Haller y a su clase. La corte de la Reina del Hielo se dejaba ver a menudo por otros sitios, pero era inabordable cuando estaba cerca. Elsa Schäfer nunca estaba sola y era prácticamente inaccesible.

No quería decirle nada. No quería confesarle que estaba acabada.

No quería asumir la responsabilidad de su fracaso porque apenas conseguía entenderlo. No quería echarse a llorar y que la llevara a casa. Y le daba miedo empezar a hablar, porque si lo hacía, no podría frenarse.

—Tuve oportunidad de acercarme a ella, de ser su amiga, pero lo eché a perder porque me dio pena una persona. He fracasado en mi misión.

Aquellas palabras salieron de su boca como si se hubiera hecho pis y se sintió humillada.

«Llévame a casa.»

No había tenido a nadie en quien confiar, pero dejar que Ratón entrara en su vida y significara algo para ella solo podía acabar mal.

El capitán permaneció en silencio. Después estiró una mano y la puso sobre las de Sarah.

—No pasa nada. —La tranquilizó—. Pero deja que te enseñe algo. Está a pocos kilómetros de aquí.

Sintió un leve escozor en la comisura de los ojos. Su sentimiento de culpa se convirtió rápidamente en resentimiento, que dirigió hacia él.

—Estamos perdiendo el tiempo. Aunque me invitara a su casa, ¿qué? ¿Qué iba a conseguir?

Adoptó un huraño y defensivo silencio y cruzó los brazos. El campo bávaro no le levantó el ánimo en aquella fría luz de noviembre, ni lo habría hecho un fresco invierno plateado o un dorado verano. Después se fijó en algo extraño, algo que no debería estar allí. Una elevada muralla de roca, una ancha cicatriz que atravesaba el paisaje y abarcaba más y más trozo de cielo hasta tapar completamente las ventanas del coche.

El capitán tomó la carretera que discurría a su sombra. Aquella barrera se extendía y curvaba hasta el horizonte en ambos sentidos.

—Es el muro de la casa de campo de Schäfer.

De cerca se dio cuenta de que la roca antigua se había arreglado y alisado, y se había coronado con alambre de espino. El capitán continuó conduciendo junto a la inmutable fortificación. No se veía ningún árbol ni rastro de vida a corta distancia de la barrera y empezó a entender por qué consideraba inaccesible ese lugar.

—Si consiguiera escalar el muro, y eso es un gran «si», estaría todavía a un kilómetro de la casa —aseguró indicando con una mano enguantada para dar mayor énfasis a sus palabras—. Hay patrullas. Y no de idiotas de la zona, sino de las SS. Solo tengo una vaga idea de qué aspecto tiene la casa y ninguna de su distribución. ¿Quieres ver la entrada?

ϒ

Más adelante se toparon con una especie de convoy militar. Había camiones en la carretera y soldados alrededor de ellos. Cuando se acercaron vio que aquello era la entrada. Todos los vehículos que quisieran entrar tendrían que hacer zigzag en un camino con pequeños muros de piedra para llegar a la verja, en la que los guardias comprobarían de nuevo la documentación del conductor antes de levantar la barrera a rayas. Los soldados parecían inteligentes, atentos, despiertos. Miraron el coche con recelo cuando pasaron al lado. Deseó poder hundirse en el asiento para que no la vieran.

—Es una fortaleza. A menos que nos inviten, no podremos entrar.

El muro volvió a aparecer y llenó la ventanilla del copiloto.

—Se junta con las chicas de último curso. Son las que están al mando de todo —dijo Sarah a la defensiva.

—Únete a ellas. Consigue parecerles interesante.

—Son monstruos —protestó.

—El alto mando alemán está lleno de monstruos —la presionó.

—Vale, lo entiendo. Ya no me acosan. ¿Tienes idea de cómo es ese colegio? Es un frenopático dirigido por psicópatas, en nombre de unos… cabrones —escupió Sarah.

El coche chirrió en el asfalto. El capitán meneó la cabeza lentamente y después la enderezó.

—¿Cómo sabías que Schäfer estaba en Múnich hoy?

—Elsa habla muy alto y siempre intento que crean que soy interesante —comentó con sorna—. En cualquier caso, hoy se conmemora el Día de los Mártires del Movimiento, así que…

—Calla —la interrumpió—. ¿Dijo…?

—¿Calla? ¿Calla? —Aquella palabra la había enfadado.

El capitán levantó una mano e hizo un movimiento conciliador con la cabeza.

—¿Dijo algo más? —preguntó con un atisbo de entusiasmo—. ¿Alguna cosa?

175

—No para de hablar. —Pensó en las interminables discusiones sin sentido que había oído a cierta distancia.

—¿Algo sobre la casa? ¿Sobre su padre?

—Dijo que el Día de los Mártires la dejaría en el colegio. Habla de caballos. —Empezaba a aburrirse—. De Anne no se qué, de que el hombre que cuida sus caballos es un borracho y tendrían que despedirlo…

El capitán se echó a reír.

—¿Te importaría contarme el chiste?

—Como espía eres excelente —la alabó en voz baja.

No supo si estaba hablando consigo mismo o con ella.

En el coche empezó a hacer frío cuando el sol invernal desapareció entre los árboles y los espinos estrangularon y se tragaron al globo rojo.

—¿Cómo sabes que el caballerizo vendrá por aquí? —preguntó tapándose con el abrigo.

El capitán se encogió de hombros.

—No lo sé.

—Pero ¿crees que va a ir a beber al pueblo?

—Posiblemente.

Pensó que todo era muy impreciso.

—Así que crees que no está solo y no está en la cama.

—Posiblemente.

Aquello le recordó el compartimento del tren diez semanas atrás y aún se enfadó más.

—Pero tienes un presentimiento.

—Sí.

—¿Y si viene?

—Entonces lo hará mañana y al día siguiente. Los bebedores son animales de costumbres. —Y soltó un gruñido.

—Y son vagos, impredecibles y no se puede confiar en ellos —murmuró a continuación.

—Cierto, pero de ser así ya habría perdido el trabajo. Bebe lo suficiente como para que lo haya notado una niña de quince años, pero conserva el trabajo. Así que imagino, presiento que va todas las noches a tomarse unas cervezas, que le gusta beber acompañado.

—¿Y entonces qué?

—Tendrá un accidente de camino a casa y ocuparé su puesto.

—¿Y entonces qué?

—Entonces estaré dentro y podré trabajar.

—¿Esta noche? —preguntó desconcertada.

—No, no llevo la ropa adecuada. —Sonrió—. Sabes... En esta profesión se hacen muchas conjeturas, se espera y uno se lleva muchas decepciones. Tienes que acostumbrarte.

Era la primera vez que el capitán hacía una referencia específica a un posible futuro, pero antes de que pudiera comentar nada vieron a alguien.

—Mira... —El capitán se revolvió en el asiento y sonrió—. Ahí está nuestro caballerizo.

Un desaliñado hombre de mediana edad con cara roja torció resueltamente la esquina en dirección al pueblo.

—Es la mitad de alto que tú —dijo Sarah soltando una risita incrédula.

—Me agacharé.

El coche se detuvo al llegar a la aglomeración de vehículos que intentaban dejar a las niñas en el penumbroso camino de entrada, con los faros peleándose por conseguir la mejor orientación.

—El pueblo y la casa están a pocos kilómetros en línea recta. Quiero ir —anunció Sarah resueltamente.

—¿Mañana? No, imposible. —El capitán negó con la cabeza.

Necesitaba tener control, algún éxito, algo que decir en lo que estaba pasando. Si no era una «espía excelente», entonces, ¿para qué le servía? Necesitaba que la absolviera.

—Soy una espía. Quiero espiar… cosas.

—Ya lo estás haciendo.

—No soporto estar aquí —se quejó—. Es como ver los ancianos barriendo las calles de Viena, pero todos los días. Si agarrándome a tu abrigo pudiera salir de aquí treinta segundos antes, me colgaría de tu maldito abrigo.

El capitán se fijó en que lo miraba con el entrecejo fruncido y cara de estar a punto de enfurecerse. Puso los ojos en blanco.

—Muy bien. ¿Puedes salir de aquí mañana por la noche?

—En un santiamén —aseguró sonriendo—. Y si eso implica que no tengo que volver, aún más rápido.

Casi salta del coche, pero cuando cerró la puerta vio algo que la dejó helada. Empezó a golpear en el cristal de la ventanilla con los nudillos. Como no obtuvo respuesta, insistió frenéticamente sin dejar de mirar de reojo a la puerta del colegio. La ventanilla se bajó.

—¿Qué pasa? —preguntó el capitán con impaciencia.

—Mira —dijo indicando con la cabeza hacia Rothenstadt.

En las escaleras estaba Elsa y un hombre con ropa de cazador. Incluso a esa distancia supo que era Hans Schäfer.

—Mira, mira… Al final el Führer no le interesaba tanto como creíamos —comentó el capitán—. ¿Puedes hacer el favor de dejar de intentar no mirarlos?

—Elsa me está mirando —replicó con un teatral susurro.

—No lo está haciendo, solo mira en esta dirección. Ve al colegio.

Todo el mundo estaba a la vez en el mismo sitio. Parecía imposible no poder ponerle fin en ese momento.

—¿No puedes pegarle un tiro sin más?

El capitán chasqueó la lengua y subió la ventanilla, con lo que Sarah se sintió desprotegida.

«Esto es una tontería.»

Dibujó una gran sonrisa en su cara y fue con decisión hacia el colegio, deteniéndose solo para darse la vuelta y despedir al coche con la mano, aunque el capitán fuera invisible detrás del cristal. Cuando se volvió, Elsa apuntaba hacia ella.

Continuó andando e intentó no mirarla.

«No me estaba apuntando a mí, sino a alguien que estaba cerca.»

Pero allí no había ninguna chica de cuarto curso ni ningún miembro del séquito de la Reina del Hielo. Elsa hablaba con su padre.

«¿Sabrá algo?»

«¿Cómo iba a saberlo? No hay nada que saber. Al menos todavía.»

Cuando Sarah llegó a la entrada, el padre de Elsa dio un beso a su hija en la mejilla. Se concentró en las escaleras. Al llegar arriba, Hans Schäfer estaba solo frente a la puerta.

—Perdone, *mein Herr* —dijo ella con voz aguda.

—No faltaba más, *Fräulein* —se excusó este haciéndose a un lado.

Cuando entró en el colegio sintió como si la hubiera adelantado un vehículo muy rápido. La sensación de potencia, el movimiento, el ligero empuje del viento y la ondulación que deja a su paso. Una vez en el interior se apoyó en el marco de la puerta.

«Un día más aquí. Quizá solo un día más.»

179

19

*C*uando salió vestida de entre las sábanas todas sus compañeras estaban dormidas. Se puso los zapatos sin hacer ruido, aunque la lluvia azotaba con tanta fuerza en las ventanas que habría encubierto cualquier sonido que hubiera hecho. Pensó en si debería tener un plan por si volvía con la ropa mojada, si buscar un sitio donde secarla o dejar preparada ropa limpia para el día siguiente, pero no pudo concentrarse. Iba a salir, de eso estaba segura.

Miró la mesita de noche. ¿Debería llevarse lo que había dentro? ¿Volvería a necesitar a Ursula Haller? ¿Desaparecería esa chica sin llevarse sus objetos personales?

—Haller, ¿qué estás haciendo? —preguntó la ronca voz de Ratón en la oscuridad.

«Vaya.»

—Voy al baño, calla.

—¿Con el abrigo puesto?

—¡Calla, Ratón! Vas a despertar a Liebrich —suplicó.

—Perdona.

—Vuelvo enseguida. Duérmete.

Se deslizó silenciosamente por el suelo de madera y se perdió en las sombras con la esperanza de que Ratón se quedara donde estaba.

Conocía bien la ruta de escape. La ventana del descansillo seguía rota, tal como la había dejado hacía unas semanas. «Siempre hay que tener otra forma de salir.» El salto hasta la tubería no era difícil. Los arbustos eran de hoja perenne, una buena tapadera hasta el desmoronado muro. Pero a medianoche y sin luna, en medio de una tormenta, todos esos elementos representaban un nuevo peligro. El agua de lluvia desbordaba el canalón y caía por fuera de la tubería. Esperó a que sus ojos se adaptaran a la oscuridad, pero no consiguió ver el suelo.

Salió por la ventana y sintió el agua en la cara. Desde la carrera del río no soportaba tener la cabeza mojada, no podía deshacerse de la sensación de que el agua iba a engullirla. Evitaba la ducha e incluso le asustaba lavarse la cabeza. En ese momento el agua le había empapado el pelo y le corría por la cara, le goteaba por la nariz y le tapaba las orejas. Resistió el caos que brotaba en su interior, el animal que tenía que correr, huir, escapar.

Cuando estuvo lo suficientemente calmada, saltó hacia la tubería y bajó los dos pisos que la separaban del suelo. Miró el diluvio y se preguntó si sería capaz de subir si seguía estando tan mojada, otra razón para esperar que aquello fuera el fin.

Se alejó rápidamente del colegio por los jardines, pasando de árbol a arbusto y saltando los crecientes charcos hasta que no le quedó más remedio que pisarlos. Cuando llegó al muro y lo escaló, una intensa luz blanca la iluminó. Se tranquilizó al darse cuenta de que era un relámpago. Empezó a contar.

«Uno.»

Pasó una pierna por encima del muro.

«Dos.»

Rodó por la parte superior y aterrizó suavemente en el otro lado.

«Tres.»

Tardó un momento en acordarse en qué dirección debía ir y después echó a correr con cuidado hacia la oscuridad.

«Cuatro, cinco, seis…»

El trueno sonó con tanta fuerza que, a pesar de que lo estaba esperando, dio un respingo y soltó un gritito.

«Das pena. La tormenta está a dos kilómetros de distancia, pero… ¿viene o se va?»

Siguió avanzando a oscuras en busca de la carretera y empezó a dudar de si había sido buena idea salir del colegio. Pero no quería que su destino se decidiera sin estar presente… no quería perdérselo.

Cuando llegó a la carretera, el rugoso asfalto estaba inundado. Parecía un río y, aunque en su opinión era demasiado pequeño, tener que ir por la maleza para evitar que el agua le entrara en los zapatos le resultó muy molesto. La ropa le pesaba y todo empezaba a molestarla. Aquel malestar la preocupaba.

—Tienes que mejorar tu equipo de espía —dijo una voz en los arbustos.

Disimuló la sorpresa fingiendo que temblaba. Puso los brazos en jarras, miró hacia la carretera y se encogió de hombros.

—Pero, aun así, aquí estoy, ¿no?

—Sí, pero moviéndote por el arcén como un búfalo —se burló—. Hace cinco minutos que se te oye venir… y se te ve.

Frunció los labios.

—No creo que salga con este tiempo.

—Me parece que subestimas a los borrachos.

De repente todo se volvió blanco.

—Sí, ya sé que entiendes mejor que yo a los borrachos —replicó desairada.

Un trueno resonó en una serie de desgarradores chasquidos, como si una bola rebotara en un tambor con cristales rotos. En ese momento apareció una figura en la curva, cubierta con una capa impermeable y un sombrero. Avanzaba lentamente y entraba y salía de la carretera sin dejar de tambalearse. El capitán le apretó el brazo con suavidad y la llevó hacia los árboles.

Esperaron en silencio hasta que se acercó el hombre. Iba cantando.

—Un brindis, un brindis… —Su ronca voz se cortó mientras intentaba acordarse del siguiente verso. Finalmente se dio por vencido y volvió a empezar desde el principio—. Un brindis, un brindis…

—Toma —susurró el capitán mientras le entregaba algo.

—¿Qué es?

—Mi abrigo.

Esperó unos insolentes segundos antes de tomar el húmedo y voluminoso abrigo, junto con su bolsa, y hacer un fardo.

—Estupendo, ahora soy la ayudante —comentó con sarcasmo.

Notó que el capitán se tensaba, como una serpiente enroscándose.

—Un brindis, un brindis…

El capitán salió de los arbustos.

—Por los buenos tiempos… —cantó el hombre en la oscuridad.

El capitán fue en pos de la figura que se alejaba y la alcanzó enseguida.

—Un, dos, tres, ¡a beber!

El capitán solo necesitó un rápido movimiento del brazo para hacer que el hombre se desplomara en el asfalto. Era como si hubiera aplastado una araña de camino a la cocina y la naturalidad con que lo hizo la asustó.

El capitán arrastró el cuerpo hasta los arbustos. Le quitó el impermeable y le desabrochó la camisa.

—Abre la bolsa —le ordenó.

—¿Lo has matado? —Seguía atónita.

—No, seguramente no —contestó como el que hace un comentario sobre un partido de fútbol—. Pero hace frío. No sería el primer borracho que muere congelado en una zanja.

Empezó a quitarle los pantalones. Se puso colorada y se dio la vuelta. Jamás había visto a un adulto sin ropa y aquella visión le revolvió ligeramente las tripas.

—La bolsa —insistió el capitán. Se la entregó de espaldas y el capitán se echó a reír—. No va a morderte.

Aun así, no iba a mirar. Algo en todo aquello no le parecía bien.

Dio un paso hacia atrás y agitó la bolsa. El capitán metió algo en ella. Al darse cuenta de que era su ropa tuvo una incómoda sensación en la nuca.

—Lleva mi abrigo y la bolsa, y espérame en el establo.

—Pues sí que es glamuroso esto de ser espía —soltó Sarah teatralmente. Le tranquilizó que el capitán estuviera vestido. Después este se echó una botella de licor por la cabeza.

—Así me evitas tener que volver al coche y me proporcionas un valioso tiempo extra. La bella durmiente puede despertarse en cualquier momento.

—Entonces átalo o…

El capitán se quedó quieto y se volvió hacia ella.

—¿Qué? ¿Lo mato? Si se despierta, mátalo tú.

184 Un relámpago iluminó la blanquecina y rechoncha carne del caballerizo y después lo envolvió la oscuridad. El capitán esperó a que Sarah asimilara el horror de lo que había estado a punto de decir. «Estúpido monstruo.» El trueno retumbó y restalló.

—Se acerca la tormenta, tengo que irme —dijo el capitán poniéndose el impermeable y el gorro.

—Buena suerte —le deseó, nada convencida de su disfraz.

—Eso no existe.

—Entonces, mucha mierda.

Quiso seguirlo, ver cómo trabajaba. Comprobar si una fingida borrachera, un impermeable y el pelo empapado en licor barato era suficiente como para burlar a los guardias. Sintió de nuevo ese impulso, ese cosquilleo en el estómago. Entonces cayó en la cuenta de que era esperanza. Esperanza de que todo acabara pronto, de que… algo más ocurriera, algo más cálido, más seco, más seguro. Aquella imagen la reconfortó de camino al punto de encuentro.

Encontró el seto que debía seguir para llegar al establo cercano al colegio. Lo había visto a lo lejos mientras corrían. Parecía desvencijado y seguramente estaba abandonado. Era el lugar perfecto para esperarlo. Otro resplandor iluminó el lateral del edificio, apenas visible por la cortina de agua. Fue contando segundos mientras se acercaba y desvió la carrera para evitar la puerta e ir hacia la parte trasera. Sonó el trueno, poderoso y cercano, una indicación de que lo peor estaba por llegar, aunque no creía que pudiera llover con mayor intensidad.

Las tablillas de las paredes del establo se habían encogido con el tiempo y la pintura se había agrietado y pelado. Entre los tablones se veía la oscuridad que reinaba en el interior y se sintió al descubierto. Si había alguien dentro, podría verla, sin ser visto. En cualquier caso, era un punto de encuentro perfecto. Llegó a la puerta doble y prestó atención, pero no oyó nada debido a la lluvia que azotaba el techo de paja y las paredes. Tiró suavemente de una de las hojas y se abrió.

El interior estaba absolutamente oscuro y olía a paja y a estiércol. Dio un paso hacia delante y esperó a que otro rayo rasgara el cielo. Solo había un pesebre y un montón de paja. Fue hacia la pared del fondo y se sentó en la paja a esperar.

Se quitó el abrigo y lo sacudió. Estaba totalmente empapado. Se escurrió el pelo y mientras intentaba hacerse unas trenzas pensó en cuánto tiempo tendría que esperar. El interior del establo estaba seco y la cubierta demostraba el buen hacer del techador. Aquel lugar, al abrigo del viento, era casi acogedor. Imaginó una vela, una manta de caballo y un buen libro. Se cubrió las piernas con el abrigo y apoyó la cabeza en una viga. Bostezó y notó que toda aquella actividad simplemente había encubierto su cansancio. Con cada bostezo se le llenaban los ojos de lágrimas. Era algo que no le había gustado nunca. No quería que nadie pensara que estaba llorando. Cerró los ojos para poder limpiárselos con una manga.

Υ

—¿Qué es todo ese ruido? —Su madre abrió la puerta vestida con un deshilachado kimono de seda.

—Hay grupos de gente en la calle. Están destrozando los escaparates de las tiendas judías y la Sección de Asalto golpea a todo el que encuentra. Han tirado bombas en el templo de Leopoldstäder, está ardiendo.

—Aquí estamos seguras. Entra, Sarahchen.

Se quedó en el umbral.

—Pero hay mucha gente que corre peligro, que necesita ayuda… —Dejó la frase sin acabar.

—¿Y qué podemos hacer? —gimió su madre—. Debemos mantenernos al margen.

—¿Cómo vamos a mantenernos al margen? Estamos metidas de lleno.

Como para demostrar sus palabras se oyeron golpes y gritos abajo, seguidos de ruido de madera quebrada. Corrió hacia la escalera y miró hacia abajo. En la espiral había sombras aterradas y luces que se apagaban.

—Sarahchen…

Se oyó un fuerte ruido y en el suelo ajedrezado al fondo de la escalera se dibujó un rectángulo de llamas.

—Apártate —le pidió su madre.

Aparecieron unas oscuras figuras y se oyó el primer grito.

—¡*Dumme Schlampe*, entra ya! —aulló la voz de su madre.

Las sombras que proyectaba aquel grupo invasor subieron por el interior del edificio y se abalanzaron sobre las puertas. Los gritos y el ruido de las cerraduras forzadas subieron escaleras arriba.

Se volvió y empujó a su madre para que entrara.

—Sal al tejado por la ventana de la cocina y ciérrala.

Su madre se quedó paralizada, sorprendida.

—Sarahchen... —suplicó.

—Ve y espera a que dé un golpe en el cristal. —En sus ojos había un destello imperioso y su madre dio un paso atrás. Suavizó el tono de voz—. Ve, *Mutti*, yo iré enseguida. Solo voy a bloquear la puerta.

Su madre se retiró a la cocina y Sarah se pasó la lengua por los labios mientras se concentraba.

«Un abrigo en un armario, simplemente un abrigo.»

Corrió por el pasillo, tiró varias fotografías de la pared y dejó que el cristal se rompiera contra el suelo. Entró en la cocina, volcó la mesa y sacó las pocas cazuelas y sartenes de los armarios. Lanzó las mantas al recibidor y tras agarrar una bolsa vacía, su libro y unas cerillas, entró en el baño. Encendió las hojas, las colocó con cuidado en el lavabo y lanzó una exculpatoria mirada al techo cuando prendieron. Fue al dormitorio, pero su madre ya lo había destrozado, solo con haberlo ocupado. Rompió la bombilla del recibidor y le llovieron cristales en el pelo. Después, a oscuras, dio una patada a las mantas para esparcirlas por el rellano de la escalera.

Los intrusos estaban en el piso de abajo. Incluso vio a un soldado con la camisa parda de la Sección de Asalto dirigiendo a sus compañeros. Volvió la vista hacia la puerta y soltó un juramento. Sujeta al marco había una vieja *mezuzah* que no había visto nunca y que debía de haber pertenecido a un inquilino más religioso.

La agarró y tiró de ella, pero estaba atornillada y se había pintado encima. Apretó los dientes y tiró de nuevo.

—Eras tan religioso... que tenías una maldita *mezuzah*..., pero también tan malditamente vago... que no te la llevaste... —protestó entre dientes. Finalmente el peltre se partió y se quedó con la parte frontal en las manos. Las oraciones que había en el interior cayeron al suelo revoloteando y las pisó.

Oyó pasos en el último tramo de escaleras.

187

Se tiró al suelo y se hizo un ovillo con la espalda contra la pared. Se cubrió la cara con los brazos y resolló antes de soltar un sonoro gemido.

«¡Llora, *dumme Schlampe*, llora!»

Dejó que su estómago vacío deseara tiernas y jugosas carnes, y sabrosas frutas. Permitió que las oleadas de tristeza salieran de su estómago, se aferraran a su corazón y enviaran un cosquilleo a sus ojos. Las deseadas lágrimas descendieron por sus ardientes mejillas hasta los antebrazos. Levantó la cabeza y miró a las bestias cuando aparecieron en el rellano.

—¡Otra vez no, ya no queda nada! —sollozó, y notó la mucosidad que se formaba detrás de sus ojos y bajaba por su nariz.

«Deja que gotee.»

Los hombres, jadeantes por el esfuerzo, se fijaron en el estuche roto y el pergamino roto, las mantas alborotadas, el cristal roto y el oscuro pasillo. Uno de ellos incluso entró y vio el fuego saliendo por una puerta abierta, la destrozada cocina y el humo. Se dieron la vuelta y bajaron las escaleras decepcionados.

—¡Qué asco! —comentó otro—. Realmente viven así.

Contó despacio para acallar un arrebato de hirviente rabia y esperó hasta que el último de ellos desapareció en las escaleras.

Apagó el fuego del baño, pero dejó todo lo demás como estaba. Dio unos golpecitos en la claraboya de la cocina, la abrió y salió fuera.

Todo estaba rojo, como al amanecer. Oyó gritos y ruidos de cristales rotos en las calles. Su madre estaba sentada en el tejado, con los brazos alrededor de las rodillas, meciéndose adelante y atrás sin dejar de llorar.

—¿Qué está pasando, Sarahchen?

Se sentó, cerró los ojos y se abrazó a ella.

Se despertó sobresaltada y oyó gemidos. Se limpió las lágrimas y maldijo aquel descuido antes de darse cuenta de que el llanto provenía de fuera. Las puertas se abrieron y una figura se encorvó en el umbral con una pequeña linterna en la mano. Se quedó paralizada y deseó que la oscuridad la ocultara. En ese momento un rayo surcó el cielo y vio al hombre que había delante de ella. El ruido del trueno consiguió que le zumbaran los oídos.

Era el capitán Floyd.

Se puso de pie y soltó un gritito, justo en el momento en el que el capitán se doblaba y caía al suelo como un bolo en una bolera.

20

*C*onfusa, se quedó quieta un momento. Estaba sin reflejos, como si se acabara de despertar; demasiado sorprendida como para actuar. Y después corrió y se arrodilló junto al hombre.

—¡Capitán! ¡Haller! ¡Jeremy! —gritó moviéndole los hombros. El capitán se retorció—. ¿Qué…?

Se miró las manos, las tenía cubiertas por algo oscuro y caliente.

—No me toques ahí otra vez —pidió el capitán en inglés, y Sarah se preparó para cambiarlo de posición. Había movido a su madre muchas veces, pero él era más alto, pesaba más y estaba despierto.

—Demasiadas salchichas, capitán Floyd —gruñó. No podía aceptar las consecuencias, así que se concentró en los aspectos prácticos.

—Se lo comentaré a mi…

—No tienes chef, gilipollas. —Permitió que el comentario del capitán la molestara, para no tener que pensar en todo lo demás.

Le dio la vuelta y el capitán soltó un grito al apoyar el hombro izquierdo. Fue un aullido inhumano y se echó hacia atrás asustada. Buscó la linterna. Tenía la bombilla cubierta por un filtro blanco para atenuar el resplandor, por lo que tuvo que desenroscarla para ver mejor. La luz sin filtro dejó ver la pálida cara del capitán y su camisa manchada de sangre. Tenía las manos rojas.

—¿Qué has hecho? —susurró, y sintió que todo desaparecía bajo sus pies.

—No he hecho nada —respondió tosiendo.

—Bueno, alguien ha hecho algo. Ven. —Puso las manos bajo su espalda y lo arrastró unos lentos y dolorosos centímetros hasta la cama de paja. Tuvo que apartar la vista de su cara, que reflejaba el dolor que le causaba todo movimiento. Cuando el cuerpo ya no tocaba el suelo fue a cerrar la puerta. Miró hacia la noche, pero solo vio una cortina de agua.

Volvió donde estaba el capitán y empezó a quitarle el abrigo.

«No te caigas ahora. Mantente en la barra.»

—Los guardias de las SS —empezó a decir mientras arqueaba la espalda para que tirara de las mangas— no son tan tontos como creía.

Apartó la goteante camisa del hombro y vio un cráter rojo oscuro del tamaño de un *pfenning* del que manaba sangre.

«¡Dios mío, Dios mío!»

—¿Has dejado que te dispararan? ¿No te parece un poco descuidado por tu parte?

—Me han dado en el hombro. La falta de cuidado ha sido suya —tosió.

Palpó la espalda, pero no notó ningún orificio de salida.

—Dime qué he de hacer.

—Aprieta. Corta la hemorragia.

Sacó un pañuelo del bolsillo y lo colocó sobre la herida con fuerza. El capitán se arqueó de nuevo y soltó un grito ahogado mientras su pecho subía y bajaba. Abrió los ojos y miró el trozo de tela que Sarah tenía en las manos.

—Lo has estropeado.

—No pasa nada, es uno de los tuyos —refunfuñó. «Mantén el tono frívolo.» Los segundos pasaban. Un rayo iluminó el establo y al poco se oyó un prolongado trueno. Las paredes

191

se agitaron cuando arreció la lluvia. Miró al capitán, se le escapaba la vida entre los dedos. No iba a llevarla con él. Quizá no se iría con nadie. El hueco que había dejado su madre se agrandaría hasta consumirla y solo tendría pérdida, soledad y...

Metió esa línea de pensamiento en la caja y cerró la tapa de golpe.

Se miró las manos. Las tenía pegajosas, más que mojadas. Dejó de apretar y el espeso pañuelo se quedó donde estaba. La lluvia tamborileaba en las paredes, en las que la sombra que proyectaba se hacía más grande o más pequeña según iba y venía la linterna. A pesar del ruido de la tormenta creyó oír un agudo aullido. Estaba cansada. Los perros de sus sueños la perseguían. Inclinó la cabeza y cerró los ojos, consciente de lo mucho que le dolían. Volvió a oír a los perros de sus sueños, más cerca.

Levantó la cabeza. A lo lejos había uno o dos perros de verdad que ladraban.

—Eh, eh. —El capitán había cerrado los ojos y tuvo que moverle un brazo para despertarlo—. ¿Te han seguido?

Murmuró como alguien que acaba de salir de un sueño profundo.

—Corta persecución... Los he despistado...

—No los has despistado —gruñó—. Están aquí. Levanta, tienes que moverte. —Tiró de un brazo, pero era peso muerto.

—Solo... necesito... descansar... —murmuró antes de cerrar los ojos.

—Venga, hijo de puta, muévete. Vamos fuera.

Agarró una pierna y tiró de ella, pero estaba inconsciente. Los perros volvieron a ladrar, cada vez más cerca, más fuerte y más numerosos.

«Piensa.»

Miró la linterna, que seguía rodando de lado a lado como si estuviera en un barco, y vio la sombra del pesebre moviéndose adelante y atrás, adelante y atrás.

Se abalanzó sobre el montón de paja y cubrió al capitán

hasta hacerlo desaparecer. Después apagó la linterna y fue hacia la puerta.

La lluvia era semejante a la que seguramente vio Noé. Se quedó bajo el alero y dudó unos segundos antes de cerrar la puerta doble. No había vuelta atrás. Cerró los ojos e imaginó el recorrido —el bosque frente a ella, Rothenstadt detrás y campo a ambos lados—, antes de echar a correr hacia la noche.

Cuando estaba a mitad de camino del bosque se detuvo y dio la vuelta haciendo un círculo en busca de los perseguidores. Más allá del trozo de hierba en el que estaba solo se veía caer agua, como los barrotes de una celda. Empezó a sentirse encerrada y perdida y dudó de su sentido de la orientación.

«Continúa con tu plan.»

Los perros volvieron a ladrar. A lo lejos distinguió tres luces, balanceándose y cruzándose, sus rayos iluminaban la lluvia. Podía dejarlas atrás sin problema, pero no era eso lo que quería hacer. Si los soldados soltaban a los perros, encontrarían al capitán. Tenía que conseguir que la siguieran. Pero para eso tenían que verla. Ser el cebo.

«¿Y si muere? ¿Qué harás?»

De momento, el capitán tendría que apañárselas sin ella. Tendría que seguir vivo y, si quería seguir adelante con aquella idea, no podía malgastar concentración y energía preocupándose por él.

Encendió la linterna y la agitó vivamente. Esperó. Las luces seguían moviéndose como antes en el horizonte. Se limpió el agua de la cara y lo volvió a intentar, asegurándose de que dirigía la bombilla hacia los soldados. Un relámpago creó una red en el cielo, los cuatro soldados estaban ridículamente cerca. ¿Seguro que no la habían visto? Pero cuando el trueno estalló, las luces seguían con su incierto baile. Tenía tiempo hasta el siguiente relámpago para atraer su atención o la luz expondría a una chica, un señuelo, y no al hombre que estaban buscando. Lo intentó de nuevo.

193

En esa ocasión las linternas barrieron la lluvia hacia donde estaba ella. Fue hacia los árboles dirigiendo la luz hacia los soldados tanto como podía.

«Seguid esta luz.»

Lo había leído en uno de los libros de su padre. *El espía condenado, engaño al aire libre.*

Las linternas se movieron al unísono en la misma dirección y los perros empezaron a aullar.

«Seguid mi luz, seguid mi luz, seguid mi luz», se repitió una y otra vez mientras se escondía entre los árboles.

Llovía como si alguien hubiera vaciado un océano en la tierra. No parecían gotas por separado, sino un chorro continuo de miles de millones de mangueras.

Resbaló y al detenerse hizo un fangoso surco en la tierra y tropezó con una raíz. Entrecerró los ojos para mirar hacia la oscuridad y se apartó unos mechones de pelo empapado de la cara. «¿Dónde están?» En la espesura se notaba un intenso movimiento, las ramas se mecían, las hojas se agitaban y cada árbol parecía un soldado con un perro.

«Los has perdido, *dumme Schlampe.*»

«No, no, no —se repitió—. No los he perdido, están lo suficientemente lejos como para sentirme a salvo y lo bastante cerca como para que sigan mi pista.»

«Entonces, ¿dónde están?»

Agitó de nuevo la linterna y la movió hacia delante y hacia atrás dibujando un amplio arco. Las ramas y las sombras bailaban como en un teatro de marionetas de cartón. Apagó la linterna, cerró los ojos y los puntos rojos fueron desapareciendo. Prestó atención. La lluvia en las hojas, las agujas y las ramas desnudas, parecía que estuvieran friendo salchichas. Agua cayendo por la ladera, borbotando, gorgoteando. El viento, un aullido distante casi perdido en el diluvio. ¿Un crujido?

—Por allí —dijo una voz.

Muy cerca, demasiado cerca.

Se dio la vuelta en el barro y se puso frenéticamente en marcha resbalando cada tres pasos en la dirección equivocada. Cuando empezó a ir a más velocidad encendió la linterna y la movió hacia el suelo a un costado, a pesar de los arañazos.

«Seguid la luz, seguid la luz, seguid la luz», se repitió mientras se abría paso entre los árboles y las ramas le golpeaban la cara y los brazos.

En la oscuridad apareció una alta valla. Consiguió apoyarse bien en el barro y saltó, se agarró a la empapada madera y se elevó. Voló a través de la lluvia al tiempo que lanzaba un gritito triunfal, con el abrigo revoloteando como alas; solo las astillas que se le habían clavado en las manos la ataban a la tierra. Después cayó al otro lado.

Aterrizó en el agua y sintió un frío espantoso. Se hundió en el negro líquido hasta el cuello antes de hacer pie, con la cara brevemente sumergida en una ola de agua de lluvia. Abrió la boca y escupió hasta vaciarla. «Sigue corriendo.» Hincó los dedos en la hierba, se aupó, sacó las piernas de la zanja y se puso de pie tambaleándose.

Frente a ella había un ancho campo con hierba ondulante en todas direcciones, que desaparecía en la pálida cortina de agua. Si seguía la valla en dirección a los árboles, los soldados se le echarían encima enseguida. Si cruzaba el prado sería visible en cuanto llegaran a la valla. Entonces la descubrirían.

A menos que fuera rápida. Apagó la linterna y se fijó en que la sangre que tenía en las manos había desaparecido. Echó a correr saltando de montículo en montículo, rezando porque sus zapatos se agarraran al barro, consciente de la inminente persecución y esperando los gritos cuando la divisaran.

«Te van a ver. Te van a ver y te dispararán por la espalda.»

«No me van... —salto— a disparar... —salto, brinco—. Solo... —brinco— soy... —salto— una niña.»

Se dio cuenta de lo que estaba haciendo, del continuo movimiento de sus ojos en lo que tenía delante. Estaba jugando a la rayuela, empujando la piedra hasta el siguiente recuadro y saltando en él, dentro de las líneas blancas, pero sin tocarlas. De la tierra al cielo, saltando el infierno, y vuelta. Y vuelta. Una y otra vez. Seguiría jugando. Siempre jugaba a la rayuela sola, incluso antes de que dijeran a los otros niños que no se acercaran a ella. Una y otra vez hasta que oscurecía, esperando en vano a que la llamara su madre.

Tierra, salto, dos, salto, tres... Sus movimientos eran rápidos y fluidos, brinco, silencio... brinco, sin reírse... cada paso veloz y seguro... cuatro, cinco, brinco, seis, brinco... llegando al infierno, lista para el salto doble al cielo...

Un rayo partió el cielo en dos e inundó de luz blanca el mundo impregnado en agua. Frente a ella había un monstruo negro, con los ojos desorbitados y grandes orejas erguidas que enseñaba sus blancos dientes como si la noche se hubiera convertido en un hocico. Los dientes se abrieron y empezó a gritar. Intentó frenar, pero la inercia la arrojó hacia delante. Dio un traspiés y cayó hacia la bestia.

Gritó. La bestia gritó. La noche gritó.

Se golpeó contra el costado del correoso animal y cayó al agua. La pendiente se licuó bajo el peso de sus manos y codos. Unas pezuñas patearon el barro a su alrededor. Tuvo que dar la espalda al monstruo que estaba detrás de ella para salir lentamente de la zanja, esperando de un momento a otro un golpe asesino.

Cuando estuvo en tierra reconoció el olor. En vez de un despiadado monstruo era un caballo negro con las patas traseras atrapadas en el barro. Tenía los ojos desorbitados, pero a la vez suplicantes, desesperados y asustados. Pensó en cuántas veces habría puesto ella los ojos así.

Alargó una mano y el caballo movió la cabeza hacia ella. Le tocó el morro, caliente y áspero como el ante.

«¿Qué haces, *dumme Schlampe*? ¡Corre!»

Vio que llevaba una especie de brida y agarró la muserola.

Un soldado vestido de gris apareció a través de la lluvia. Estaba tan cerca que no pudo dejar de verla, aunque tenía la vista fija en sus pies. No tenía adónde ir, ningún sitio en el que esconderse ni nada que hacer excepto seguir a plena vista. Contuvo el aliento, después espiró y tiró con fuerza de la brida.

—¡Ayúdame, soldado! —gritó para que la oyera por encima del ruido de la lluvia. El soldado siguió andando—. ¡Eh!

El soldado la vio y se detuvo con la boca lo suficientemente abierta como para evidenciar que no entendía nada. Era joven, tan joven que podría estar en un colegio, y lo que estaba viendo era tan inesperado que no conseguía entenderlo.

—¡Ayúdame de una vez! —gritó indicando con la cabeza hacia el caballo. Se dio la vuelta y tiró de la brida con todas sus fuerzas—. Venga, chico… —dijo en dirección al animal, y cayó en la cuenta de que no sabía si era una yegua. Un error que podría descubrirla. El soldado se puso a su lado.

—¿Qué pasa? —preguntó aún confundido.

—Está intentando volar. ¿Tú qué crees? —El chico la miró con cara de no entender nada—. Se ha quedado atascado en el barro. Se romperá las patas. Tenemos que sacarlo.

—¿Qué está pasando aquí? ¿Quién es, Stern? —Un soldado mayor y con cara más avispada apareció a su espalda. Su voz era un penetrante gemido nasal.

—El caballo de la niña está atascado, sargento primero —le explicó—. Tenemos que sacarlo.

—¿Qué estás haciendo aquí a estas horas de la noche? —gritó el sargento.

—Mi hermano está luchando en Polonia y no hay nadie en casa que se ocupe de los animales. —La mentira salió completa, sin que hubiera tenido tiempo de pensarla—. Miren, si no van a ayudarme, sigan tal como ha hecho su amigo hace un minuto.

—¿Quién ha pasado por aquí? —preguntó el sargen-

197

to mientras un tercer soldado con dos perros aparecía en la penumbra.

—Un idiota que cojeaba y llevaba una linterna. No ha querido pararse —dijo indicando lejos del establo con una mano—. Ayúdenme o váyanse, sus perros están asustando al caballo.

—Stern, ayuda a esta chica. ¡Tú! —ordenó señalando al soldado con los perros—. Ven conmigo.

Echaron a correr hacia la noche, tirando de los gruñones perros.

—Muy amable por su parte, muchas gracias —dijo abriendo teatralmente los ojos. «Ha funcionado.» «¿Cómo es posible?»—. ¿Sabes algo de caballos?

El chico negó con la cabeza.

—Soy de Dresde —admitió, como si eso lo explicara todo. «Estupendo —pensó—. Yo tampoco.»

—Vale, agarra aquí y tira. A la de tres… —Stern sujetó la muserola y los dos afianzaron los pies en el barro.

—Una, dos… —Se miraron el uno al otro—. ¡Tres! —Tiraron de la brida.

El caballo relinchó y al sacudir las patas delanteras provocó grandes chorros de agua fangosa. Sus pies resbalaron cuando el caballo intentó soltarse. Al cabo de un minuto pararon, agotados, con las manos blancas y en carne viva por el esfuerzo.

—Otra vez —le apremió al ver el pánico que reflejaban los ojos del caballo.

—No va a servir de nada.

—No, vamos a intentarlo de nuevo. —Tiró de la brida sin saber muy bien si quería liberar al caballo como parte del engaño o porque necesitaba hacerlo.

—Espera —gritó Stern antes de meterse en la zanja junto al animal.

—¿Qué estás haciendo? Te va a dar una coz. —Lo último que necesitaba era un soldado de las SS inconsciente.

—No, espera.

Excavó el barro alrededor de los cuartos traseros del caballo mientras Sarah esperaba, totalmente mojada y llena de barro, y le acariciaba el morro.

—Es de locos, ¿verdad? —susurró al animal con tono reconfortante—. Si le das una coz en la cabeza, quizá pueda irme a casa. ¿Qué opinas? —El caballo relinchó y movió las orejas—. Por supuesto, tienes razón. Entonces me buscarían a mí, ¿verdad? Muy bien, no lo mates, me da igual.

—Inténtalo ahora —gritó el chico. Inspiró con fuerza y tiró de la brida. El caballo dio una sacudida hacia un lado y relinchó al dar un paso en la pendiente con una pata trasera liberada.

—¡Sííí! —vitoreó Sarah—. ¡Vamos!

Volvió a tirar y Stern cerró sus manos en las de Sarah. El animal salió lentamente de la zanja.

—¡Venga! —gritaron al unísono, afianzando los pies, tirando, afianzándose, tirando de nuevo y después buscando nuevos puntos de apoyo más altos, hasta que la otra pata salió del barro.

El caballo echó a correr y subió la cuesta de la loma llevándose con él a Sarah y al soldado. Este se soltó, pero una mano de Sarah se quedó agarrada a la brida y la arrastró por la espalda. Intentó evitar los fuertes cascos hasta que finalmente la mano se soltó. El caballo dio un salto por encima de ella y desapareció.

Se quedó en el barro y soltó una incontenible e histérica risa, una tremenda carcajada acompañada de gritos de dolor y alegría.

—¿Estás bien? —preguntó Stern cubierto de barro de pies a cabeza.

—Sí —contestó entre risitas. «Eso era lo que necesitaba —pensó—. Un amable soldado de las SS arrastrándose en el barro por mí.»

—¿Se pondrá bien la yegua? —preguntó mientras intentaba ayudarla, pero Sarah resbaló y cayó al suelo de nuevo.

199

—Es un caballo —afirmó con seguridad. «No tienes ni idea», pensó—. Si no tiene más problemas esta noche, estará bien. —El soldado consiguió levantarla finalmente. Apenas era lo suficientemente mayor para vestir uniforme, apenas lo suficientemente mayor para su tamaño, con cara de compasión e inocencia. Se sintió desarmada, transparente.

Un relámpago hizo un arco en el cielo y los iluminó como un foco en una pista de baile barrida por el viento. La lluvia amainó y se convirtió en un caótico chaparrón. Se dio cuenta de que tenía la boca abierta.

—Debería acompañarte a casa —dijo el chico finalmente. El trueno resonó sordamente.

—No, estoy bien. No vivo lejos. No puedo aparecer a medianoche con un soldado. Mi *Mutti* se pondría hecha una furia —dijo soltando esa cáustica y falsa risa que había oído de pequeña a los amigos de su madre—. Ve y haz… lo que… estéis haciendo. —Se aferró a su intelecto. «Lo vas a fastidiar todo, concéntrate»—. ¿Qué es lo que estáis haciendo?

—Perseguimos a un criminal que ha entrado en una casa de campo cercana —relató con orgullo.

—Ah, ¿y no sabéis quién es? ¿No podéis ir a su casa y esperar a que aparezca? —lo sondeó.

—No tenemos ni idea de quién es, dónde vive o qué quería.

—Vaya…

—Pero le hemos pegado un tiro, no vivirá mucho.

Hubo una milésima de segundo en la que sus ojos se convirtieron en los de un monstruito. Un monstruito con un arma.

—Bueno, gracias por tu ayuda. Tengo que irme e intentar dormir antes de ir al colegio mañana —se despidió mientras se iba por donde había llegado. Estaba a punto de ser libre y de haber triunfado. «Actúa con normalidad.» La una de la mañana. En medio de una tormenta. Con las SS y un caballo. Nada podría ser más normal.

El soldado seguía iluminando el camino con la linterna, así que la veía. Sin el caballo o la persecución que la distrajera, el miedo ocupó su lugar.

«Deja que me vaya.»

Entonces todo se volvió negro. Se dio la vuelta y vio la silueta del soldado en el prado, con el nebuloso haz de luz moviéndose delante de él.

Echó a correr.

En la oscuridad se oyó un fuerte relincho y un resoplido.

«De nada.»

201

21

*C*uando volvió junto al capitán, seguía inconsciente. La hemorragia parecía haber cesado, o al menos fue la impresión que tuvo en medio de aquella oscuridad, pero no se habría atrevido a moverlo aunque hubiera podido. Estaba escondido y seco, así que ese establo era tan buen lugar como otro cualquiera. Pero necesitaría agua, comida y ropa limpia.

Volvió a Rothenstadt.

Tardó más de una hora en quitar la sangre y el barro que tenía en la ropa y mucho más en encontrar dónde dejarla secar sin que alguien la encontrara. También limpió las pisadas del pasillo, pero el colegio estaba tan sucio que nadie lo habría notado. Cuando finalmente se metió en la cama, el corazón le latía demasiado deprisa como para dormir.

Al día siguiente le costó mantenerse despierta en las clases, a pesar del cruel brillo de la luz invernal y las bombillas en sus doloridos ojos. Logró sortear a duras penas las inocentes pero indiscretas preguntas de Ratón. «Tuve que ir al baño. Fui a dar un paseo. Estuve viendo la tormenta. No podía dormir. Salí fuera. Sí, y los calcetines.» Durante la cena su inseparable compañera se fijó en que se estaba metiendo un panecillo en el bolsillo.

—¿Qué vas a hacer con ese pan? —preguntó con curiosidad Ratón. «Otra vez no», pensó Sarah.

—Lo guardo para luego. Por si tengo hambre.

—Te lo puedes comer mientras das tu paseo…

Se volvió hacia Ratón, pero estaba echando sal a la comida.

—Ratón —empezó a decir tras sofocar su arrebato—. A veces este sitio es tan… horrible que no puedo estar ni un segundo en él. ¿Lo entiendes? Es decir, no me voy, simplemente tengo que salir un rato.

Ratón jugueteó con la verdura que había en el plato.

—No me dejarás aquí, ¿verdad? Sola, quiero decir.

Respondió rápidamente, pues sabía que demorar la respuesta la inculparía.

—Por supuesto que no —contestó sonriendo. «Mírala a los ojos.»

—¿Lo prometes? —suplicó.

«Calla, calla, calla.»

—Sí. —«Mentirosa, mentirosa, mentirosa.»

—Toma el mío —le ofreció. Lo aceptó sonriendo, aunque con la incómoda sensación de que estaba robando.

203

«Quizás al final tendré que quedarme aquí para siempre.»

A pesar de que en la enfermería había todas las gasas e instrumentos que creyó necesarios, seguía sin saber cómo llevar agua al establo. Al final recurrió a un florero, del que derramaba su preciado contenido en el todavía mojado abrigo a cada paso que daba. La noche sin luna propició los tropiezos y la aparición de misteriosos charcos para sus doloridos pies. Tras perderse, tuvo que cambiar de dirección dos veces, con lo que tardó una eternidad en llegar al establo, temerosa de que la descubrieran durante todo el trayecto.

Cuando estaba cerca intentó distinguir si había alguien dentro de la cuadra, pero no había suficiente luz como para ver nada en el interior, fuera o alrededor. Finalmente avanzó con decisión hasta la puerta y la encontró tal como la había dejado.

—¿Hola?

Sacó la vela y las cerillas que llevaba en el bolsillo. Cerró los ojos para protegerlos del resplandor del azufre y conservar la visión nocturna, frotó una cerilla y esperó a que perdiera intensidad la luz roja que notaba a través de los párpados. El establo parecía vacío, a excepción de las bailarinas sombras. La mecha de la vela chisporroteó y finalmente se encendió.

—¿Capitán?

—Las enfermeras no han venido a verme en todo el día —gruñó una voz en la paja, y Sarah notó que en su interior prendía un fuego alimentado por la esperanza y el alivio.

—Te escondí bien.

—Sí, ahora huelo a estiércol. Muchas gracias. —Su voz sonaba lastimosamente débil, pero seguía siendo él mismo. Aquello le gustó, y no solo porque estuviera vivo y ella no estuviera sola.

Se arrodilló junto al montón de paja y la apartó de la cabeza y los hombros. Estaba enfermizamente pálido y tenía los labios secos y agrietados. Abrió los ojos lo suficiente como para verla y después volvió a cerrarlos. Sarah dejó el florero en el suelo y empezó a vaciar los bolsillos.

—Es diferente al tufillo de la descortesía, ¿no crees?

El capitán intentó reírse, pero solo consiguió que el sonido repercutiera en su pecho.

—La chica que se comió un diccionario.

—Una chica que sabe. Algo inusual. ¿Cómo puede tolerarlo el mundo? —Se puso detrás de él y metió como pudo las rodillas debajo de los hombros—. Arriba —le ordenó, y el capitán soltó un grito cuando le colocó la cabeza en su regazo. Acercó el florero y lo inclinó hacia la boca—. Bebe.

Fue complicado, pero tragó el agua tibia. Tuvo un efecto inmediato. Se le abrieron los ojos y quizá fue su imaginación, pero su frío color azul pareció revivir.

—¿Los despistaste?

—Sí, claro. Les dije: «Aquí no hay espías británicos. Se han equivocado de dirección».

—¿Siguen buscándome? —Sonó como si no le importara, aunque seguramente no tenía fuerzas ni para eso.

—No me dijeron lo contrario. Bebe. —El capitán tomó varios tragos más.

«¿Cómo le darás de comer? ¿Cómo lo llevarás a su casa?»

—No saben quién eres ni por qué fuiste.

—¿Cómo lo sabes?

—Me lo dijo un soldado de las SS muy agradable que se llama… Sturm o Stern. Es de Dresde. —El capitán parecía sorprendido—. Sé cosas, acuérdate. Deja que te vea el hombro.

Logró retirar el abrigo, pero una costra marrón oscura, junto con el pañuelo, pegaban la camisa a la herida. Era una postilla enorme. ¿Qué habría hecho su madre en una situación así?

—Tengo que limpiarla. Dime qué he de hacer —pidió dándole un golpecito en el hombro sano—. Venga.

—No lo sé.

—¿Qué quieres decir con que no lo sabes? —Estaba atónita—. ¿No has recibido un balazo nunca? Seguro que le han disparado a alguien que conozcas, eres un maldito soldado. Estuviste en la última guerra, ¿no te acuerdas?

—No soy médico y sí, he recibido algún balazo, pero había médicos y enfermeras que trataban a los pacientes con amabilidad.

—Muy bien. ¿Limpiaron la herida? —El capitán asintió—. Después vendas… y cosas, ¿verdad?

No le gustó que no lo supiera. Siempre sabía lo que ella ignoraba.

Echó agua en el hombro y la utilizó para disolver la costra. El capitán maldijo entre dientes cuando apartó la camisa. Salió sangre de la herida, pero no se abrió.

205

—Hay una bala dentro, ¿verdad? —preguntó—. ¿Hay que sacarla?

—No lo sé —gimió negando con la cabeza.

—Deja de lloriquear —gritó—. Di sí o no.

—No puedo darte ninguna información útil —admitió recobrando la compostura. Volvió a gemir cuando Sarah empezó a limpiar la herida e intentó vendarle el hombro lenta y torpemente. El capitán empezó a sudar por el esfuerzo y apretó los dientes.

—Háblame de la bomba de racimo.

—¿Qué quieres saber?

—Mira, este es el momento en el que intento que hables de lo que sea para alejar tu mente de lo que estoy haciendo. Así que... hechos, capitán Floyd. Considéralo como una oportunidad para poner de manifiesto mi ignorancia. ¿Cómo funciona?

—Es complicado.

—Pues simplifícalo. —En realidad era ella la que tenía que pensar en otra cosa. Estaba haciendo un vendaje tremendamente endeble.

—La profesora Meitner dice que hay... un elemento, el uranio. Es inestable.

—¿Inestable? ¿Qué quiere decir?

—Que no le gusta estar unido... Prefiere ser más pequeño, convertirse en otra cosa...

—¿No es eso lo que nos gustaría a todos?

Quería que siguiera hablando.

—Si entra en contacto con un neutrón libre, una parte pequeña de otro átomo, se divide para convertirse en dos cosas nuevas.

—Suena muy técnico, continúa.

—Cuando sucede eso, libera una explosión de energía. Al igual que cuando rompes un palo se oye un ruido. Pequeño, pero... ¡joder!

La herida volvió a supurar.

—No te muevas. Sigue.

—También genera tres neutrones. ¿Te acuerdas de la parte pequeña?

—Claro. —Estaba limpiando la sangre con la falda. Rezó porque no se notara la mancha.

—Esas nuevas partículas pueden entrar en contacto con otras más grandes y hacer que produzcan más. Generan más y más, en una cadena interminable.

—Las partes generan, lo generado entra en contacto y después esas partes generan más. Es un trabalenguas —dijo imitando la voz que ponía su madre en las fiestas.

—Finalmente todas las partes que componen la bomba de racimo empiezan a generar otras y a entrar en contacto a la vez y ¡bum!

Apretó el vendaje con la esperanza de que la presión contuviera la sangre.

—Como la pólvora.

—No, es mucho más potente. Millones de veces más. ¿Me estás vendando o atando? —gimió.

—Perdona. Basta de conversación. Ahora a comer. —Desenvolvió las exiguas provisiones y partió el pan en trozos muy pequeños antes de dárselos como si fuera un pajarito. Si la herida volvía a abrirse cuando no estuviera ella, ¿se detendría la hemorragia o seguiría saliendo hasta que no le quedara sangre? ¿Llevaría comida a un cadáver al día siguiente?

«El tiempo dirá. Ya te ocuparás de esa cuestión en su momento.»

—El pan está duro.

—El pan duro es más barato, ¿no lo sabías? Dicen que hay que ser judío para saberlo. Pero esto... —Empezó a decir con un trozo de pan en la mano—. Es pura avaricia aria.

—¿Qué es eso? —preguntó el capitán al ver un bulto rectangular.

—Un libro.

—¿Un libro? —Empezó a reírse, pero sufrió un ataque de tos seca.

Sarah se molestó por aquella muestra de ingratitud.

—Pensé que a lo mejor estabas aburrido.

Sacó una mano de la paja y fingió que lo agarraba.

—¿*Mein Kampf*? —preguntó al verlo—. Lo he leído, es basura.

—La biblioteca de Rothenstadt es muy limitada.

Cuando volvió al dormitorio estaba tan cansada que apenas consiguió desvestirse. Casi no vio a Ratón, que la esperaba en la oscuridad, y se limitó a hacerle un gesto con la cabeza.

Se metió en la cama. No podía dedicarle tiempo a Ratón. Tenía demasiadas ideas agolpándose en su mente.

«¿Cuánto tiempo vas a poder mantener esta situación?»

Tanto como sea necesario.

«¿Lo suficiente para que muera o te descubran?»

Exactamente esa cantidad de tiempo.

No encontró un cadáver. De hecho el capitán aseguró que se sentía mejor.

—¿Qué está sucediendo en la guerra? ¿Por qué no ha pasado nada desde septiembre? —preguntó Sarah.

Le dio la sopa en la boca. Aquel contenedor de hojalata había sido todo un hallazgo, a pesar de haber pagado el precio de entrar en la cocina y ver cómo preparaban la comida. Ir a tientas en la oscuridad mientras las cucarachas correteaban era suficientemente malo, pero encontrar gusanos en el jamón fue repugnante. La sopa llevaba hecha mucho tiempo, pero olía bien. Estaba segura de que volverían a servirla al día siguiente. En una forma u otra.

—Preferiría que me hablaras de Elsa Schäfer —pidió cuando la cuchara le llegó a los labios.

—Estás de broma, ¿no? —explotó—. ¿De dónde voy a sacar tiempo o energía para hacer algo con ella?

—Estás tirando la...

—Creía que ahora tocaba ocuparse de tu famosa intervención en el plan. Si quieres que deje de robar comida y te la traiga, me lo dices.

Esperó su respuesta, pero el capitán se limitó a mirarla. Su enfado se consumió en cuestión de segundos, era agotador.

Finalmente habló.

—Entonces, ¿qué hago? ¿Me tomo la sopa o te pongo al día de lo que pasa en el mundo?

—Imagino que es difícil intentar ser superior cuando la sopa te cae por la barbilla. Traga y habla después.

Obedeció.

—Hace tres días... el mal tiempo frenó la invasión de Francia. No habrá más combates este invierno. En cualquier caso, los británicos ya estaban preparados en octubre, así que la situación no ha cambiado.

—¿Y qué pasará en primavera? —Vio algo desagradable en la cuchara y la limpió con una manga. Le pareció extraño estar hablando de la primavera próxima, del futuro, cuando la supervivencia se reducía a enfrentarse a un día detrás de otro.

—¿Quieres una opinión optimista?

—Si quieres... —Le gustó cómo sonaba aquello.

—Los Aliados derrotarán a Manstein en Bélgica y todo se detendrá.

—¿Y la opinión realista?

—Guderian tiene razón, son demasiado rápidos y demasiado fuertes. Los británicos tendrán suerte si consiguen detenerlos a las puertas de París mientras los franceses siguen en las trincheras esperando que vuelva a empezar la última guerra.

—Estás muy bien informado.

—Voy a las fiestas adecuadas.

—Sería más fácil si te alimentaras tú solo —observó dándose por vencida con los restos que quedaban en el fondo de la lata.

—No puedo mover el brazo.

Le tocó el brazo suavemente. Después lo agarró con el pulgar y el índice y lo colocó en su sitio. El capitán se puso pálido y volvió la cabeza.

—Entonces no está mejor —murmuró mientras apartaba el abrigo de la ropa.

—Dale tiempo.

Tocó la piel que rodeaba la herida.

—Está caliente. ¿Es normal?

—Quiere decir que está curándose.

A pesar de su experiencia, no sabía cuándo estaba mintiendo. Quizás estaba cansado o era un mentiroso profesional.

—Entonces, come galletas. Estas te las puedes meter en la boca, llevan los mejores bichos del Reich —explicó ofreciéndole una servilleta con una granulosa pasta de color beis—. Dime más cosas de la bomba. ¿Estará lista para la primavera?

—No, pero lo estará antes de lo que imaginaba. —Quitó un insecto y después otro, antes de darse por vencido—. Hace unos meses pensaba que una bomba como esa… necesitaría varias toneladas de uranio. Que sería demasiado grande para usarla. Por eso ordenó Schäfer que se acondicionara un zepelín para transportarla.

—Ah, entonces fue cuando aparecí yo. —Recordó inmediatamente aquel día y empezó a recoger el pícnic.

—Pero ahora la profesora Meitner cree que solo necesitará unos kilos. Será una bomba que podrá lanzarse desde un avión... o incluso llevarla encima.

—Pero habría que salir corriendo muy deprisa.

—Tengo un amigo en Siemens. Me ha dicho que están trabajando en aviones sin piloto. Cohetes. ¿Sabes lo que es un cohete?

—Fuegos artificiales —contestó, y casi se echa a reír.

—Son mucho más grandes —gimió—. Tengo que descansar. Deberías volver.

Pensó que no tenía buen aspecto.

—¿Qué tal el libro?

—Estupendo, gracias. He encontrado un uso perfecto para la prosa del Führer.

—¿Sí?

—Es como las revolucionarias y suaves toallas de papel de Scott: no hacen pelusas y no se rompen, son todo ventajas. Han sentado un nuevo precedente en cuanto a suavidad y absorbencia, aunque son sorprendentemente fuertes...

211

La vara golpeó el pupitre con fuerza, abrió los ojos de golpe y se enderezó en la silla. Miró hacia delante, consciente del hilillo de baba que le corría por la barbilla.

—¿Estabas dormida? —gruñó *Fräulein* Langefeld—. ¿Eres tan insolente que te quedas dormida en mi clase?

El aula parecía una tumba, incluso el reloj parecía haber dejado de marcar el tiempo y la madera del suelo se negó a crujir cuando Langefeld apoyó su peso en el otro pie.

«¿Miento? ¿Me quedo callada? ¿Me disculpo?»

—Lo siento, *Fräulein*.

La vara volvió a golpear el pupitre.

—Nadie te ha dado permiso para hablar, putita.

Silencio.

Horrorizada, empezó a temblar y sintió que sus venas se llenaban de fuego.

«No llores.»

«Quizá funcione.»

«Con ella no.»

—¡De pie! —ordenó Langefeld. Obedeció y la silla chirrió y golpeó el pupitre que había detrás. Fuera del pupitre se sintió indefensa. La profesora desapareció de su vista y recalcó sus palabras dando golpes en el suelo con la vara.

—¿Quién cree que es admisible dormirse en mis clases? ¿Liebrich?

—No, *Fräulein*.

—¿Posipal?

—No, *Fräulein*.

—¿Mauser?

—Esto…, no —contestó con una temblorosa vocecita.

—¿Qué?

Sarah cerró los ojos. «No…»

—No, *Fräulein* —dijo Ratón asustada.

—¿Estás de acuerdo con Haller? ¿Crees que todas deberíamos echarnos una siesta en mi clase?

Langefeld se había colocado junto al pupitre de Ratón y solo se veían sus piernecitas.

Volvió a mirar al frente, dio un golpe a la silla para que rechinara de nuevo y oyó que Langefeld se daba la vuelta a su espalda.

—Eres una mala influencia, Haller. Has engatusado a una apestosa polaca como Ratón. No voy a tolerarlo.

El dolor que sintió en la parte de atrás de las piernas fue como si hubiera tocado una estufa caliente. Le subió y bajó por las pantorrillas como agua hirviendo en una bañera. Un sordo gruñido escapó de su boca y rellenó el espacio del grito que había ahogado.

¿Cuántos días llevaba haciéndolo? ¿Cuatro? ¿Cinco?

—Te quedarás de pie durante el resto de la clase. Eso te mantendrá despierta. —Langefeld volvió a ser visible cuando regresó a la parte delantera del aula. De repente se vio a sí misma golpeando a la profesora con una piedra en la cabeza.

22

—*H*ueles mal.

—Bueno, la habitación de este hotel carece de muchas comodidades.

—¿Llamo al servicio de limpieza?

—No tengo cambio para… la propina.

Se acercó al capitán con una vela. Estaba sentado, pero cubierto de sudor. En aquel ambiente invernal su cuerpo parecía emitir volutas de aire caliente.

—Era la única habitación con vistas al mar que nos quedaba —añadió con falsa jovialidad.

—Apenas se ve a lo lejos. Tendré que informar a la Junta de Comercio.

—Esa organización parece muy británica. ¿Dónde ha oído hablar de ella?

El capitán esbozó una lenta sonrisa, algo no iba bien. El olor no provenía de la paja húmeda. No eran excrementos humanos o estiércol de caballo, ni sudor u orina.

—Deje la bandeja en la mesa, por favor.

—Creo que es mejor que beba agua antes.

Tenía la piel muy caliente al tacto y la tragó de golpe.

—Deja que vea la herida.

—No, mejor que no lo hagas. —Su respuesta fue demasiado rápida y tosió por el esfuerzo.

Levantó la solapa del abrigo y apartó la camisa del hombro. El vendaje estaba manchado y húmedo. Esa era la fuente del olor: un hedor de carne que empezaba a pudrirse. Empezó a quitar la venda, lentamente al principio, pero cada vez más rápido cuando vio que algo verduzco emanaba por debajo. Al retirar la última vuelta tragó saliva y sintió arcadas.

—Está infectada —susurró. Notó que algo reptaba fuera de la caja y se enroscaba a su alrededor.

—Ahora también eres médico...

—Tendríamos que haber sacado la bala. —El pánico se apoderó de ella y movió el cascabel de la cola.

—Hablar a toro pasado es maravilloso.

El terror se deslizó por su cuello.

—¿Qué hacemos?

—Sarah de Elsengrund, ni tú puedes detener una infección. —Pronunció esas palabras con delicadeza, sin malicia.

Se aferró a aquella demostración de sentimientos y presionó.

—Tenemos que hacer algo... Te llevaré a un médico... —Hablaba atropelladamente, sin pensar. Lo miró, postrado y pálido—. Traeré uno aquí.

—¿No crees que la policía secreta estará buscando a alguien con un agujero de bala de las SS?

—¿Y qué si lo saben? Es mejor que morir aquí.

—No seas ilusa —la cortó bruscamente—. Ya has visto lo que hace esa gente. —Se inclinó y le agarró la mano—. Lo que hacen a los inocentes. ¿Qué crees que harán conmigo, que soy un enemigo, un espía? Tendré suerte si me pegan un tiro en la cabeza. Además... —Le apretó la mano—. Necesitas una vía de escape y tengo que conseguirte tiempo.

Sarah sintió que el mundo se resquebrajaba y se desmoronaba a su alrededor. Era la niña que esperaba la visita de su padre mientras su madre lloraba. Se colocó junto al Mercedes de su madre, la única persona a la que amaba en el mundo tenía un agujero en la nuca. Oyó a los perros atravesando el cristal roto...

215

«No.»

Se puso de pie de un salto, como si le hubieran echado un cubo de agua.

—No, no vas a hacerlo. No voy a ningún sitio.

—Lo intentamos y hemos perdido. Considéralo una retirada táctica.

Movió lentamente la cabeza de lado a lado.

—No. ¿Qué necesitas? ¿Qué haría un médico? —exigió.

—Sarah…

—¿Qué haría? —gritó.

—Limpiaría la herida y quizá extraería la bala, pero necesitarás Prontosil o algún tipo de sulfonamida para frenar la infección.

—¿Dónde puedo encontrar sulfonamida? —Se aferró a esa posibilidad y se clavó las uñas en la palma de la mano.

—¡Dios mío! ¡Escúchate a ti misma! —gritó el capitán.

—¿Un médico? ¿Una farmacia? ¿En el pueblo? Iré a buscarlo aunque no me lo digas.

—Tienes que volver a Berlín —empezó a decir con calma—. Saca el dinero que hay en el bolsillo del abrigo.

—No.

—Hay suficiente, si no comes… —siguió diciendo sin hacerle caso.

—No. ¿Me estás oyendo?

—Dile al portero que te deje entrar en el apartamento…

De camino a la puerta se tapó las orejas.

Había suficiente luna como para pintarlo todo con una brocha de plata. Las hojas resplandecían y la hierba parecía seda finamente tejida.

Se sentó en una valla y observó cómo se curvaba su aliento preguntándose cómo podía existir algo tan bonito mientras todo se pudría y apestaba como la herida de bala del capitán.

Tenía sitios a los que ir, cosas que buscar, sueño que recuperar, pero no podía moverse. Ni siquiera estaba cómoda allí. La madera le mordía las piernas y todavía sentía los varazos. Dejó que el dolor se apoderara de ella, se aferró a él, lo controló.

La vía de escape estaba delante de ella, en el establo. Solo tenía que ir allí y aprovecharla. Le esperaba más peligro, más dolor, un viaje en un tren panorámico a través de un deformado y retorcido parque de atracciones, miedo sin fin. ¿Iba a ir a Rothenstadt, buscar en el pueblo y robar lo necesario sin tener otra garantía que un cadáver? Siguió en la valla sin hacer nada, como si pudiera estar allí para siempre.

Oyó un relincho lejano en la oscuridad. No pudo verlo, pero sabía que era su caballo. Parecía decir: «No me abandonaste».

Eras el cebo.

«Te quedaste a pesar de haber podido escapar. Te perdieron.»

Se preguntó si podría haberlo abandonado o abandonar al capitán o a Ratón. ¿Podía abandonar a alguien tan perdido y vulnerable como ella?

El caballo volvió a relinchar.

Dijo: «De nada».

En la consulta del médico todo parecía estar forrado de cuero, acolchado o barnizado. Era antigua, pero lujosa. La puerta era pesada y el recibidor desprendía una sensación de privilegio. Una mujer bien vestida con canas en las sienes se ocupaba del papeleo en un anticuado escritorio bajo el atento ojo del Führer en la pared de detrás de ella.

—Perdone, señora. Me envían de la Napola Rothenstadt para recoger medicinas y material para la enfermería —pidió con impecable educación y formalidad. Había pensado en utilizar la arrogancia de la Reina del Hielo, pero la imagen de la recepcionista la había disuadido.

—Eso es muy extraño. ¿Por qué no han llamado? —Era una persona adusta, organizada y parecía enfadada.

«Sí, ¿por qué no han llamado, *dumme Schlampe*?»

Tenía que conseguir que le diera lo que le pidiera con tal de librarse de una niña de una Napola.

—Creo que tienen prisa. Querían asegurarse de que lo recibían todo hoy.

—¿Ha habido alguna urgencia?

La mentira había salido limpiamente, pero se quedó en el suelo junto a sus pies, lista para que tropezara en ella.

—Bueno, hace una semana o así una chica se hizo un arañazo muy grande en la pierna. Creo que se ha… ensuciado —explicó haciendo una mueca—. La enfermera necesita… ¿Prontosil? —La mujer la miró como si no la entendiera—. Suf… sulf… sulfano…

—Sulfonamida.

—Sí, eso es —aseguró sonriendo.

—Es muy caro.

—Me han dicho que haga la factura a nombre del colegio y que le pagarán a vuelta de correo.

—Eso es lo que dicen siempre —dijo poniendo cara de circunstancias—. ¿Te envía *Frau* Klose?

«Emboscada.»

—¿La enfermera? No sé cómo se llama. No me ha mandado ella personalmente, sino *Fräulein* Langefeld.

—¿Tienes la lista?

—No, me la sé de memoria.

La mujer pareció estar tomando una decisión.

—Ven conmigo. ¿Cómo te llamas?

—Liebrich. Marta Liebrich. —Esperaba estar fuera de allí antes de que le preguntaran a la jefa del dormitorio, pero se dio cuenta de que su estratagema se estaba complicando. Quizá debería haberlo pedido en la ventanilla sin más.

La mujer la condujo por un pasillo sin ventanas y le pidió que esperara en el banco de una habitación pequeña con paneles de madera. Tuvo la desagradable sensación de que la estaban acorralando. ¿Iban a llamar al colegio? ¿Encontrarían a Liebrich en el dormitorio? ¿Pasarían lista y se darían cuenta de que faltaba Haller? Tenía verborrea suficiente como para salir bien parada de muchas situaciones, pero allí no podía hacer gran cosa. Tenía que saber qué estaba pasando al otro lado de la puerta.

«Respira.»

«Me han pillado. ¿Cómo voy a explicarlo? ¿Qué voy a hacer?»

Se oyó un fuerte clic y se abrió la puerta. En el umbral estaba la enfermera del colegio.

—La chica a la que le sangraban los ojos —la saludó bloqueando la salida.

—*Frau* Klose… —tartamudeó.

«Di algo. Utiliza tu elocuencia para salir de esta.»

—Tú no eres Liebrich. Liebrich es la jefa de dormitorio del tercer curso, la que cada día está más gorda. Tú eres Haller.

«Llora. Échate a llorar.»

—Sí, es verdad —admitió—, pero he venido de su parte. No quería meterla en problemas.

Frau Klose hizo un sonido desdeñoso con los labios.

—*Gówno prawda*, y ha pedido sulfamidas, ¿verdad?

—*Fräulein* Langefeld me dijo que…

—Esa estúpida *débil* no sabría cómo se llama un fármaco aunque pudiera pegarle con la vara. Deja de mentir —gruñó.

«Llora, llora ahora.»

—No estoy mintiendo.

Frau Klose la agarró por las muñecas y dándole un fuerte tirón la arrastró por el pasillo.

—Me está haciendo daño —gritó, y las deseadas lágrimas se agolparon en sus ojos.

La enfermera abrió otra puerta y la metió a la fuerza en

una sala de reconocimiento. La puerta se cerró antes incluso de que hubiera recuperado el equilibrio. *Frau* Klose cruzó sus largos brazos, su actitud emanaba indignación.

—¡Habla!

Dejó que una lágrima le cayera por la mejilla.

Frau Klose chasqueó la lengua.

—Eso no va a funcionar conmigo —se mofó—. Vosotros no tenéis sentimientos.

«Lo sabe, sabe que eres judía. Por eso te está mortificando.»

«Entonces, ¿por qué no me ha denunciado?»

«Piensa, *dumme Schlampe.*»

El suelo embaldosado era demasiado resbaladizo como para salir corriendo y los objetos que había en las estanterías estaban demasiado lejos. Tocó el sofá que había detrás de ella, atornillado a la pared.

«No, piensa.»

—Bueno, ¿quieres que llame al colegio y les diga lo que está pasando?

—¡No! —farfulló, demasiado rápido.

—¿Qué estás haciendo, pequeña *dziwki*? —Su odio se transformó en una desmesurada curiosidad—. ¿Ahora robas medicamentos? ¿No tienes ya de todo?

«*Dziwki...* »

—Los necesito para un amigo —confesó a la desesperada.

—Vosotros no tenéis amigos. Sois parásitos.

«¡Lo sabe! Piensa que eres un parásito judío, ¿a qué otra cosa puede referirse?»

«No, piensa.»

—Está...

«*Dziwki. Debil. Gówno prawda.* Klose.»

Tuvo tan claro de dónde provenía la enfermera como si el sol hubiera aparecido por detrás de una nube.

—Está herido —chapurreó en polaco—. Necesita sulfonamida o morirá.

Tras un breve momento de sorpresa la enfermera recuperó la compostura y algo alteró su proceder.

—¿Quién es?

—Un amigo —susurró con firmeza. «Piensa»—. Es un... Un cazador furtivo, un *kłusownik*. Necesitaba comida. Le han disparado.

—Es un sitio muy pobre. Nadie tiene nunca el estómago lleno. —No parecía muy convencida—. Pero no todos roban.

—Tenía mucha hambre —aseguró Sarah con voz débil.

—¿Es judío?

No pudo controlar su reacción y tuvo que esforzarse para encontrar la respuesta adecuada.

—No.

La enfermera levantó una mano.

—Muy bien, haz lo que quieras.

Fue a las estanterías y empezó a meter cajas y cosas en una bolsa. Sarah no supo muy bien qué acababa de pasar.

—¿La bala está fuera? —Klose tenía un bisturí en la mano.

—No.

La enfermera echó el bisturí y una botellita en la bolsa.

No conseguía conciliar la actitud de la enfermera con aquella repentina e inesperada victoria. Aquel esbozo de esperanza parecía fuera de lugar, pero la estaba ayudando. Después, la curiosidad fue más fuerte que ella.

—¿Es polaca?

Klose se dio la vuelta y Sarah pensó que le iba a pegar. Después soltó una amarga risa.

—No, hija, soy alemana. O lo fui. Ahora soy alemana de segunda clase, una alemana que Alemania ya no quiere, gracias a personas como tú. —Cerró la bolsa—. ¿Estás lista?

—¿Lista para qué?

—Para llevarme donde está tu cazador furtivo.

Υ

A la luz del día todo era diferente. El establo parecía frágil y terriblemente desprotegido. Ir por los mismos caminos era una temeridad. Llevar a otra persona, fatídico.

—Has tenido suerte de encontrar este sitio. En primavera este establo está lleno de corderos y trabajadores. —*Frau* Klose no parecía impresionada. Miró a su alrededor—. ¿Dónde estaba cazando?

—No lo sé, lo encontré aquí —contestó con evasivas.

—¿Y qué hacías tú por aquí?

Se detuvo y esperó a que *Frau* Klose se diera la vuelta. Volvía a tener un brillante destello en los ojos.

—Hace muchas preguntas.

—Sí, porque así cuando la policía secreta me las haga a mí tendré algo que contestar.

«No odia a los judíos. Me odia a mí —pensó—. O, más bien, odia a Ursula, la pequeña nazi.»

«El enemigo de mi enemigo.»

Se adelantó a la enfermera para ir hacia la puerta.

—¿Helmut? ¿Helmut? Soy Ursula, voy a entrar. —Abrió las puertas y echó un vistazo a las sombras, asustada por lo que pudiera hallar—. He traído a una amiga para que nos ayude.

Avanzó hacia la paja hasta que divisó la figura del capitán. Parecía dormido o algo peor. Se arrodilló, le puso una mano en la boca y sintió el aire que salía de su nariz.

«Está vivo. Sigo en la barra.»

Le entraron ganas de aplaudir y echarse a reír.

El capitán abrió los ojos y sonrió, lentamente. Después vio la silueta de la enfermera en la puerta. Sarah lo tranquilizó y le acarició la frente, caliente al tacto.

—No pasa nada, Helmut. Es *Frau* Klose. Ha venido para ayudarte. No le importa que seas un cazador furtivo.

—Lo que quiere decir es que me da igual que seas judío —aclaró la enfermera cerrando la puerta.

—No es judío —la contradijo.

—¿Eso es lo que le has dicho, Israel? Cómo puede ser la raza suprema tan crédula... —La enfermera apartó a Sarah y se arrodilló en la paja al lado del capitán. Estudió rápidamente el hombro y empezó a sacar cosas de la bolsa.

—Muy mal, muy mal, muy mal. Beba esto... —pidió mientras le echaba un líquido en la boca—. ¿Has hecho tú el vendaje, niña?

—Sí —contestó, indecisa sobre si debería dejar al capitán en sus manos. No había otra opción, eso estaba claro, pero era responsable de lo que le sucediera. Era todo lo que tenía.

Apartó aquel pensamiento.

—Es una atrocidad. Casi le has dejado el brazo sin sangre. ¿Limpiaste la herida?

—Sí, claro.

—Pero dejaste la bala dentro.

—No, metí los dedos y la saqué —replicó mordazmente.

Frau Klose se echó a reír.

—Ven, ponte al otro lado y ayúdame. Venga. —Cuando se puso de rodillas en la paja le entregó una botella—. Ponte un poco en las manos y frótatelas. Muy bien. Cuando te pida que me la devuelvas, lo haces. ¿Ves? Ya eres una enfermera.

—¿Vivirá? —susurró. Era lo único que tenía.

—Tu forma de tratar a los pacientes tiene mucho que mejorar. Se ha despertado, pásame la botella. —La enfermera empezó a limpiarse las manos—. Toma esto y esto. Empapa la gasa y pónsela sobre la nariz y la boca. —Sarah agarró la botella con torpeza—. Venga...

Finalmente consiguió quitar el tapón. El olor era sofocante, empalagoso, dulce y penetrante y sintió picor en la nariz. Aplicó la gasa en la cara del capitán, que se retorció y gimió.

—Hazlo —le apremió la enfermera—. La alternativa es mucho peor, créeme.

Apretó la gasa. El capitán se agitó unos segundos, pero dejó de moverse rápidamente.

223

—Se secará, mantenlo húmedo —le indicó *Frau* Klose—. Después pon los dedos al lado de la tráquea, ahí... ¿Notas el pulso? No dejes que sea muy lento. Cuando veas que el ritmo disminuye, retira la gasa. ¿De acuerdo?

Asintió, el olor empezaba a provocarle náuseas. Mientras notaba el pulso en las yemas de los dedos y mantenía la otra mano en la boca y la nariz del capitán, no pudo dejar de tener la sensación de que estaba haciendo algo muy peligroso.

Frau Klose le estaba inyectando algo.

—Está muy mal. Puede que no consiga salvarlo. Tengo que extraer la bala y seguramente habrá porquería dentro también. Después limpiaré la herida. Si lo supera, tendrá que tomar sulfonamida.

Asintió, pero a pesar de su optimismo inicial, la sensación de victoria se había desvanecido.

224 «Manténte erguida, utiliza los dedos para mantener el equilibrio.»

Pasaban los segundos y sentía que su corazón tamborileaba como unos dedos perezosos encima de una mesa. Contó los latidos e intentó llevar la cuenta, pero los números se le confundían en la cabeza. El tamborileo empezó a acelerarse cuando la enfermera abrió la herida y limpió el pus con algodón. No tuvo asco, había visto cosas peores, pero no conseguía estar mirando y concentrarse en la gasa al mismo tiempo. El capitán se movió como un perro cuando está dormido y echó un poco más de líquido. Volvió a encontrarle el pulso. Era más lento, quizás un latido al segundo. Notar en las manos la fragilidad del capitán era aterrador, pero emocionante a la vez. Miró el intenso esfuerzo que reflejaba la cara de *Frau* Klose, que se pasaba la lengua por el labio inferior para concentrarse.

—¿Por qué lo hace? —preguntó Sarah.

—¿Por qué lo haces tú?

Se encogió de hombros, incapaz de mentir. A sus pies y a su alrededor se había extendido una quebradiza telaraña de cristal llena de engaño y confusión. Al cabo de un rato *Frau Klose* empezó a hablar.

—Fui enfermera durante la guerra mundial. En realidad era una niña con la cabeza llena de flores y gatitos que de repente estaba sacando metralla de chicos de mi edad. Jóvenes a los que les faltaban brazos. A los que les faltaba la mandíbula. —Agarró unas pinzas y las introdujo en la herida—. Conocí a un médico, un cirujano. Se portó bien conmigo; no le importó que fuera una mujer, valoró mi destreza, me enseñó y me animó. Juntos salvamos a muchos hombres.

Sacó las pinzas y soltó un gruñido. En la punta había una brillante estrella de metal arrugada, una piña de hierro aplastada. Giró las pinzas para verla más de cerca.

—Munición militar. Ser cazador furtivo por estas tierras es peligroso, ¿verdad? —Dejó la bala en un cuenco de hojalata y volvió a meter las pinzas—. Trabajamos juntos casi veinte años. Me dijo que debería haber sido médico, pero no quise deshacer el equipo. —Sacó un largo trozo de tela negra húmeda de la herida—. ¡Ajá! ¡Aquí está! ¡Maldita sea, está sangrando!

—Sus dedos se movieron con rapidez: aguja, hilo, algodón y gasa. Se afanó en aquel rojo caos y vio algo que Sarah no pudo ver.

—Después, hace cuatro años... —Cortó el hilo con los dientes—. Llegaron los tuyos y lo echaron del hospital. No se puede dejar que un sucio judío salve vidas arias, ¿verdad? Por supuesto, me fui con él. Trabajamos en la consulta de un compañero y después en la sala de estar de otro, sin el equipo o el material adecuados. Fue como si volviéramos a estar en 1918. —Se echó hacia atrás y se pasó un ensangrentado antebrazo por la frente—. Finalmente me dijo que me fuera. Era demasiado peligroso. Para entonces ya estaba asustada de la violencia, los cristales rotos, las palabras pintadas en mi puerta. Me fui. —La miró con patente odio—. En noviembre vinieron para llevárselo. Nadie lo ha visto desde entonces.

—Lo siento —dijo Sarah al cabo de un momento.

—¿Lo sientes? —preguntó bruscamente *Frau* Klose con mirada envenenada—. Bueno, eso lo arregla todo, ¿no? La pequeña nazi lo siente. —Sarah pensó por un momento que iba a atacarla—. Fue uno de tantos. Ya he perdido la cuenta. Ahora han empezado con los polacos. ¿Sabes que ningún hospital me dará trabajo? Tengo medallas. ¿Quién será el próximo, pequeña nazi? ¿Quién será el próximo?

Se sintió avergonzada. Se sintió responsable, aunque no dejaba de ser irónico. Tuvo la impresión de que el capitán se reía a través de la gasa.

Klose trabajó en silencio limpiando, inyectando y cosiendo.

—¿Vivirá? —preguntó Sarah. «Es lo único que tengo.»

—El tiempo dirá. La medicación funcionará o no. No estamos en condiciones precisamente estériles. ¿Por qué estás haciendo esto, pequeña nazi?

Dijo la verdad.

—Por Alemania.

La enfermera la miró con curiosidad y después asintió.

—Has de tener cuidado. Eres una pulga en un tigre. Puedes engañarte y creer que formas parte del animal, pero si das demasiados saltos, se te quitará de encima como a las demás.

23

—*L*as leyes hereditarias de la naturaleza son incontestablemente ciertas. Todas las criaturas vivas, humanos incluidos, están sujetas a esas leyes —*Fräulein* Langefeld hablaba mientras iba de un lado a otro moviendo la vara—. Hay que señalar que no todos los humanos son iguales, sino que pertenecen a razas diferentes. Los instintos y fuerzas que forjan las culturas están enraizados en los genes de las razas…

Sarah pensó que esa lección, que esas palabras daban vueltas en círculo y siempre llegaban al mismo sitio. Era un retorcido trozo de papel en bucle que solo mostraba una cara. Le temblaba el párpado izquierdo, como si una avispa intentara salir de las cortinas para regresar al sol. Su misión era mantenerse despierta; Elsa tendría que esperar. «Cada cosa a su tiempo.» Apoyó un codo en el pupitre, apuntaló en él la cabeza y cubrió el ojo ofensor con una mano cerrada. Durante el desayuno se había fijado en que todavía tenía sangre seca en las uñas.

—El éxito y la victoria final de nuestra gran labor depende de la ley de selección, de la eliminación de aquellos con enfermedades hereditarias, del fomento de las líneas genéticamente más resistentes y el mantenimiento de la pureza de la sangre…

Por el rabillo del ojo vio a Ratón mirando al vacío con la boca abierta. Le molestó su falta de instinto de supervivencia. Quizá los nacionalsocialistas tenían razón: algunas personas no lo conseguirían.

—En el caso de los animales y las plantas cultivadas por los humanos, se procura eliminar a los menos valiosos y solo se conserva el material genético útil y provechoso. Eso es lo que lleva a cabo la naturaleza con la ley de selección. ¿No debería hacerse lo mismo con las personas?

De repente Sarah se odió a sí misma profundamente, con una intensidad que le provocó ganas de vomitar. Quizá fuera una pulga, pero sabía que no formaba parte de ese animal.

—Cumple con el deber de amar al vecino y es consecuente con las leyes naturales divinas. Las personas a las que afecta la ley realizan un gran sacrificio por el pueblo.

Sacrificio. Por primera vez desde el Día de los Mártires pensó en el mayor. Le habían contado que lloraba junto al piano día y noche. Se preguntó qué habría sacrificado o, más bien, a quién…

—En 1901, en Alta Baviera había veinticinco camas para enfermos mentales. En 1927, cuatro mil. Si se permite que continúe esta tendencia, ¿cuántas camas habrá en 1953?

Prestó atención. No era capaz de hacer el cálculo, los números se le escapaban como arena entre los dedos. Se levantaron algunas manos y no le pareció seguro no hacerlo también.

«No me preguntes. No me elijas.»

—¿No lo sabes, Mauser? —gritó Langefeld.

«Otra vez no.»

—Esto… siete mil novecientas setenta y cinco —contestó alegremente Ratón.

Todo el mundo soltó un gritito ahogado de admiración, seguido de una serie de inspiraciones profundas cuando, una por una, se dieron cuenta del error.

—Mauser, eres tan tonta como los niños retrasados que están en esas camas de hospital. Piensa. ¿Cuál es la respuesta correcta?

El aula se quedó en silencio, solo se oían los golpecitos que daba la temblorosa pierna de Ratón bajo el pupitre.

—Son otros tres mil… novecientos setenta y cinco, más cuatro mil…

—¡No, idiota! ¡Levántate! —Langefeld se colocó al lado de Ratón con las piernas separadas, lista para pegarle.

La silla de Ratón chirrió.

—No lo entiendo. Son veintiséis años más…

—Tú no entiendes nada, ¿verdad, Mauser? Eres imbécil. ¿Qué eres?

—Imbécil.

—Jefa del dormitorio, ¿cuál es la respuesta?

Liebrich se puso de pie con ojos aterrorizados como si hubiera tocado una valla electrificada.

—Ciento sesenta veces cuatro mil, que es ciento sesenta mil por cuatro…

—Más o menos. Siéntate. —Aliviada, Liebrich se dejó caer en la silla—. ¿Lo ves, Mauser? Todas saben la respuesta menos tú. La jefa del dormitorio te la ha dado, ¿puedes decirme qué pasará veintiséis años después?

—No lo sé. —La voz de Ratón era tan débil que apenas se oyó.

—¿Cómo es posible? —gritó Langefeld—. Se te ha dado toda la información necesaria.

—No lo entiendo… —Ratón empezó a llorar.

Langefeld la agarró por la muñeca y al arrastrarla hacia la parte delantera del aula tropezó con pupitres y tiró libros y papeles al suelo. La subió a la tarima y las espinillas chocaron con fuerza contra el estrado de madera. Para cuando la lanzó contra la pizarra le caían grandes lágrimas por las mejillas.

—Eres un parásito, Mauser, una imbécil que vive a expensas de la patria. ¿Qué eres?

—Una imbé… un pará…

—O me dices la respuesta en cinco segundos o te arrancaré la piel de las manos. —Los hombros de Langefeld subían y bajaban rápidamente por la tensión.

229

—No…

—Cinco.

—No, por favor…

—Cuatro.

—¡Por favor!

—Tres.

—¡No!

—Dos.

—No…

—Uno.

—¡Basta!

Todas se quedaron heladas. En el silencio que reinó en el aula solo se oían los sollozos de Ratón. Sarah estaba de pie en el pasillo junto a su pupitre, con los brazos en jarras.

—¿Qué has dicho? —preguntó la profesora con la cara roja.

230

—He dicho, basta. No lo sabe. No lo va a saber, así que ¡Déjela en paz!

Se oyó el reloj.

—¿Cómo te atreves…?

La marea de locura justificada se retiró y la dejó con la sensación de estar empapada en medio del viento.

—Déjela en paz —repitió en voz más baja—. Nadie aprende nada cuando la toma con ella.

—No me digas lo que tengo que hacer, putita, no se te ocurra… —Langefeld apenas conseguía articular las palabras. Cuando bajó de la tarima para ir hacia Sarah estaba tan furiosa que temblaba y sus manos empezaron a abrirse y a cerrarse en la vara. Su alma solo emanaba rencor y odio.

Sarah cayó en la cuenta de la escala que había adquirido lo que acababa de desencadenar y se descompuso.

«Pide perdón, suplica misericordia.»

«No te atrevas.»

Dio un paso adelante y extendió la mano con la palma hacia arriba frente a la profesora. Se preparó y se le tensaron los músculos de las piernas.

—Pide perdón o te juro que te voy a desollar viva —la amenazó levantando la vara por encima de la cabeza. El reloj de la pared seguía avanzando.

Cerró los ojos.

—Haga lo que tenga que hacer —aceptó soltando un suspiro.

El primer golpe fue como mil picaduras de ortiga, no solo en la mano. Notó que le subía por el brazo y el codo, y se comprimía en el cuello como un torniquete. Sintió una oleada de pánico en el pecho que le exigía salir corriendo, escapar, defenderse.

«Estás defendiéndote.»

El segundo golpe fue peor, como si en un instante regresaran todos los quemazos, roturas, arañazos, desgarros, torceduras y pellizcos que había experimentado en su vida para recordarle que los había olvidado. Apretó los dientes hasta que le dolieron las mandíbulas.

Comenzó a descoser los puntos de su sufrimiento y su cólera para forzar la apertura de la caja en la que escondía los horrores y alimentar desesperadamente la indignación, la furia y los brazos que las mantenían al margen.

De repente lo vio claro.

«Puedes hacerme daño, pero no me asustas.»

Abrió los ojos y miró los labios pintados de Langefeld, las arrugas evidenciaban la aspereza de lo que había debajo. Golpe. Vio las líneas alrededor de la boca. Golpe. Los leves diamantes de sudor que se formaban en el labio superior y algunos pelitos que habían escapado a las pinzas. Golpe. Los dientes amarillentos por el café y el tabaco. Golpe. Las raíces negras que habían aparecido desde la última vez que se había teñido. Golpe.

«Duele. Duele mucho. Podría llorar y gritar para no sentirlo, para que parara.»

«No, solo puede hacerme daño. Sé lo que es, no tengo miedo.»

Vio las motas marrones en el iris verde de Langefeld. Golpe. Las venas en el blanco de los ojos arracimadas en los extremos. Golpe. La máscara que escondía las pestañas. Golpe. Golpe. Golpe.

«Utiliza el miedo. El miedo es energía. Rómpelo y crea algo nuevo.»

La vara se quedó entre los dedos de Sarah al intentar levantarla. «No mires.» Habían empezado a curvarse por las moraduras. Tenía la mano roja y destrozada, pero se le había entumecido y ya no la sentía. Estaba ganando.

Miró a los ojos de la profesora y vio un ligero indicio de indecisión.

Sonrió.

232   Langefeld la arrastró por el pelo hasta el pupitre con tanta violencia que el resto de las niñas se apartaron para abrirle paso. La sujetó bocabajo contra el tablero y la golpeó en la espalda con la vara. Después volvió a hacerlo. Una y otra vez.

Sarah cerró los ojos. Eludió a la niña en su interior que gritaría y aullaría y buscó un recuerdo, un lugar al que ir, un sitio en el que nunca hubiera sentido dolor o hubiera estado asustada o hambrienta. No lo encontró. Si alguna vez había sido feliz, ya no lo recordaba.

Los frenéticos golpes habían perdido el ritmo. Su espalda era un fuego incontenible que aniquilaba sus pensamientos y la despojaba de defensas contra el miedo y la agonía.

«Te ha soltado el pelo.»

Entonces se dio cuenta de que tenía poco que perder, poco que esperar, nada que quisiera o necesitara, nada que pudiera imaginar que podría convertirse en realidad, excepto que aquello acabara. Y nada dura para siempre.

«Acaba de soltarte el pelo.»

Se revolvió como un sacacorchos y cuando el siguiente golpe le dio en el pecho, agarró la vara con la mano sana y se la arrebató. Rodó para bajar del pupitre y se tambaleó al otro lado. Alejó los pies de la profesora, el suelo parecía lanzarla hacia arriba. Intentó mirar a Langefeld a los ojos, pero no consiguió concentrarse. La vara estaba resbaladiza por la sangre y no entendió por qué. La vara...

La metió entre las patas del pupitre y tiró con fuerza. Se rompió en varios trozos y se quedó con uno de unos treinta centímetros en la mano. Lo agitó en el aire y después lo lanzó al otro lado del aula. Cuando se puso frente a Langefeld al otro lado del pupitre su pecho subía y bajaba desbocado.

Ella, la sucia judía. Apaleada, pero no vencida. Sintió que se le encendía la cara y quiso sonreír.

—No te tengo miedo.

Langefeld derribó el pupitre gritando y le dio un puñetazo en la cara. Sarah vio una ráfaga de luces intensas, como los fuegos artificiales de Año Nuevo. Langefeld la lanzó contra una fila de pupitres y aterrizó en el suelo. Las otras niñas empezaron a gritar y a darse empujones para apartarse, y derribaron pupitres en la estampida.

Langefeld se agachó y puso a Sarah de pie antes de golpearla de nuevo. En esa ocasión no vio estrellas, solo un apagado gris acompañado de una vaga sensación de golpear una silla y caer al suelo.

Vio el techo, la descascarillada pintura, las estufas que no se encendían nunca, las lámparas en las que no había bombillas. Hubo más gritos, más ruido de lucha y juramentos. Langefeld se abalanzó sobre ella y blandió un puño, pero falló porque el mayor Foch la rodeó con los brazos y la apartó.

Cerró los ojos.

Sintió una dorada corteza partiéndose entre los dientes; blando pan blanco; cremoso y frío queso; y rodajas de sabrosas salchichas... cuando el sueño la devolvió al metálico sabor de la sangre en la boca, recordó haber sido feliz.

233

Υ

—Vienes demasiado aquí, ¿lo sabes? Abre la boca. —*Frau* Klose le metió el termómetro debajo de la lengua y le movió la cara de un lado a otro. Unos días después el abultado labio se estaba curando, pero seguía teniendo un ojo hinchado—. Eres muy torpe. —Le sacó el instrumento de cristal de la boca y se irguió para verlo a la luz—. Deja que te vea la espalda.

Le levantó el camisón hasta el cuello y vio una serie de moraduras horizontales desde los hombros hasta las nalgas. Donde la vara había roto la piel seguían viéndose postillas, incluso bajo la crema antiséptica.

—Ni siquiera el ejército azota a los soldados ya. Esa mujer encarna todo lo malo que hay en este país —aseguró con más pena que enfado mientras le aplicaba crema donde faltaba.

—Creía que no te gustábamos —dijo retorciéndose. Cada pasada le causaba un exquisito dolor.

—Y es verdad. Si cayera una bomba en este sitio con todas vosotras dentro, el mundo sería un lugar mejor. Pero bueno, se ha ido.

—¿Adónde? —preguntó sorprendida, incluso contenta.

—Lejos de aquí, se ha llevado la maleta. El gilipollas de la Sección de Asalto insistió en ello. Tuvieron que contenerlo para que no le pegara un tiro en la cabeza. Locos dirigiendo un manicomio, en todos los sentidos. —Empezó a preparar una jeringuilla—. Deberías darle las gracias a tu amiguita por avisarle.

—¿Quién?

—¿Cómo se llama? Mauser. Fue como una bala en cuanto esa cerda asquerosa te atacó. Encontró a una persona que sí le importaba un bledo. Una chica lista.

Soltó un grito cuando la enfermera le inyectó la medicina.

—¿Y mi mano?

—¿Qué pasa con ella?

—Sigo sin sentir los dedos.

234

—¿Puedes moverla?

—Sí.

—Entonces se te pasará.

—Me duele la muñeca.

—Eso es porque te la rompió. Déjala descansar. Límpiate el culo con la otra mano.

Entonces pensó en el capitán, en Elsa y en bombas y ciudades arrasadas.

—¿Cuándo podré irme?

—He ido a ver a tu amigo. Todavía no ha pasado lo peor, pero está vivo. Sigue durmiendo. Le he dado sulfonamida, pero he tenido que guardar un poco para ti, princesa egoísta. —Recogió sus cosas—. Quédate en la cama. Si rozas la espalda contra algo, parecerás una tabla de lavar el resto de tu vida.

235

24

Ursula Haller:
Se le ordena presentarse ante la Werwolf.
A medianoche en la capilla.
No se lo diga a nadie.

236 *D*esde el dormitorio hasta la capilla todas las puertas estaban abiertas. Le habían preparado el camino. Había pensado no acudir, pero quienquiera que fuese acabaría encontrándola finalmente. Pensó en Julio César yendo a Roma para proclamarse emperador. Se detuvo en el río y lo estableció como frontera, sabedor de que ir más allá con sus legiones era un crimen. Una vez hecho, ya no había marcha atrás. Era todo o nada. En cualquier caso, era demasiado tarde para dar la vuelta, iba a tener problemas de todas formas.

Supo que el paso estaba dado y que estaba comprometida, como el general romano. No había dónde esconderse, dónde ir ni más miedo. También sentía curiosidad. Detrás de todo aquello solo podía estar la Reina del Hielo y, con el capitán vivo, la misión seguía en pie.

Avanzó con cautela por los suelos de madera por mera costumbre, pero sabía que, de haber querido, podría haber recorrido los pasillos silbando. Aquella invitación seguramente era cosa de la delegada y era plenamente consciente de quién dirigía realmente el colegio.

Una luz naranja se filtraba por la puerta de la capilla. De no haber sido por el viento glacial, incluso podría haberle parecido acogedora. No se había puesto el abrigo porque le hacía demasiado daño en la espalda. Dejó que le temblara el cuerpo y se echó el aliento en las manos antes de entrar.

«No salgas al escenario sigilosamente. Deja que te vea todo el mundo, por pequeño que sea tu papel.»

Al abrir la puerta de par en par rozó y chirrió en el suelo de piedra.

La capilla estaba llena de cientos de velas encendidas. Gracias a la luz que emitían vio que habían apartado los bancos para hacer sitio en el centro. Ocho chicas formaban un círculo —Elsa, Eckel, Kohlmeyer y las otras— con túnicas blancas, como cruzados salidos de un cuadro. En el centro estaba la Reina del Hielo con las manos en la empuñadura de un sable tan largo que la punta descansaba en las losas.

La necesidad de saber eclipsó su recelo, como un libro mal escrito que hay que leer hasta el final.

—Entra, hermana.

La capilla era pequeña y, a pesar de que creyó que la voz reverberaría, la oyó próxima y apagada. Entró en el círculo con el corazón acelerado. Por mucho que lo intentó, la respiración que salía en volutas de su nariz la traicionaba. Detrás de la Reina del Hielo, en un sombrío rincón vio las tres liebres de piedra bajo una ventana fuera del crucero.

«Dando incesantes vueltas, siempre corriendo, pero nunca atrapadas.»

La Reina del Hielo empezó a hablar.

—Hace mucho tiempo los Caballeros Teutones llegaron a estos bosques germánicos, expulsaron a pueblos inferiores de nuestra tierra y llevaron a cabo actos valerosos y abnegados. Ahora nuestro pueblo recuerda quiénes somos y de dónde procedemos.

»Estamos en este lugar de culto, un monumento a un dios

237

muerto e irrelevante, para conformar un Nuevo Orden. Un orden comprometido con el único pueblo, el único Reich y la única Alemania.

El sable no tenía brillo y estaba picado de óxido, como si hubiera estado colgado durante décadas. Fuera lo que fuese lo que las chicas habían planeado para ella, no tenía nada que ver con el sable. Miró a Elsa, pero no consiguió verle los ojos.

La Reina del Hielo elevó la voz.

—El Führer es humano y un día nos dejará, pero el Reich permanecerá durante miles de años a nuestro cargo. Somos la Werwolf, los cazadores más rápidos y temidos del bosque. Nos esconderemos entre los débiles y desdeñados, pero apareceremos cuando nos llamen, para devastar, para diezmar, para dominar.

»Ursula Haller, has demostrado ser inteligente, muy astuta y aún más fuerte. Eres una digna hija del Tercer Reich y ha llegado el momento de que te unas a nosotras.

Notó que algo se despertaba en su interior. Algo que se agitaba, le entraba en la boca como un tren y salía antes de poder detenerlo.

Se rio, fue una sorpresiva y burlona exclamación que amainó hasta convertirse en una risita incontenible. Al igual que César, con las sandalias mojadas y embarradas subiendo por la orilla, no había vuelta atrás.

—Perdón, continúa —dijo cuando consiguió controlarse poniéndose una mano en la boca.

La Reina del Hielo inclinó la cabeza y entrecerró los ojos. Después la situación se serenó.

—Me he equivocado mucho contigo, Haller... y no has dejado de sorprenderme. Malinterpreté tu tamaño con debilidad y tu obstinación con orgullo. Pero eres valiente —dijo sin poder evitar mostrar admiración en el tono de voz. Después sonrió, esbozó una auténtica y alegre sonrisa que le cambió totalmente el rostro—. Es una cualidad muy valiosa. Necesitamos mujeres valientes. Langefeld valoraba los medios, pero no creía verdaderamente en los fines. Deshacerse de ella ha sido un acto valiente y abnegado. —La sonrisa se desvaneció—. Toma la hoja.

Agarró con cuidado el sable y tuvo que utilizar las yemas de los dedos para aferrarlo debido a la venda y la tablilla.

—Con fuerza, muy bien —ordenó la Reina del Hielo—. Ahora repite conmigo.

Recitó unas frases que Sarah repitió mintiendo con la facilidad de una actriz.

Juro lealtad a la Werwolf y a mis hermanas-lobo con el fin de mantener el Reich mil años en pensamiento y obra. Esperar pacientemente la llamada y después surgir como la venganza, para llevar a cabo toda acción necesaria para mantener nuestra gloria.
Y juro que si un aciago día los enemigos de Alemania nos aplastan, y soy la última guerrera aria verdadera, mi último acto será destruir todo lo que esté en mi poder, matar a todos los que pueda matar, y, de estar en el infierno, hacer que el propio diablo me tema.

239

La Reina del Hielo levantó el sable de repente y Sarah notó que el áspero borde le cortaba la piel. El resto de las chicas se arremolinaron a su alrededor, colocaron sus manos en las de ella y apretaron hasta que se llenaron de sangre.

«Esto es una locura», pensó.

—Tu sangre pura alemana se ha mezclado con la nuestra —susurró reverentemente la Reina del Hielo antes de gritar—: ¡Ya eres una de las nuestras!

Las chicas levantaron las manos y empezaron a aullar como perras.

Sarah ahogó otro ataque de risa y, echando la cabeza hacia atrás, se unió a ellas.

«Tomad mi sucia, asquerosa, judía, del pueblo inferior, de calidad deficiente, comunista, mestiza e imperfecta sangre y bebedla, ilusos pequeños monstruos. Espero que os infecte. Ojalá os atragantéis con ella.»

Las otras chicas se mancharon la cara con las manos sin dejar de aullar y Sarah apretó la mano para sacar más sangre y pintarse la suya. Después levantó las manos y miró a los ojos a la Reina del Hielo.

«Esto es lo que juro», pensó.

Esperaré pacientemente la llamada y después surgiré como la venganza para llevar a cabo toda acción necesaria para poner fin a vuestra gloria, y juro que si un día aciago los enemigos de Alemania me aplastan y soy la última alemana verdadera, mi último acto será destruir todo lo que esté en mi poder, matar a todos los que esté en mi mano matar, y, de hallarme en el infierno, enviaros al diablo.

Cuando la Reina del Hielo le hizo una seña, las chicas estaban quitándose las túnicas y apagando las velas.

—Tu puesto en la Werwolf es, como su existencia, un secreto. Si quieres continuar arando tu solitario surco rodeada de débiles, es tu elección. —Se dio la vuelta para irse mientras doblaba la túnica. Sarah levantó una mano para detenerla y meneó la cabeza.

—¿Por qué estoy aquí si Ratón es tan inútil? —preguntó con voz incrédula.

—Defendiste a alguien que estaba a tu cargo. Eso fue un acto muy noble. Puede que ese tipo de sacrificios sean necesarios antes de la victoria final. Además —bajó la voz—, en estas últimas semanas te has opuesto a nosotras. Ya sabes cuál ha sido tu error. —Eso significaba que su conformidad le otorgaba el ascenso—. Ha habido otras personas que me han convencido de tu valía. Creo que sabes lo que tienes que hacer.

—Sí, delegada —aseguró. Sumisión. Subyugación. Forzó una sonrisa que parecía grasa rezumando de un motor.

—Muy bien, continúa así. —La Reina del Hielo fue hacia la puerta de la capilla mientras se apagaban las últimas velas.

—Hola, Haller —dijo una voz.

—¿Qué pasa ahora? —protestó. Estaba cansada y había dejado de interesarle ese juego.

—Creo que debería presentarme debidamente, ahora que eres una de nosotras. Me llamo Elsa Schäfer.

241

—¡Despierta! ¡Venga, arriba!

El capitán soltó un gruñido y abrió un ojo.

—¿Qué demonios le has dicho a esa polaca de mí?

Su voz seguía siendo débil, pero parecía que llegaba desde una colina lejana en vez de perderse en el viento.

—Que eres un sucio comunista judío y un espía británico o que eres un cazador furtivo, no me acuerdo. Da igual, adivina. Desde anoche soy amiga de Schäfer o al menos lo que se considere amistad entre las monstruitos —le informó alegremente mientras revisaba la comida robada.

—¿Qué te ha pasado en la mano?

—He estado divirtiéndome.

—¿Qué…? Da igual. ¿Qué opinas de *Fräulein* Schäfer?

Pensó antes de contestar.

—Hay algo… distinto en ella. Le pasa algo.

El capitán resopló.

—Les pasa algo a todas.

—Es más que eso…

—*Me he enterado de lo que le hiciste a Langefeld. Fue algo… muy especial. Nos impresionó, me impresionó.*

—*No podía… No dejaba de… Era una mala profesora.*

—*Sí, lo era y aguantaste y aguantaste hasta que ya no pudo más.*

—*Algo así.*

—*Eso demuestra mucho valor. Hacer algo así me refiero. Eres el tipo de persona que andaba buscando. Me gusta tu pelo.*

—*Gracias, el tuyo es… muy bonito también.*

—*Creo que deberíamos ser amigas.*

—*¿Se nos permite tener amigas?*

—*Sí, claro, pero solo con personas de nuestro nivel. Eres una de las nuestras.*

Había algo en la confianza que tenía en sí misma, en su arrogancia que era… desesperante.

—Bueno… —empezó a decir el capitán con voz más segura mientras se incorporaba hasta quedarse sentado—. Dile que no estaré aquí en Navidades, que te quedarás sola. Pregúntale si puedes pasarlas con ella. Entra en esa casa, como sea.

—Me estás confundiendo con alguien agradable —dijo mientras le daba de comer. Pero ya no se sentía así. Ya no.

—Finge, sabes cómo hacerlo.

Lo había hecho antes. Podía hacerlo. Pero ¿qué tenía que hacer? ¿Y después qué?

—Haz el papel de niña perdida. Da vueltas hasta que encuentres el laboratorio, entérate de todo lo que puedas. Roba sus notas. Sabotea los instrumentos. Eres una excelente ladrona y una señorita muy curiosa. Sé tú misma.

—Así que tienes un plan —anunció con teatralidad—. Creía que íbamos improvisando sobre la marcha. Me tranquiliza mucho. —Sacó una botella de la bolsa y se arrodilló a su lado—. Ni siquiera sé lo que tengo que buscar.

—El plan era que me permitieras entrar para poder echar un vistazo. Pero gracias a tu negligencia clínica, tendrás suerte si estoy fuera esperándote con el coche.

De repente soltó un gemido y se puso pálido. A Sarah le dio un vuelco el corazón al comprender la precariedad de su triunfo. «Ahora no. Estamos tan cerca. Es todo lo que tengo.» Se acercó más y le rodeó la cabeza con un brazo.

—Bebe un poco de agua.

—Estoy harto del agua. He estado en cárceles que tenían mejor servicio.

—Es la última etapa. Ya no queda mucho.

Estaba en lo alto de la tubería y acababa de poner la mano en el alféizar cuando oyó una voz.

—¿Dónde has estado?

Se asustó, perdió pie sobre los ladrillos y empezó a caer. La chica que había hablado la agarró y la subió hasta meterla por la ventana. Las dos cayeron al suelo, Sarah encima de ella.

—Eres un accidente con piernas, Haller —bromeó Elsa riéndose—. Me debes la vida.

—Muchas gracias —dijo Sarah frotándose la muñeca. Estaba sumamente cansada.

—La pregunta sigue en pie. ¿Por qué sales? ¿Por qué te vas siempre a medianoche? —Elsa sentía una gran curiosidad. Aquello era una acusación.

—No salgo siempre —«Piensa.»

—Esta noche, ayer…

—La reunión secreta fue ayer —replicó.

—¿Y dónde estuviste toda la semana pasada? ¿Dónde has estado esta noche?

—¿Eres tú, Haller? —Ratón estaba en camisón en el extremo del rellano y se frotaba los ojos.

—Sí, Ratón. Vuelve a la cama —respondió con brusquedad.

—¿Quién está contigo? —Ratón parecía perpleja, pero también traicionada, herida.

—Ratón… —Sarah miró la maliciosa y calculadora cara de Elsa—. No te importa —acabó de decir con despecho. A Ratón se le pusieron los ojos como platos.

—Pe… pe… pero… —tartamudeó—. ¿Qué haces con ella, Haller? Tú no…

—Vete a la cama y déjame en paz. ¡Ya! —Para Ratón fue como si le hubieran dado una bofetada. El labio superior empezó a temblarle y después se fue corriendo. Sarah se sintió sucia, pero aquello no había acabado. Elsa le pediría más, querría más—. Maldita niña, la tengo encima siempre.

—Bueno, algunas somos líderes y otras son seguidoras —dijo Elsa asintiendo—. Te vigila. Si tienes algún secreto, puede ser peligrosa… ¿Cuál es tu secreto, Haller? —preguntó sonriendo como un perro antes de atacar.

—¡Por Dios! Ven —protestó saliendo por la ventana.

—Ven, ¿adónde?

—Ven a ver lo que he estado haciendo. —Dio un salto y empezó a bajar por la tubería.

—¿Esto es?

—Sí, ¿qué te parece?

Elsa puso los brazos en jarras y vio galopar al caballo a la luz de la luna.

—Es el caballo de tiro más feo y ordinario que he visto en mi vida.

Sarah se encogió de hombros subida a la valla del prado.

—No sé nada de caballos. Simplemente me pareció muy

bonito o bonita, no sé qué es. —El caballo trotó los últimos metros y movió la cabeza delante de ella. «Dios te bendiga», pensó—. Crecí en Berlín. No había visto galopar a un caballo hasta que estuve en España, pero allí pasaban muchas otras cosas.

—Es un escuálido animal de granja. De verdad, Haller. Tienes que ver un caballo de verdad. ¿Lo has montado alguna vez?

Sarah le acarició el morro y el caballo relinchó.

—Hola otra vez. Esta noche nos hemos visto dos veces, ¿eh? —«Me estás devolviendo el favor, ¿verdad?» Su piel desprendía vapor—. No, no he montado a caballo nunca. Para eso necesitas una silla, ¿no?

—No, qué va, se monta a pelo. Es la única forma de hacerlo —la voz de Elsa mostraba una alegría que nunca había oído—. Mujer y animal en perfecta armonía y todo eso. Así.

Se subió a lo alto de la valla, se levantó la falda y saltó al caballo. Este soltó un sorprendido relincho y dio un paso hacia atrás, pero después pareció aceptar la situación. Elsa agarró la crin y se colocó en posición.

—Mira. Hay que colocarse más adelante que normalmente, entre la falda y la cruz.

—¿Qué es la falda?

—La falda, ya sabes. Por Dios, Haller, no sabes nada.

—Enséñame.

—Siéntate aquí, mantén los dedos de los pies hacia arriba y los talones hacia abajo. Mantén el equilibrio con la crin. ¿Sabes lo que es la crin?

—Sí, gracias. —Se alegró de que su ignorancia acabara siendo su tapadera. Dejó que Elsa hablara, le enseñara, la guiara.

—Después solo hay que cabalgar. —Se echó a reír, golpeó los costados del caballo y le incitó a moverse. Lo llevó hacia el prado al galope—. ¡Por Dios, este prado es una pesadilla! Está lleno de zanjas y montículos —gritó.

245

Sarah la observó con creciente envidia. De repente anheló ser tan elegante, tan refinada, tener esa armonía con el mundo. Sencillez, suavidad y fluidez. Músculos y plateada luz de luna.

«Ese es mi caballo», pensó, pero después desechó esa idea.

Elsa le estaba enseñando el arte de montar a caballo, pero se limitó a asentir y a sonreír. Una vez alejada de la verdad, el miedo que había ahuyentado su cansancio se evaporaba.

—¡Eh!

Un grito reverberó en los campos y se vio la diminuta figura de un granjero atravesando el prado.

—¡Mierda! —exclamó Elsa mientras galopaba de vuelta hacia donde estaba Sarah. Frenó tan en seco que el caballo relinchó asustado. Desmontó como pudo y se dio un golpe al caer.

Sarah la ayudó a ponerse de pie.

—Vamos, Haller, muévete. ¡Corre!

Se alejaron a toda velocidad hacia la oscuridad del bosque sin dejar de reírse ni de oír los juramentos del granjero a su espalda.

—¿Esto es lo que haces? —preguntó Elsa.

—Nadie monta a caballo, si es eso a lo que te refieres.

—Tenemos que hacerlo otra vez. Deberías venir a casa y así te enseñaría a montar.

Ahí estaba. Miró al suelo y notó que se ruborizaba en la penumbra.

Cómo…

«Venga, *dumme* Schlampe, ahora.»

—Mi tío se va en Navidades y tendría que quedarme con unos parientes horrorosos…

—Entonces, está hecho. Vendrás a mi casa.

Le entraron ganas de gritar y levantar los brazos. Abrumada por la emoción, consiguió regalarle la mejor sonrisa de agradecimiento que pudo y se fijó en la expresión de su cara.

No logró descifrarla. Parecía vergüenza, compasión y asco a la vez. El efecto fue desconcertante.

—¿Estás segura?

Su rostro adoptó una expresión más familiar, más diabólica, con una sonrisa que dejaba ver los dientes.

—Será maravilloso. No lo olvidarás nunca.

25

Elsa quería estar presente, pero Sarah insistió en que mirara desde lejos. Liebrich parecía la versión cansada y agotada de la chica que le había enseñado el dormitorio hacía unos meses.

—Te puedo, Haller. Soy más grande que tú.

Sarah se mostró fría.

—Pero no lo harás.

A Liebrich le tembló la barbilla.

—Esto no es justo —dijo entrecortadamente antes de cargar contra ella—. ¿Qué hace tu padre, Haller?

—Mi tío hace equipos inalámbricos.

Liebrich soltó una risa cruel.

—Entonces no tienes ni idea. Mi padre es general de las SS. Solo admite la perfección. Según él, se va a freír a los débiles, estúpidos e incapaces junto con los judíos y los comunistas. Si se entera de que me han sustituido, no sé qué me pasará.

Deseaba tranquilizarla, ponérselo más fácil, dejarla sola, pero la única forma de salir de allí era seguir adelante. Así que metió la compasión en la caja, junto al miedo.

—Soy la nueva jefa del dormitorio. No le levantarás la mano a nadie sin mi permiso y obedecerás mis órdenes. ¿Estamos de acuerdo?

Liebrich adoptó una postura desafiante y Sarah se acercó más a ella.

—Sabes, me han dicho que Rahn vendrá el próximo trimestre y ahora es mi mejor amiga —susurró utilizando el tono desprovisto de emoción de la Reina del Hielo—. Está de muy mal humor y ahora que no puede tocarme a mí seguramente buscará a alguien con quien desquitarse.

Liebrich asintió suavemente, con la cara roja.

—Obediencia. Tu padre lo entenderá.

—¿Y qué pasa con tu amiga Ratón? ¿Qué lugar ocupa ahora?

Sarah no quiso que le viera la cara.

—Me da exactamente igual.

—Llegas tarde.

Seguía pálido y cansado, pero estaba sentado y vestido.

—He tomado precauciones extra. Ya sabes, cosas de espías —explicó Sarah antes de cerrar la puerta.

—¿Qué tal ha ido el día?

Sarah abrió la bolsa con la comida y la revisó.

—He abrazado la política del Reich y he condenado a una enemiga al castigo de su padre. Lo de siempre, he estado divirtiéndome. —Se sentó y le dio una lata de carne—. No puedo quedarme mucho, me echará en falta.

—¿Quién?

—Mi anfitriona durante las vacaciones de Navidades —le informó sonriendo—. Hecho y requetehecho. Todo en orden.

Por un momento la máscara del capitán cayó y vio algo parecido a la dicha y el orgullo. Después desapareció. Fue suficiente.

—Estupendo, así podré largarme de este sitio y ver si mi coche sigue donde lo dejé.

—¿Puedes andar?

—Lo suficiente.

—Entonces, ve.

Sintió que necesitaba decirle algo, pero no consiguió dar

249

forma al pensamiento. Tuvo la impresión de que a él le pasaba lo mismo. Después el momento para hacerlo desapareció.

—Muy bien, en el pueblo alquilan habitaciones encima de la cervecería, la Gästehaus Rot. Estaré allí en Nochebuena, hasta que vengas a verme. Esto —le entregó un trozo de papel con un número apuntado— es para que te pongas en contacto conmigo. Estarán escuchando, así que ten cuidado con lo que dices, sobrina. Si tengo que ir a buscarte, no podré entrar en la casa. Me reconocerían. Tendremos que vernos en la carretera. Toma este dinero.

Memorizó las instrucciones y escondió los billetes. El capitán extendió la mano.

—Buena suerte —se despidió. Estuvo a punto de estrechársela, pero después sonrió.

—Date un baño, apestas —replicó ella poniéndose de pie—. Nos vemos después de Navidades. —Al llegar a la puerta del establo se paró. Tuvo miedo de salir, de seguir adelante—. ¿Por qué estás tan seguro de que encontraré algo?

No acertó a leer su cara en la oscuridad.

—Eres una chica muy lista. No esperan a alguien como tú.
—Aquello fue suficiente.

Se le ocurrió algo más.

—¿Volveré a Rothenstadt algún día?

—Posiblemente no.

A pesar del alivio, había un asunto pendiente.

—Entonces tengo una última cosa que hacer.

—Liebrich me ha dicho que querías verme.

Ratón estaba en la puerta del dormitorio. Parecía especialmente pequeña en el marco de la puerta, como una muñeca que ha entrado en una casa de verdad.

—Entra, Mauser.

Habría sido mucho más fácil amenazar a Ratón tal como había menospreciado y rechazado a Liebrich. Arrancar la tirita rápidamente. Pero al ver aquellos ojos excesivamente abiertos, se dio cuenta de que era imposible. Finalmente, Ratón rompió el silencio.

—Ya no te permiten hablar conmigo.

—Sí, pero…

—Me lo imaginé al verte con… esa otra chica mayor. —Se calló y dio la impresión de estar mirando al vacío. Sarah estuvo a punto de inclinarse hacia delante y darle un codazo, pero Ratón continuó—. No pasa nada. Nadie hablaba mucho conmigo antes de que llegaras… así que imagino que todo será como antes. —Parecía intentar que Sarah se sintiera mejor y no era eso lo que quería.

—Ratón, tienes que irte de aquí —le suplicó—. No vuelvas después de Navidades. Cuéntale a tu padre todo lo que sabes, la corrupción, la violencia…

—Haller —la interrumpió con un tono de voz que no había oído nunca—, ¿te acuerdas cuando Langefeld me llamó desperdicio humano? Tenía razón. Soy una inútil. Excepto aquí. Aquí soy útil, hago algo. Si se lo digo, me llevará a otro sitio y volveré a ser nada.

Aquello la horrorizó, pero entendió perfectamente cada una de sus palabras.

—Ratón, no eres una inútil —la tranquilizó con dulzura.

—¿No? Entonces ¿por qué me dejas por la Reina del Hielo? —Su voz evidenciaba verdadero resentimiento—. No pasa nada, Haller. No me mientas y me digas que valgo mucho.

Sintió ganas de cortarla, pero no habría dirigido correctamente su enfado. El precio de la amistad con Elsa, la factura que tenía que pagar para dar el siguiente paso era tener que vivir con lo que acababa de hacer.

—En la vida hay mucho más que este colegio, Ratón.

—Cumplo con mi obligación.

«Y yo», quiso gritarle. Visualizó una salida, un resquicio de redención.

—¿Y si te dijera que yo también la cumplo? ¿Que tengo que conseguir caerle bien a la Reina del Hielo?

—Entonces te diría que eres como las demás —confesó con tristeza Ratón.

Volvió a intentarlo.

—Te dije que no te dejaría nunca, Ratón. Puede que desaparezca un tiempo, pero volveré a por ti.

—Guárdate para ti lo que tengas que hacer, jefa del dormitorio.

«Pagado. Con gratitud.»

—Gracias, Mauser, puedes irte. —Cerró su corazón y metió lentamente a Ratón y esa conversación en la caja de los horrores.

—Deberías tener cuidado, Haller. Crees que todo esto es maravilloso, pero cuando te des cuenta de que no lo es, será demasiado tarde.

Hizo caso omiso a esa advertencia. Se sintió más sola de lo que había estado nunca.

Su madre había cerrado la habitación por dentro. Sarah no conseguía abrir un cerrojo que no podía manipular y debía de haber algo detrás de la puerta, porque no se movía ni un centímetro por más que la golpeaba. Había intentado entrar por la ventana, la pared exterior era lisa. En cualquier caso, la ventana habría sido demasiado pequeña incluso para una niña escuálida.

Sabía que su madre estaba viva porque la oía gritar. Llevaban así cuatro días. Al principio le había suplicado que la abriera y le había rogado que le dijera qué estaba pasando, sin dejar de llorar por la frustración. Después, poco a poco, se había apartado y se había preparado para lo peor. Había dormido en el tejado para no oír el ruido.

Sin embargo, aquella mañana había entrado por la ventana

de la cocina y le había sorprendido el silencio que reinaba. El dormitorio estaba vacío. Cerró la puerta para evitar el hedor. Comprobó el baño y el salón cada vez más asustada.

Salió corriendo por la puerta y en el rellano vio que alguien subía por las escaleras.

—*Mutti*, ¿dónde…?

Su madre, su verdadera madre estaba en el último escalón. Los amplios y enrojecidos ojos, la pálida piel llena de hoyitos y los dientes amarillentos habían desaparecido. Tenía una cara perfecta y llevaba un sombrero con plumas y su mejor abrigo de piel, un abrigo que ella habría vendido para comprar comida mucho antes, de haber sabido que su madre lo conservaba. No era una representación perfecta, sino como la luz del sol en una fría mañana de primavera. Un indicio de que llegarían tiempos mejores.

—Sarahchen, tenemos que irnos. Mete en el coche todo lo que quieras llevarte.

Se quedó con la boca abierta y tardó en recobrar la compostura.

—Ya no tenemos coche, *Mutti*.

—El Mercedes está esperando fuera —aseguró moviendo ligeramente los hombros.

—¿Cómo lo has conseguido? —No le gustaba que la desconcertara. Entonces su madre esbozó una ladina sonrisa y lo entendió—. *Mutti*, ¿has robado nuestro coche?

—No se llevaron las llaves. Supongo que querían que lo utilizara. Date prisa, tenemos que llegar a Friedrichshafen y nos queda un largo camino por delante. He enviado un mensaje a tu padre para que se reúna con nosotras en Suiza.

En sus ojos había una luz que había estado ausente durante… ¿meses? ¿Años? Había empezado a sospechar que solo brillaba en su imaginación y que siempre había sido una mujer colérica, hedionda y con los ojos inyectados en sangre. Y sin embargo, allí estaba. Sabía que su padre no había contestado y

253

que no estaría esperándolas, después de tantos años de silencio. Hacía mucho que ya no le preocupaba…, pero quizá lo que creyera su madre en ese momento no importaba realmente.

—¿Y nuestra documentación? ¿Tenemos visado? ¿Cómo…?

—Calla, calla, no te preocupes por eso.

Su madre abrió los brazos y Sarah se enterró en ellos. El olor a whisky y vómito había desaparecido, oculto por el de jabón, perfume y bolas de naftalina.

—¿No necesitamos un visado? ¿Documentación sin marcas? ¿Dinero?

—Calla.

—¿En un coche robado?

—Calla.

—Pero…

—Calla.

26

23 de diciembre de 1939

*E*l coche de Schäfer era suntuoso. Su brillo centelleó con un rayo de sol invernal para anunciar su llegada. Entrar en él era como subir los peldaños de un templo. Olía a limpio y a piel encerada, y los asientos estaban cubiertos con gruesas y suaves mantas, a pesar de que era cálido, cálido en una forma que había olvidado, cálido como el cacao, cálido como estar cerca de la lumbre.

El conductor llevaba el uniforme de las SS.

Elsa tenía caramelos. Intensos y ácidos destellos de sabor, una pequeña explosión de polvos picapica demasiado exquisita como para experimentarla sin sonreír.

En el asiento delantero del pasajero había una ametralladora.

En la parte trasera había libros con bonitas cubiertas que proponían formidables historias de piratas y magos, aventura tras aventura. Durante semanas solo había visto letras negras y hechos cuestionables, pero en aquellas ilustraciones aparecían niños de mejillas sonrosadas, bestias temibles, islas de valientes caballeros, viajes y princesas.

Entre ellos destacaba *La seta venenosa*, una advertencia a los niños sobre los peligros de los judíos, los hongos ponzoñosos del bosque ario.

Elsa hablaba de banquetes y vestidos de terciopelo, de caballos y fiestas en una interminable crónica de divertidas escapadas y deliciosos placeres. No le hizo ninguna pregunta. Aquello le convenía, pues empezó a pensar que algo no iba bien. A diferencia de Ratón, que podía soltar un largo monólogo sin sentido solo para rellenar el silencio, pero se callaba cuando hablaba otra persona, la conversación de Elsa colmaba el ambiente de tal manera que nadie más podía intervenir. Sus frases y anécdotas eran tan amenas que, en comparación, las palabras de otra persona parecían insípidas e inútiles. Se sintió abrumada, sujeta por la misma mano que evitaba que se involucrara. Se preguntó si hablaban así los niños felices y normales. Era extraño y misterioso, como escuchar a su madre.

Apartó ese pensamiento y se arriesgó a hacer una pregunta cuando Elsa paró un segundo para respirar.

—¿Qué hace tu padre?

Le cambió la cara. Fue como si una nube hubiera ocultado el sol.

—Es científico. Hace experimentos. Es muy aburrido —contestó mirando por la ventana los setos que iban dejando atrás.

—¿Y tu madre? ¿Cómo es? —continuó Sarah.

—A mi madre se la llevaron hace cuatro años.

«*Dumme Schlampe.*»

—Qué pena. Lo siento.

—No lo sientas. Era una zorra débil y cobarde. —Dio la impresión de que aquellas palabras iban a hacer un agujero en la carrocería y caer a la carretera.

—Mi madre está en un psiquiátrico —apuntó Sarah.

Dejó que aquellas palabras hicieran poso y miró el campo que iban atravesando. Notó que unos cálidos dedos se entrelazaban con los suyos en el asiento. Mientras que los dedos de Ratón eran callosos y estropeados, los de Elsa eran suaves y tersos como un pasamanos encerado. Elsa acercó la otra mano y le tocó la mejilla.

—Lo siento —dijo pasándole un dedo por las trenzas—. Lo siento mucho.

No supo qué decir. La impenetrable cara de Elsa adoptó una expresión maliciosa cuando se recostó en el asiento y le apretó la mano.

—¿Te gustan los chicos?

—Todavía no he pensado en ellos. —Se sintió aliviada por el cambio de conversación, pero no tenía nada que aportar en esa cuestión. Sabía vagamente que para las personas mayores era un tema que propiciaba un frenético entusiasmo, pero su madre nunca le había hablado de ello y los libros que había leído eludían dar detalles.

—Tienes que pensar en ellos a todas horas. Los guardias de mi padre son tan guapos, fuertes y burdos que hacen que sienta cosquillas dentro de mí. —Se echó a reír y Sarah se unió a sus risas. A pesar de lo que fuese, su entusiasmo era contagioso. Después se inclinó hacia delante y le dio un empujoncito al conductor—. Tú no, Kurt. Tú eres un viejo arrugado. —Volvió a reírse y Sarah se fijó en que el hombre que conducía enderezaba los hombros. Ahogó el deseo de gemir y soltar la risa más coqueta de su madre, la que parecía una caja de música que sonaba demasiado rápido.

257

La carretera a la casa de campo se convirtió en un serpenteante camino. Atravesaron el pueblo y el conductor hizo sonar el claxon para que los vecinos se apartaran. Sarah buscó la cervecería entre los edificios y con el rabillo del ojo vio el sucio cartel de la pensión en una descascarillada fachada roja. Imaginó al capitán sentado en un raído colchón, debilitado y esperando. «De momento, todo bien», pensó, aunque Elsa estaba haciendo el trabajo más duro. Quizá todo sería igual de fácil...

Empezó a planificar su huida desde aquel punto.

El siguiente obstáculo era el muro de la casa, la enorme

extensión de piedra, coronada por alambre de espino y hostiles almenas, un monstruo dispuesto a tragársela.

Esperó que el otro lado fuera menos intimidatorio y que un muro diseñado para que no entrara nadie fuera incapaz de mantenerla dentro.

Llegaron a la entrada y sintió un miedo que le resultó familiar. Se veían inmaculados uniformes negros y plateados, pero los que más le preocupaban eran los soldados con traje de camuflaje. Carecían de la pomposidad y arrogancia de los oficiales. Parecía inconcebible que uno de ellos descubriera lo que era una sucia judía, un cuco en el nido. Los imaginó señalándola con el dedo y gritando. Meterse voluntariamente en aquel lugar era como un roedor entrando en la boca de una serpiente.

«¡Corre! ¡Huye! Sal mientras puedas.»

Se frotó la frente para ocultar la expresión de su cara y después pensó que en realidad no era muy diferente de Rothenstadt. Esos soldados no eran más fanáticos que la Reina del Hielo y esta la había aceptado como una de las suyas.

Después del primer control el coche siguió el serpenteante camino de bloques de cemento hasta la verja. Elsa siguió hablando e indicó los más guapos, los que tenían la cara más inocente, otra de las cosas que no entendió.

Finalmente el coche llegó a una amplia extensión de terreno bien cuidado. El muro desaparecía a ambos lados y el camino se hacía pequeño a lo lejos sin que siquiera la casa estuviera a la vista. El tamaño la impresionó. Vio vallas, prados y animales, pero ningún sitio para esconderse o ponerse a cubierto. Había perros patrullando por todas partes.

Oyó cómo se cerraba la barricada detrás de ella.

«Ahora ya estás dentro, *dumme Schlampe*.»

Tal como lo había ensayado, monstruitos de vacaciones.

—Mira, Haller, ese es mi caballo —gritó Elsa dándole una palmada en la espalda. Bajó una ventanilla—. ¡Anneliese! *Mutti* está en casa.

—Es… preciosa —dijo Sarah. No tenía ni idea de la terminología adecuada.

—Lo es, espera a que la veas de cerca. Creía que la había perdido…

—¿Por qué ibas a perderla?

—Ya sabes, no puedo quedármela a menos que sea buena.

Conseguía que la palabra «buena» sonara como un castigo. Aquello era un disparate.

No entendía muy bien a las otras niñas, sus expresiones, su carácter. Había estado aislada por decisión de su madre y después por el pueblo alemán. En tiempos, el contacto con sus iguales le había parecido un lujo extraño y después una experiencia cada vez más incómoda, hasta acabar por no ver a nadie. Unas pocas semanas con Elsa no habían sido suficientes para conocerla.

«Querida, no basta con aprenderte el papel. Tienes que escuchar a los otros, alimentarte con lo que dicen, percibir el sentido de lo que no dicen. Esa es la forma de actuar.»

«No me relaciono con gente, ya te lo dije.»

«La gente es muy simple. Tienen deseos. Algunos los esconden y otros no. Hacen daño. Algunos lo esconden y otros no.»

—¿Y has sido buena? —preguntó en broma, pero se dio cuenta de lo torpes que habían sido sus palabras.

Elsa la miró. Vergüenza. Compasión. Asco.

—Sí, claro.

La casa se alzaba en lo alto de una colina. Era enorme, más grande que Rothenstadt, más que muchos edificios gubernamentales de Berlín. Le sorprendió que una sola familia pudiera vivir con semejante opulencia. El bloque central era de estilo clásico y la entrada estaba flanqueada por columnas y un pórtico, con grandes escalones que llevaban a una puerta doble. Se habían añadido alas a ambos lados en un estilo más agresivo y moderno, y en los extremos, las necesidades utilitarias habían suprimido el arte y habían aportado carboneras de hormigón y casetas metálicas. Detrás, un elaborado invernadero casi empequeñecía la casa.

Como siempre, seguía llamándole la atención que se hablara de un pueblo, un líder y una nación, cuando era evidente que existía otra Alemania más privilegiada.

Un criado con guantes blancos abrió la puerta del coche antes de que tuviera tiempo de accionar la manilla. Le ofreció una mano para ayudarla a salir. La gravilla en la que aterrizó tenía profundidad, cedía bajo los pies. «Gruesa —pensó—. Cara.» Otro criado contestaba en voz baja las preguntas de Elsa y otros se ocuparon del equipaje. Aquella imponente casa le recordó el colegio, con su cara de animal salvaje, con la diferencia de que aquel edificio estaba impoluto, pulido y cuidado. Era un depredador de una especie superior.

—Entra, Haller, te enseñaré la casa —gritó Elsa, que ya había empezado a subir los escalones dando saltitos.

El recibidor era un palacio de mármol. Al fondo se elevaban dos enormes escaleras engalanadas con un pasamanos metálico negro decorado con un intrincado dibujo de flores y espirales. Un retrato de tamaño natural del Führer dominaba el recibidor y debajo de él estaba Hans Schäfer encendiendo una pipa. Se le iluminó la cara al verlas, parecía de buen humor. No recordaba en nada a los malvados científicos de las películas. Si acaso, fue ella la que se sintió como una depredadora que había llegado a esa casa con un motivo oculto.

—Querida, bienvenida a casa —saludó con voz dulce y agradable.

—Padre —contestó Elsa ceremoniosamente haciendo una reverencia. Hans se inclinó, la rodeó con los brazos y le dio un beso en la mejilla.

—¿Y a quién tenemos aquí? —preguntó enderezándose con las manos en jarras y la pipa en la boca.

—Es Ursula Haller —la presentó con orgullo—. De tercer curso, jefa de dormitorio y ganadora de la carrera del río.

—¿Tercer curso? ¿Ganadora? ¡Dios mío! —repitió entusiasmado.

—*Heil* Hitler —lo saludó.

—Aquí no nos andamos con ceremonias, Ursula. El Führer sabe que cuenta con nuestro apoyo. Además, acaba siendo muy aburrido: *Heil, Heil, Heil*, Hitler, Hitler, Hitler, *Sieg Heil, Sieg Heil...* —saludó una y otra vez con tono burlón.

Las chicas se echaron a reír. Iba a ser mucho más fácil de lo que había pensado.

—Lo habéis hecho muy bien.

—Gracias —respondieron Elsa y Sarah al unísono.

—La cena es a las ocho. Poneos elegantes, por favor. Tenéis una sorpresa para cada una en tu dormitorio, Elsa.

Elsa aplaudió y después de hacer una reverencia corrió escaleras arriba. Schäfer sonrió a Sarah e indicó con la cabeza hacia su hija. «Ve», quería decir. Sarah esbozó una auténtica sonrisa de alegría que se desbordó en su cara y consiguió que le dolieran las mejillas. Le pareció extraño. Subió corriendo las escaleras detrás de Elsa.

261

Las alfombras eran gruesas. Los pomos de las puertas dorados. Los marcos de los cuadros estaban limpios de polvo y brillaban. La luz resplandecía en las arañas de cristal con un millón de arcos iris. Persiguió a Elsa por las escaleras, el pasillo, doblando esquinas y finalmente a través de una puerta que daba a una habitación del tamaño de su apartamento en Viena. Estar allí con permiso y disfrutar de ese lujo avivó los largo tiempo aletargados recuerdos de su pasado. Era embriagador.

Encima de la cama con dosel había dos grandes cajas blancas.

—Vamos a abrirlas a la vez —propuso Elsa—. Esta es la tuya. ¿Lista? Tres, dos, uno, ¡ya!

La caja parecía succionar la tapa hacia abajo y tuvo que meter las uñas en el borde para levantarla. Encontró un nido de papel de seda y quitó la primera capa.

Dentro había algo que parecía un rollo de seda verde oscuro que hacía frufú. Era un vestido de fiesta, una suave, atrevida y espléndida creación que evidenciaba lujo y derroche. Parecía tener material suficiente como para confeccionar varios vestidos normales, aunque la tela de seda era ligera, casi flotaba. Era algo que llevaría puesto una estrella de cine estadounidense.

No sabía nada de moda, pero lo que tenía en las manos era una obra de arte. Se sintió demasiado sucia como para tocarlo, pero el vestido tenía capacidad para cambiar esa sensación.

—¿Me quedará bien? —preguntó.

—Por supuesto, lo han hecho para ti. —Elsa sujetaba contra su pecho un vestido idéntico—. Seremos gemelas.

Miró a la criatura más alta y más femenina que había a su lado.

—Seguro que me tiro algo encima. No puedo ponérmelo.

—Tira lo que quieras en él. Tíralo todo. No importa. Es tuyo para que hagas lo que quieras con él.

—No puedo aceptarlo. —Esa educada frase pertenecía a otra vida, cuando se podían rechazar las cosas.

—También hay zapatos —le indicó—. ¿No hacíais fiestas en España? Ven, te enseñaré todo esto antes de la cena.

Cuando se acercaban a los establos se fijó en que el invernadero y las carboneras no estaban incluidos en la visita.

—¿Qué hay ahí? —preguntó indicando en esa dirección.

—Cosas de mi padre —contestó sin dar importancia al asunto. Después añadió—: Mi madre estaba obsesionada con los invernaderos. Ahora todo está muerto.

Esperó un respetuoso momento. Estaba claro que esa era la parte de la casa que tenía que investigar. Quizá no tendría otra ocasión de mencionar el tema.

—¿Por qué hay tantos guardias? ¿Qué están protegiendo?

—No lo sé. Lo que haya ahí dentro, imagino.

No lograba entender el desinterés de Elsa.

—¿No sientes curiosidad?

—Me da exactamente igual, Haller —gruñó.

Caminó a su lado en silencio.

—Lo siento —se disculpó finalmente.

Al cabo de un rato Elsa volvió a hablar.

—¡Mira, ahí está! ¡Mi niña! —exclamó echándose a correr hacia las puertas de un establo. Un caballerizo estaba metiendo a una yegua de color negro azabache. La yegua se volvió al oír los pasos de Elsa y al verla soltó un potente relincho, alzó las patas y se negó a entrar—. ¡Aquí estás! —dijo hundiendo la cara en el cuello del animal. La yegua movió la cabeza y resopló—. Mira, Haller, esto es un caballo de verdad —dijo sonriendo, y en esa ocasión sus ojos también sonrieron

263

—Señorita, tiene que descansar —la interrumpió el mozo con un marcado acento rural.

—Por supuesto. Mañana, cariño, mañana —aceptó soltando el morro y dándole un suave empujoncito. La yegua se movió como si hubiera recibido una orden y la luz desapareció de la cara de Elsa.

—Es muy bonita —dijo Sarah al no encontrar una palabra más adecuada.

—Es mucho más que bonita. —Elsa se volvió hacia Sarah—. Yo soy bonita. Bonito no quiere decir nada.

Se fue dando grandes zancadas hacia la casa y dejó a Sarah sola en la creciente penumbra.

—Este vestido no tiene espalda —protestó Sarah mirándose en un espejo.

—¿Te preocupan las marcas de la vara? Apenas se ven.

Además, son como las cicatrices de un duelo. Deberías estar orgullosa.

—No, al vestido le falta una pieza.

—Es así, tonta. Pareces Carole Lombard.

—Parece que estoy medio desnuda. —Frunció el entrecejo. La ceñida cintura y la tela extra en el cuello vuelto la hacían parecer mayor. Parecía que la habían pintado con luz verde y cada ligera curva tenía un pequeño halo de estrellas plateadas. De pronto lo entendió: lo que estaba viendo era más que la suma de las partes, era algo atractivo. No supo qué hacer con aquel descubrimiento, así que se quedó atrapado en su estómago y revoloteó como una polilla encerrada.

Mientras se miraba, Elsa le alborotó el pelo, lo envolvió, onduló, hizo trenzas y peinó. Lo dejó refinado, luminoso. Era idéntico al de Elsa. Se colocaron la una al lado de la otra con los vestidos iguales, como dos muñecas rusas.

Elsa tatareó.

—No está mal —dijo suspirando.

27

—¡*E*stáis preciosas las dos!

Hans Schäfer estaba en un extremo de la mesa vestido de esmoquin y en el centro había todo un despliegue de cubiertos y vajilla. Al principio pensó que habían estado limpiándolo, como hacía a menudo con la sirvienta cuando era pequeña. Después cayó en la cuenta de que se suponía que iban a utilizarlo todo. Vio tres sillas, así que no habría otros invitados.

El comedor hacía juego con el resto de la casa. Era casi tan grande como el vestíbulo de Rothenstadt, con un techo tan alto que no podía mirarse sin que doliera el cuello. Las paredes estaban llenas de retratos de parientes con expresión adusta junto a sus caballos.

Unos lacayos las acompañaron a los asientos.

Se sintió desprotegida. El vestido le parecía demasiado fino, demasiado ajustado. En ese momento, lejos de su doble, le pareció estar desnuda con tan poca ropa encima. Se sintió estudiada, observada.

El profesor Schäfer apartó la silla para que se sentara y después hizo lo mismo con la de su hija.

—Tienes un aspecto fenomenal. Imagino que debe de ser un alivio poder librarse de esos uniformes.

—Sí, padre.

—Hay muchas razones para que todas vistamos igual —intervino Sarah.

«¡Calla, *dumme Schlampe*!»

—¿Por qué dices eso, Ursula? —preguntó el profesor.

—Somos un pueblo, seamos ricos o pobres. —Notó algo extraño en la actitud de Schäfer o en la que debería mostrar.

—Eres una excelente nacionalsocialista. Me alegro. Pero aquí, bueno, este es un lugar de aprendizaje y de ciencia, muy útil al Reich, así que también tenemos derecho a disfrutar de los frutos y recompensas de nuestro trabajo —pontificó—. Es justo, ¿no crees?

Pensó que estaba siendo una hipócrita, pero no dijo nada.

Elsa cambió de tema de conversación.

—El padre de Ursula luchó en España en la Legión Cóndor.

—Entonces también mereces una recompensa —dijo entusiasmado—. ¿Voló también a Polonia?

—Siento tener que decir que lo mataron en España —apuntó Sarah en voz baja.

«Toma esa.»

La cara del profesor cambió inmediatamente y mostró primero culpa y después lástima. Estiró una mano para coger una de las de Sarah. Era cálida y olía a buen jabón con un toque de almizclada loción para después del afeitado.

—Lo siento, pequeña. —Parecía afligido—. Eres demasiado joven para que te haya ocurrido algo así.

«Juegas con ventaja. Aprovéchala. Llora. Llora ahora.»

—¿Acaso no es un digno sacrificio por el Reich? —dijo Sarah dejando que la voz se le quebrara ligeramente.

—Nadie tan dulce debería sufrir. —El profesor puso una voz suave y reconfortante. Ningún adulto se había mostrado tan bondadoso con ella en muchos años.

Sarah esbozó una sonrisa valiente. El profesor le dio un golpecito en la mano y la soltó. Entró en el pozo de su verdadera soledad y pena, recorrió sus oscuras profundidades y frías elevaciones, y permitió que la inesperada calidez que había sentido la condujera a un destino más brillante y menos sombrío dentro de su sufrimiento.

Miró a Elsa. Vergüenza. Compasión. Asco.

—Bueno, Dios creó el vino para la tristeza. —El profesor hizo un gesto a uno de los lacayos—. El Führer no bebe, pero me he enterado de que posee una excelente bodega para sus huéspedes —presumió antes de sonreírle con indulgencia—. Así que esto lleva el sello de aprobación de la máxima autoridad, *Fräulein*.

—¿No soy demasiado joven para beber vino? —preguntó frunciendo el entrecejo.

—Tonterías. En París los niños toman vino todos los días.

—¿No son unos degenerados los franceses?

El profesor dio un golpecito en la mesa y se echó a reír.

—No en lo relativo al vino —contestó mientras ordenaba al lacayo que llenara la copa de Sarah.

Elsa tomó un largo trago y le hizo un gesto a Sarah, que se llevó la copa a los labios. El frío vino había formado un ligero vaho en el borde y no olía en absoluto a fruta. De hecho le recordó el aliento de su madre. Se sobrepuso y finalmente tomó un sorbo.

La acidez consiguió que se le hundieran las mejillas. Le dolieron los dientes y su garganta protestó, pero en la lengua sintió un atisbo de algo más dulce y menos agresivo.

Elsa se rio.

—Ya te acostumbrarás.

El dolor en las mejillas amainó, pero no desapareció. Se convirtió en algo extrañamente agradable y notó una cálida sensación en el pecho.

La cena fue un banquete en el que los platos no dejaban de entrar en el comedor, llevados por un continuo desfile de criados. Sirvieron rábanos, mostaza, distintos panes y salchichas, y le volvieron a llenar el vaso. La verdura estaba crujiente y exquisita en el interior. Las carnes eran jugosas y sabrosas. Después hubo arenques marinados fritos antes de que se cambiara de vino y escanciaran uno de color rojizo oscuro que olía a

267

fuego de leña y especias. También se sirvió una espesa y fuerte sopa de jabalí, potente y cálida como un abrazo. Sarah vació su copa, pero volvieron a llenársela cuando llegó el venado Sauerbraten, con patatas tan cremosas que se deshacían en la boca.

No podía recordar haber estado tan saciada. Hans Schäfer le hizo una incesante serie de preguntas y se interesó por todas sus respuestas. A pesar de estar constantemente adivinando qué pensaría Ursula Haller, aquella atención le resultó gratificante, atractiva. Se preguntó si sería eso lo que sentían los niños normales que vivían en un mundo atento y curioso.

Elsa estuvo inusualmente callada durante toda la cena.

—¿Conoce al Führer? —preguntó fascinada.

—Sí, lo he visto muchas veces —contestó entusiasmado Schäfer.

—¿Y cómo es? En persona, me refiero.

—Es un hombre amable y atento, excelente con los niños. Pero también es apasionado y le gusta hablar, incluso en mitad de una película. —Se apoyó en un codo como si fuera a revelarle un gran secreto—. He visto una película de Gary Cooper con él varias veces y estuvo hablando sin parar. Todavía no sé cómo acaba.

Se echó a reír y Sarah soltó una risita. Esa historia no era muy divertida, pero tenía que reírse como si cualquier cosa que dijera fuera hilarante. Todo parecía más brillante, sabía mejor. Incluso el creciente cejo de Elsa parecía cada vez más divertido.

—¿Qué hace para el Reich? —preguntó adoptando una voz teatralmente seria. «Una pregunta clave.»

—Hago un trabajo muy importante.

—Aburrido —intervino Elsa.

—No, de verdad. ¿Qué hace exactamente? —«Preguntas secretas.»

—No sé si lo entenderás.

—Inténtelo. Soy muy lista, una niña muy inteligente. No, espere, es un secreto, chss.

Hans Schäfer sonrió indulgentemente. Su cara había dejado de tener sentido.

—Estudio física nuclear —explicó con engreimiento.

—Ah, sé lo que es eso. Es… Es… —«Amnesia»—. ¿Qué es?

—Todo está compuesto por pequeños átomos y cada uno de esos átomos está compuesto por partículas más pequeñas. Puede conseguirse que cambien o cambien de átomos, y obtener grandes resultados.

—Mi tío lo mencionó en una ocasión. —«Cuidado»—. Lo había leído en una de esas aburridas revistas que recibe. Una que parece un libro sin tapas.

—¿Qué hace tu tío?

«Sí, ¿qué hace tu tío?»

—Fabrica equipos inalámbricos, todo el mundo tiene una de sus radios. Pero dice que hay que conocer los últimos descubrimientos que podríamos utilizar para… ya sabe, ganar.

—Es un hombre muy inteligente.

«¿Qué le estabas preguntando? Era algo muy importante».

—¿Y cuáles son esos efectos? ¿Y por qué deberían importarle a nadie?

«¡Calla, *dumme Schlampe*!»

«Cállate tú.»

«No estás pensando con claridad.»

—Es algo que cambiará el mundo. —De repente se puso muy serio. Sus pensamientos eran como gatos, que se alejaban de ella cada vez que se agachaba para agarrarlos.

—¡Guau! Eso suena fantástico. Els…sa, has dicho que lo que hacía era aburrido.

—Y lo es. Se pasa las noches con esas máquinas enormes haciendo cantidades insignificantes de algo que ni siquiera se puede tocar porque te pondrías enferma —despotricó—. Una estupidez.

—¡Vaya! No creo que mi hija vaya a ser científica —lamentó con voz afligida.

269

—Lo único que nos han enseñado es a odiar a los judíos y a tener hijos. No creo que ninguna de nosotras vaya a ser científica —se quejó Sarah.

—Bueno, en eso diferimos el Führer y yo. Me encantaría que Elsa me entendiera… —Su voz mostraba una tristeza que le partió el corazón.

—Pero tú sí que quieres entender a tu padre, ¿verdad Elsa? El ceño de Elsa se volvió más profundo.

—No estoy segura de querer entenderlo de verdad algún día.

Sarah pasó la vista de la enfurecida Elsa a su impasible padre.

¿Por qué diría algo así? Quiso solucionar esa situación, hacerla feliz.

«No sigas hablando.»

—Bueno, si me lo cuenta, quizá pueda explicárselo a Elsa.

—Descuida, te lo contará. No te preocupes.

«Venenosa. Está muy enfadada con alguien.»

Se sintió confusa. Todo se había iluminado, pero parecía estar al otro lado de un trozo de cristal curvado. Le costaba pensar, como si tuviera fiebre. Le picaba la espalda y empezó a frotarse contra el respaldo de la silla.

—No discutamos. Mirad, aquí llega el postre —anunció el profesor Schäfer.

Llevaron la mayor tarta del bosque negro que hubiera visto en la vida. Ocupaba una enorme bandeja, la pared de crema escarchada parecía una montaña alpina y las cerezas eran del tamaño de bolas de billar.

«Hambre, algo dulce.»

—Mira, Elsa. Seguro que la crema no está rancia ni las cerezas podridas.

—¿La probaste? Es uno de los errores que se comete en primer curso. —Parecía feliz otra vez. «Bien.»

La tarta era tan esponjosa como prometía su aspecto, con

fruta ácida y dulce a la vez, y espesa crema. Cuando acabó su trozo miró hacia abajo y vio un notorio abultamiento bajo el vestido de seda, en el que, por supuesto, había caído comida. Se lo enseñó a Elsa.

—Te lo dije. Así pues, *Herr*, profesor, doctor… Schäfer. ¿Me enseñará su experimento… laboratorio?

—Me temo que es un tema secreto. —«¡No! Voz seria.»

—Eso no es justo. Elsa lo ha visto. Yo también quiero verlo. —Dejó que su voz adquiriera un tono enfurruñado. Estaba disfrutando mucho.

—Esta noche no.

—Ah, eso quiere decir que no lo hará nunca —dijo dejándose caer en la silla. La espalda empezaba a dolerle.

—Creo que deberías llevarla, padre. Sola, por supuesto, a mí me parece muy aburrido.

El profesor observó a su hija unos segundos y tomó una decisión.

271

—Muy bien, pero antes, más vino —propuso dando una palmada.

Sintió que el suelo se movía como la cubierta de un barco. El profesor Schäfer intentó conducirla.

—Deje de empujarme, profesor —pidió riéndose.

Aquella parte del edificio era lúgubre, con brillantes puntos de luz a lo largo del camino. Cuando llegaron a uno de ellos el profesor la detuvo.

—¿Qué te ha pasado en la espalda? —Parecía impresionado. La sujetó por los hombros y examinó las marcas a la luz de la lámpara.

—No dejé que una de las profesoras de Rothenstadt golpeara a una estudiante débil y me pegó a mí en vez de a ella —explicó solemnemente. «Soy una heroína, una Werwolf. ¡Chitón!»

—Es una brutalidad —lo condenó pasándole un dedo por la espalda.

—Es el colegio al que envió a su hija. No me diga que no lo sabía.

—No tenía ni idea. —El dedo llegó a la parte baja de la espalda.

Se dio la vuelta y al ponerse frente a él casi pierde el equilibrio.

—Bueno, estamos muy contentas de su ignorancia, profesor. —Algo la había enfadado mucho y no consiguió serenarse—. Usted y el resto de nazis satisfechos de ver cómo matan de hambre, golpean e insultan a sus hijas. Muchas gracias.

—Hablas del partido como si no formaras parte de él —comentó Schäfer con un tono de voz muy diferente.

Sospecha, descubierta, capturada. «Arréglalo, *dumme Schlampe.*»

—Ya sabe, solo soy una niña. Me da igual que nuestro sufrimiento engrandezca a Alemania o no. Sé que debería preocuparme, pero…

—No pasa nada —la tranquilizó pasándole una mano por el pelo.

—Tenga cuidado o lo estropeará. —El peligro había pasado—. Elsa estuvo horas peinándome.

—Lo sé, es igual que el suyo, hace unos años —dijo en voz tan baja que casi no lo oyó.

—Venga —le animó echando a correr por el pasillo—. Quiero ver todos los experimentos. Dígame lo que hace. Esta vez con todo tipo de detalles.

«Cuidado.»

«¿Por qué? Lo estoy haciendo bien.»

«Algo…»

El profesor la alcanzó cuando llegó a una gruesa puerta metálica con un cartel que rezaba: «Zona restringida».

Sarah casi se había dado de bruces contra un guardia que

estaba sentado en un taburete junto a ella. Al ver al profesor se puso de pie y lo saludó.

—Buenas noches, Max, y Feliz Navidad —dijo Schäfer devolviéndole el saludo.

—Feliz Navidad, señor —contestó el soldado en tono respetuoso y cauteloso.

El profesor sacó tres llaves y abrió tres cerraduras, arriba, en medio y abajo.

—¿Tienes vacaciones mañana como todos los demás?

—Sí, señor, aunque el perímetro seguirá vigilado.

—Saluda a tu familia de mi parte.

—Gracias, señor.

Sarah se estaba aburriendo y empezó a apoyarse en un pie y después en otro. Quizá necesitaba ir al servicio. El profesor accionó la enorme manivela y abrió la puerta.

—Señor, ¿va a dejar entrar a la niña con usted?

—Sí —contestó con brusquedad.

El soldado se inquietó.

—Sí, señor.

—Vuelve a los barracones.

—Sí, señor.

«Venga, date prisa.»

Saludó y desapareció por el pasillo. El profesor se volvió hacia ella.

—Muy bien, *Fräulein* Haller. ¿Querías ver lo que es la ciencia? Entra en mi oficina.

Estaba totalmente oscuro. Creyó que habían salido fuera, pero aquel lugar estaba caliente, como en una noche de verano. A juzgar por el eco que producían sus pasos en la escalera metálica, debía de ser enorme. Los recibió un tropel de distintos ruidos de máquinas.

—Existe un elemento llamado uranio —empezó a decir el

profesor—. Es muy común y se puede extraer de cualquier sitio en las colonias. Si se golpea con un neutrón a gran velocidad, uno de los átomos se divide.

Tenía una voz suave y cálida. Dejó que aquellas familiares palabras la inundaran y pensó en el capitán y «las partes, generan, se dividen». «Estaría tan orgulloso de mí», pensó. Se inclinó hacia el profesor para apoyarse en él.

—Con eso se consiguen tres nuevos elementos, tres nuevos neutrones y una explosión de calor y luz. Una judía del instituto quería llamarlo fisión, una palabra demasiado deslucida para describir algo tan poderoso y violento. Es como llamar aleteo a lo que hacen los cuervos de Odín cuando los suelta para dar comienzo el fin de todo.

Empezaba a serle muy difícil seguir aquella conversación. Estaba cansada. Esperaba poder acordarse de lo que le había parecido importante.

—Entonces, cada uno de esos neutrones golpea otro átomo y comienza de nuevo el proceso. Tres veces, después nueve veces, ochenta veces, la energía aumenta y aumenta…

Bajaron de las escaleras a un tosco suelo, como si hubieran entrado en el bosque. Aquello no tenía sentido.

—De hecho, lo único que se necesita es conseguir que el suficiente uranio contacte con la suficiente potencia, y esa reacción se expande como una red y todos los átomos se dividen a la vez.

—Parece una bomba —comentó. Estaba agotada. Después de conseguir llegar allí empezaba a dudar que fuera capaz de… hacer lo que tuviera que hacer.

—Exactamente, todo el mundo cree que se necesitan treinta toneladas o una cantidad igual de ridícula. —Soltó los hombros de Sarah y empezó a girar un interruptor que no logró ver—. Algunas personas, como ese farsante de Heisenberg, creen que hay que cubrirlo con carbono o agua pesada. Pero no, lo único que se necesita es el uranio adecuado.

Las luces empezaron a parpadear.

—Solo hace falta sitio…

Estaban en un invernadero enorme. Las columnas blancas que sujetaban el cristal brillaban con la tenue y pálida luz, cubiertas por tubos y cables.

—Potencia…

Todo el recinto estaba lleno de tanques de gasolina, tuberías y sonoras máquinas, con una estructura que se repetía una y otra vez a los lados de los amplios pasillos embaldosados que desaparecían a lo lejos.

—Y paciencia.

Pero lo que más le llamó la atención no fueron las enormes máquinas. En el suelo, entre los metálicos y grises armazones, alrededor de las columnas y en los rotos parterres, se veía la vegetación del invernadero, marchita, marrón y podrida.

—Todo está muerto, todas las plantas —susurró Sarah.

Entre los olores a productos químicos, grasa, aceite y ozono se notaba el espeso hedor a muerte. Empezó a sentirse mareada.

—No lo entiendes, querida —continuó muy entusiasmado—. Eso no tiene importancia. Deja que te enseñe lo que es verdaderamente importante.

La guio entre las máquinas con la mano en la cintura y le indicó sus distintas partes.

—Meto el gas de uranio en estos depósitos a través de unas membranas y los elementos útiles se separan. El secreto está en la refrigeración. He utilizado el sistema de calefacción de gas natural del invernadero para crear electricidad. Lo hago una y otra vez hasta que finalmente…

«Membrana… calefacción de gas…» Quería dejar de escucharle.

Llegaron al final de un largo pasillo lleno de artefactos. Sacó un par de guantes de goma que le llegaban hasta los codos y levantó una pequeña piedra de color plateado. Para Sarah era una piedra normal.

275

—Esto es uranio 235 puro —explicó casi susurrando—. O, como yo lo llamo, Ragnarök… el fin del mundo en el que incluso los dioses arderán.

Sarah dio un involuntario paso hacia atrás y el profesor se rio.

Estaba mareada, como si hubiera estado dando vueltas en la habitación de los niños y hubiera entrado después en la de los adultos.

«¿Por qué estoy aquí?»

«Para hacer preguntas.»

Sí, sí, pero ¿por qué me ha dejado entrar aquí?

«¿Qué quieres decir? Haz las preguntas».

—¿Fabricará una bomba con eso?

—Mucho más —contestó exaltado—. Ven conmigo. —Movió una ancha puerta metálica para enseñarle un laboratorio lleno de baldosas blancas, cemento, aparatos brillantes, esferas y tubos. En un extremo había un horno y una fresadora, pero al principio ni siquiera se fijó en ellos porque algo que dominaba la habitación la dejó helada, a pesar del calor que hacía.

Era un largo tubo metálico negro, de unos tres metros de alto y uno de ancho, combado en los extremos, aletas a los lados y una en el extremo.

Evidentemente, era una bomba.

Estaba abierta y se veía el contenido. Se acercó como lo haría con un tigre en el zoo, sin estar del todo convencida de que la puerta de la jaula estuviera cerrada.

Empezó a notar punzadas en la cabeza. Allí estaba, el objetivo de su misión. Tenía que decírselo al capitán… No, haría algo ella misma. ¿Qué estaba haciendo allí? Preguntas…

—Así que ya la ha construido. ¿Está lista?

El profesor se sentó en un banco y abrió un grueso y usado cuaderno de notas. Apuntó algo.

—Todavía no. Si se lanzara ahora, sería… ¿cómo diría la judía? Un fiasco. Apenas poco más que un potente explosivo…

pero muy pronto será el arma más formidable que haya visto jamás la tierra. Ahora solo necesita una pequeña cantidad de uranio 235. —Volvió a su lado—. Aquí un explosivo convencional lanza una bolita de uranio por el tubo, es un cañón de artillería, hasta que golpea este anillo de uranio aquí. Cuando las dos piezas están juntas, el uranio 235 desencadena una reacción en cadena y... ¡El ocaso de los dioses!

No recordaba lo que acababa de decir. Ni siquiera sabía bien cómo había llegado hasta allí. Tenía la boca llena de saliva. Se apoyó en él para no perder el equilibrio. «Preguntas.»

—¿Qué pasa cuando explota?

—¿Teóricamente? La energía atrapada en el interior, la masa de metal multiplicada por la velocidad de la luz al cuadrado, surgirá a la vez. Se producirá un resplandor tan luminoso y caliente que todo el que se encuentre a un kilómetro de la explosión simplemente desaparecerá. —Se puso de pie y levantó las manos sonriendo—. Todo lo que haya a dos kilómetros a la redonda arderá. Todas las personas que estén a menos de tres kilómetros y medio morirán instantáneamente, conforme avance la onda expansiva...

277

Empezó a temblar. «Preguntas.»

—¿Qué pasará cuando todo el mundo tenga estas bombas?

Se acercó a ella y le puso un brazo en los hombros. Sarah no quería que la tocara.

—Nadie las tiene. Ni siquiera el Reich sabe de su existencia todavía —dijo con voz tranquilizadora—. La utilizaremos para destruir a nuestros enemigos y nunca volverá a ser necesaria.

«Nuestros enemigos.» Sabía muy bien quiénes eran. Lo que era sentirse uno de ellos.

—Seguro que el primer humano que utilizó un palo dijo algo parecido —comentó sin darse cuenta.

—Eres una chica muy inusual, Ursula Haller —dijo indicando hacia su cuaderno de notas—. Acabo de añadir algo en mis registros. —Su voz sonaba como si estuviera cantando—.

Esta noche, 23 de diciembre, he encontrado algo más brillante y bonito que *my* Ragnarök.

Sarah cerró los ojos y se tambaleó.

—¿Qué?

—Tú. Eres muy inteligente y muy guapa.

Se apartó de sus brazos y un espeso, rojo y apestoso vómito salió de su boca. Siguió teniendo arcadas mucho después de haber vaciado el estómago y Elsa la llevara a su habitación.

28

*E*l techo tenía una intrincada flor cuyos pétalos se entretejían unos con otros haciendo formas concéntricas y se alejaban del centro como una marea circular. Era muy blanca y brillante, excepto por una polvorienta tela de araña que se movía impulsada por una brisa invisible.

Sarah se estiró y sintió un intenso dolor en la cabeza, seguido de unas punzantes pulsaciones, como si su cerebro llevara puesta una camisa demasiado pequeña. La luz del sol inundaba la habitación, pero la ventana brillaba demasiado para mirarla.

Estaba en algún sitio… no recordaba cómo…

La puerta se abrió de golpe y Elsa entró con una bandeja, vestida con ropa de montar.

—¡Despierta, despierta! Te traigo el desayuno y un remedio que cura todos los dolores.

Sarah abrió la boca y la sintió seca y pastosa. Olía a vómito.

—¿Vomité? —gruñó. Tosió y la boca se le llenó de un amargo sabor.

—La alta costura francesa jamás se había estropeado de forma tan exhaustiva —proclamó Elsa—. Vomitaste encima de mi padre también. Su traje era italiano, así que has ofendido a las casas de moda de nuestros aliados y de nuestros enemigos.

—¡Oh, no! No lo recuerdo. —Sintió una vergüenza que apenas logró diferenciar de las náuseas.

—Para eso beben los hombres, para olvidar. Incorpórate.

Le dolía todo como si tuviera gripe y la sensación de mareo se propagó por todo su cuerpo al moverse, aunque la cabeza era el centro de su sufrimiento y el punzante dolor que sentía en ella la consumía. Intentó recomponer los fragmentos de la noche anterior, pero había grandes vacíos y un desenlace incompleto.

Elsa ahuecó una almohada y se la puso detrás y le colocó la bandeja en el regazo.

—Tienes, en este orden, agua, zumo de frutas, una pastilla para el dolor de cabeza, leche para el estómago, salchichas fritas y café solo para darte energía. Y finalmente el mejor coñac, ahora denegado al Reich debido a la agresión francesa.

—¿Más alcohol? —preguntó ahogando una arcada.

—Por supuesto, así es como funciona la clase alta. Es un remedio casero o, como se dice vulgarmente, un «curarresacas».

280

—No me seduce en absoluto —se quejó mientras se interesaba por los distintos platos y vasos. Elsa le dio una palmadita en la cabeza y se levantó.

—Cuando acabes, date un baño, por favor. Hueles a vómito de vino tinto. Tienes ropa de montar en la silla. Todo el mundo se ha ido a celebrar la Navidad, nos han dejado la casa para nosotras solas y tengo que montar a mi niña. Ahora, tómate el coñac, por favor.

Aquel oscuro líquido olía a azúcar quemado. Contuvo el aliento y se lo tomó de un trago. Sintió que la quemaba mientras bajaba al estómago y se le saltaron las lágrimas, pero le dejó una sensación ligeramente agradable.

—¿Está enfadado tu padre? —preguntó intentando recordar.

—Lo está, pero no por la razón que crees. —Elsa arrugó la nariz y sonrió—. Fue culpa suya, así que no te preocupes. Y bien —comenzó a decir ladeando la cabeza—, ¿disfrutaste de la visita? Tengo la impresión de que no la acabaste.

—No estoy segura de si me acuerdo —«O si la entendí.»

—Entonces no la acabaste. No lo habrías olvidado.

Se quedó tumbada en el agua caliente e intentó recordar. En Rothenstadt no había podido bañarse. Había muy poca agua caliente, los baños estaban sucios y, además, la habría dejado expuesta a todo tipo de ataques. Las duchas eran más rápidas, pero sentir el agua en la cara y la boca la ponía nerviosa y a menudo sentía pánico. Era la primera vez que disfrutaba de un baño desde que había salido del apartamento del capitán. Pero no conseguía sentirse limpia. El autodesprecio se había adherido a ella como el vómito seco. No conseguía lavarlo ni librarse de él.

Recordó el invernadero… las plantas muertas, miles de plantas muertas… las máquinas que producían el tipo de uranio adecuado… ¿algo sobre mitología nórdica? La bomba. Una bomba que podía hacer desaparecer a la gente. Su imaginación rellenó los espacios vacíos con toda clase de terribles momentos que podían haber dado al traste con su misión.

¿Qué había dicho? ¿Qué había admitido?

¿Qué había dicho?

«Soy una niña muy inteligente.»

¿Había dicho eso? ¿Qué más había salido de su boca? ¿Estaba la Gestapo de camino? Mientras iba borracha hacia un laboratorio secreto, ¿había demostrado la niña ser una chica mayor, judía, espía de los británicos, incompetente, insensata y bochornosa?

El agua consiguió que se sintiera incómoda, como si no pudiera estar en ella. Se agarró a los lados de la bañera.

Había algo más, algo importante. Algo que no había tenido sentido en su momento. ¿Qué era?

¡El cuaderno de notas! Su cuaderno de notas, el grueso y usado cuaderno de notas. Contenía sus observaciones e ideas.

Pensó en la parte saboteadora de la misión. Estaba claro

que el capitán no tenía ni idea de la magnitud de lo que había encontrado. Seguro que había un millón de formas de romper ese aparato, pero, siendo realista, poco podía hacer para que desapareciera. Y tenía que desaparecer. Estaba plenamente convencida, sobre todo porque el profesor Schäfer había sido tan amable como para enseñárselo todo. Pero el cuaderno de notas... Eso sí podía hacerlo.

—¡HALLER! ¡Sal de ahí! —gritó Elsa al otro lado de la puerta.

No se veían soldados ni sirvientes por ningún sitio. Los pasillos y habitaciones estaban vacíos. Ni siquiera había humanos en los establos, por lo que los caballos se alegraron al verlas. Relincharon y resoplaron para saludarlas, mientras Elsa iba por los pesebres y les hablaba uno a uno.

—¿Quién quiere comer? Buenos días, Thor. No, tú tienes suficiente. Lo sé, es duro, pero justo. Freyr, ¡buen chico! Te daré más luego. ¡Freya! Hoy te va a montar mi amiga, así que trátala con cariño. ¿Qué tal Sigyn y pequeño Loki? Cena de Navidad para todos. Hola, mi niña, ha venido *Mutti*, sí. Yo también te he echado de menos.

Sarah la encontró en el último pesebre abrazada al morro de su yegua, que la miró como si fuera una intrusa.

—Todos tienen nombres nórdicos. ¿Por qué esta se llama Anneliese?

Elsa soltó a la yegua y fue a buscar una paca de paja.

—Toma, haz algo —le pidió, y al dejársela en los brazos casi la aplasta—. Dásela a Freyr, el pinto. ¡Venga!

—¿Significa eso moteado? —aventuró.

Elsa chasqueó la lengua mientras acarreaba otra paca hasta un pesebre. Mientras Sarah arrastraba la suya por el suelo, oyó la voz de Elsa.

—Ese nombre se lo puse yo. Era el de mi niñera.

—Eso es muy bonito. —Estaba apurada. Volvía a dolerle la cabeza y el olor a estiércol la mareaba.

—Me protegía siempre, pero mi padre la echó.

—Vaya… —No sabía cómo se colocaba la paca en el comedero, que era casi tan alto como ella. Levantó la paca y al ponerla sobresalió como una bola de helado en un cucurucho.

«¿Qué ha dicho de su padre?»

—Venga, Haller. Voy a enseñarte a montar.

—No tienes por qué hacerlo. —De haber podido elegir habría preferido tumbarse en la paja.

—Sí que lo voy a hacer. No voy a dejar que montes esa bestia sarnosa en el colegio. —Abrió otra puerta y apareció una yegua marrón muy amistosa que movía las orejas hacia ella—. Esta es Freya, no es árabe como Anneliese, pero es de confianza, segura y fiable.

Miró a la yegua. También la alimentaban y le daban cobijo a cambio de trabajo, y le sonrió. «Tenemos que estar unidas».

La yegua relinchó.

—¡Esta cosa va a matarme! —gritó Sarah.

—Es una yegua lo que va a matarte.

Las dos yeguas trotaban en el prado en perfecta sincronía. Elsa la agarró cuando se resbaló en el lomo. Odiaba no saber cosas, pero más aún que le enseñaran.

—No tires de las riendas cuando te caigas. No tires, Haller.

—Y entonces ¿cómo hago para no caerme? —protestó. Aquello era muy diferente a cualquier ejercicio de equilibrio que hubiera practicado.

—La crin, agárrate a la crin.

—Te refieres al pelo, ¿verdad?

—Se llama crin, tonta. Pelo tienen por todas partes —la instruyó al tiempo que le daba un golpe en una pierna—. ¡La puntera hacia arriba! ¡Hacia arriba!

—¿Qué importa lo que haga con los pies? —Quería un libro, no una profesora.

—Necesitas los talones para cambiar de dirección, así. —Echó el pie derecho hacia atrás y Anneliese giró hacia la derecha.

—No me sueltes —gritó cuando se inclinaba—. ¿No puedo montar en una silla?

—No, se aprenden malas costumbres y es menos cómoda.

—¿Caerse es más cómodo? —Recuperó el equilibrio, pero apretó los talones contra los costados de la yegua, que salió al galope.

—¡No pegues con los dos talones a la vez o acelerará! ¡Freya! Tranquila. —La yegua aminoró el paso.

—Si sabes hablar con estos malditos animales, dile lo que tiene que hacer.

—Yo sé y tú no sabes, así que aprende a hacerlo. Mantén el control. —Las yeguas se colocaron juntas—. Muy bien, ahora vamos al mismo paso. Puntera hacia arriba, echa el pie izquierdo hacia atrás. —Sarah se concentró en mantener la puntera hacia arriba y movió un pie por el costado del animal—. ¡Así! —gritó Elsa.

Fue hacia la izquierda, se agarró a la crin con la mano buena para mantener el equilibrio y se irguió. Notó que los músculos de los muslos empezaban a responderle, a adaptar su duramente ganado entrenamiento a esa situación. Su oído interno empezó a hacer predicciones, a proporcionarle información útil. Era solo otro tipo de aparato. «Concéntrate.»

Giró al animal para ponerse frente a Elsa.

—¿A qué te referías cuando has dicho que tu niñera te protegía?

—Ahora estás montando. ¡Mírate! —gritó Elsa.

—Pero sigo queriendo una maldita silla.

Y

Cuando volvían hacia la casa un joven soldado de las SS salió por la puerta de la cocina. Instintivamente, Sarah se apartó, pero Elsa esperó el momento oportuno y la empujó contra él. Soltó un grito y tropezaron. El soldado la sujetó y la levantó. Sarah lo miró para disculparse.

Apenas era lo suficientemente mayor para llevar uniforme, apenas era lo suficientemente mayor para su tamaño. Sarah se quedó con la boca abierta.

—¡Eres tú! —exclamó el soldado sorprendido.

Por un momento pensó en no contestarle o en negar que se conocían. Recordó su nombre.

—Hola. ¿Te llamas Stern, ¿verdad? —preguntó educada pero cordialmente.

—Sí, *Fräulein.* —Parecía confuso, pero Sarah sabía que su cerebro solo era lento, no incapaz—. ¿Es una invitada de los Schäfer?

—Evidentemente, chaval —dijo con desdén Elsa.

—Por supuesto, disculpe. Pensaba que era… —tartamudeó.

Sarah lo interrumpió. Tenía que deshacerse de Elsa. Cuanto menos supiera de esa historia, mejor. Necesitaba mentir con impunidad.

—Elsa, ¿puedes dejarnos solos un momento, por favor?

Elsa parecía sorprendida, pero después le guiñó un ojo antes de irse. Sarah vio que se quedaba cerca de la puerta de la cocina.

«¿Qué necesitaba saber el soldado para irse?»

Pensó en su madre. ¿Cómo se movía en las fiestas? ¿Cómo se comportaba con los hombres? ¿Qué habría dicho? Tenía recuerdos vagos y dolorosos, pero eran lo suficientemente nítidos.

«Desde el principio, por favor.»

—Me alegro de verte.

«Sonríe, ponle ojitos, tócate el pelo.»

—Creía que eras la hija de un granjero.

—Lo soy, pero voy al mismo colegio que Elsa.

—¿Vas a la Napola? ¿De verdad? Eso es un internado...

—Bueno, voy a casa a menudo porque está muy cerca.

—Es muy caro.

—Lo paga mi tío, tiene dinero.

—¿Cómo te llamas? —Parecía un interrogatorio.

«No le des importancia, no obedezcas. Solo es un chico tonto.»

—¿Me vas a arrestar? —preguntó riéndose. «Ahora las rodillas juntas, pon la pierna derecha hacia fuera y mueve la cabeza de un lado a otro.» Después imitó su voz—. ¿Cómo te llamas? —Se echó a reír otra vez y se llevó un dedo a los labios.

«Esto no funciona.»

«Mantén la calma.»

El soldado sonrió y relajó los hombros. Abandonó la pose militar.

—Lo siento, estaba confundido... Estos caballos son muy diferentes de tu jamelgo, ¿verdad?

«Has dado en el blanco.»

—Sí, claro. No los monto mejor. —«*Dumme Schlampe.* ¡Eres la hija de un granjero!»—. Quiero decir, nunca he sido muy buena montando a caballo, solo engancho los carros y cosas así...

—No parece que tu familia sean granjeros.

¿Era una broma? ¿La estaba interrogando? No lo sabía.

—Eso es lo que dicen, creen que soy muy rara.

—Yo no pienso eso —dijo con delicadeza.

Era un medio cumplido, pero se quedó sin aliento.

«Guapa...»

Quiso pegarle, echar a correr. Empezó a hiperventilar. Era una amenaza.

—¿Estás bien? —Extendió una mano y Sarah se apartó.

—Déjame en paz —dijo entre dientes antes de irse hacia la cocina.

El joven se quedó con los brazos en jarras, desconcertado.

—Menuda putita —dijo Elsa estupefacta cuando Sarah pasó a su lado.

—¡Calla la boca! —gritó.

Vomitó en una especie de fregadero similar a un bebedero. El vómito era amargo, lleno de bilis y salchichas masticadas. Elsa le dio una palmadita en la espalda con poco ánimo.

—Ostras, Haller, yo me siento rara cuando veo a un chico guapo, pero lo tuyo es ridículo.

—Es el alcohol —se justificó, pero no estaba verdaderamente convencida. Esa repentina y peligrosa falta de control la asustó. No saber lo que había dicho o hecho y después no entender lo que estaba sintiendo era potencialmente desastroso. Lo único que hacía falta era que hubiera utilizado su verdadero nombre o confundido su coartada para que descubrieran que era una espía, una judía; para que la Gestapo fuera en busca del capitán, que estaría tumbado en un raído colchón, herido, débil y solo.

Abrió los grifos y dejó que desaparecieran las pruebas.

—Venga, vamos a preparar algo para comer —propuso Elsa sacando paquetes de la despensa—. Tendremos que arreglárnoslas nosotras solas en Navidades, pero no hay que vestirse para cenar, lo que está muy bien.

Sarah se apartó de la fregadera y se dejó caer en una silla junto a la enorme mesa de madera mientras miraba cómo Elsa apilaba los ingredientes. Era un batiburrillo que no podía considerarse una comida como tal. Le llamó la atención un bote con pasta marrón claro parecida a la mostaza. La etiqueta estaba en inglés, pero el nombre no tenía sentido. Lo levantó para que lo viera Elsa.

—¿Qué es?

—Es buenísimo. Mi padre lo trajo de Estados Unidos en

287

su último viaje. Se llama mantequilla de cacahuete. Toma, extiéndela sobre el pan.

Sacó un poco con un cuchillo y lo untó en un panecillo. Era tan pegajosa y grumosa que la mitad se quedó en el cuchillo y gran parte del resto cayó encima de la mesa. El pan se empapó con el aceite y lo miró poco convencida.

—Lo sé, pruébalo —la animó Elsa.

Dio un mordisco. La pasta se adhirió instantáneamente al paladar y mientras cortaba el bocado con los dientes tuvo que echar la lengua hacia atrás para despegarla. Hundió las mejillas y los ojos se le abrieron desmesuradamente por el esfuerzo. Elsa, encanada de risa, se dio unas palmaditas en los muslos. Después Sarah le dio la vuelta al pan en la boca y aquel pringue le envolvió todo el paladar. Gruñó mientras aquel granuloso, dulce y extrañamente salado sabor se apoderaba de su boca. Siguió presente un buen rato, a pesar de que debería de haber desaparecido e incluso después de tragar notó un maravilloso regusto, un residuo que saborear y trozos de cacahuete que morder. Jamás había probado nada parecido.

—Es tremendo… —dijo relamiéndose, y entonces se acordó de algo—. ¿Qué hacía tu padre en Estados Unidos? Creía que todo lo que hacía era supersecreto. ¿No son el enemigo? —preguntó antes de meterse el resto del pan en la boca.

—Tiene más amigos allí que aquí. Estados Unidos está lleno de nazis. Si cabe, son mucho más fanáticos, más… traicioneros, porque fingen ser todo lo contrario. —Estaba siendo cáustica—. Les encanta darle dinero a mi padre para sus experimentos.

—¿Saben en lo que está trabajando? —Le asustaba pensar que la bomba no fuera un secreto.

—Quizá. Qué más da.

—Podría ser un problema de confidencialidad para el Reich.

—Haller, no te habrás creído toda esa historia, ¿verdad? —preguntó con desdén—. Da igual lo que hagamos o lo que nos preocupe, nada va a cambiar. Al Reich no le importamos y tampoco velará por nosotras. —Había empezado a despotricar—. Mira ese maldito colegio. A nadie le importa lo que pasa en él. Una de nosotras tuvo que pararle los pies a Langefeld. Eso es lo que vio en ti Von Scharnhorst. La Werwolf no existe para proteger al Reich, sino para protegernos a nosotras —aseguró dándose un golpecito en el pecho—. Hay que estar preparadas para que todo esto arda.

Se quedó atónita ante aquel arrebato, pero estaba demasiado cansada como para seguir con el tema y se limitó a untar mantequilla de cacahuete en el pan.

—Es decir, nadie se preocupa por ti. Por eso estás aquí.

Estaba llevándose un trozo de pan a la boca cuando asimiló aquellas palabras.

—¿Qué quieres decir con eso?

A Elsa le temblaron los labios.

—Nada. No quiero decir nada. No me hagas caso —dijo acercándose la cacerola con los restos del Sauerbraten—. Tal como dijo nuestro hombre: «La vida es muy dura para algunos, pero aún lo es más si no se es feliz ni se tiene fe».

Sarah sacó un trozo seco del asado antes de contestar con más palabras del Führer.

—El día de la felicidad individual ha pasado.

29

*E*l cuarto de estar era pequeño en comparación con el resto de la casa, pero seguía siendo palaciego. Había una gruesa alfombra y una chimenea encendida. Evocaba una imagen de intimidad, aunque se fijó en la falta de detalles. No había objetos personales, como si los Schäfer, como ella, estuvieran fingiendo.

El árbol de Navidad más grande que hubiera visto en la vida dominaba la habitación. Imponía más que los que se colocaban en las plazas de los pueblos y estaba festoneado con adornos de cristal, luces y espumillón. Inevitablemente, lo coronaba una esvástica plateada, como si algo tan alegre solo pudiera celebrarse bajo su control.

Debajo había docenas de regalos, envueltos y encintados en rojo, blanco y negro.

—La mayoría son falsos —susurró Elsa cuando entraron—. Le gusta dar esa imagen. Cuando me enteré, la Navidad no volvió a ser la misma —comentó amargamente—. Como muchas otras cosas.

Para Sarah era algo como sacado de un libro ilustrado, el maravilloso hechizo de un hada buena. Siempre había esperado las Navidades y no entendía por qué ellas no podían disfrutarlas, sobre todo porque su madre nunca celebraba ninguna otra festividad judía.

«Son terriblemente deprimentes Sarahchen, siempre el mismo sacrificio y aflicción. No te pierdes nada, cariño.»

Enfadarse por eso siempre le resultaba más fácil que hacerlo por cualquier cosa que importara.

—Pero algunos son para ti, ¿verdad? —preguntó, incapaz de poner en palabras lo primero que le había venido a la cabeza en cuanto había visto el árbol. ¿Había algo para ella?

«Niña estúpida.»

—Seguro, algo inútilmente caro, como si eso fuera lo que importara.

El profesor Schäfer apareció en la puerta y sonrió.

—Señoritas, muchas gracias por acompañarme. *Fräulein* Haller, tienes mucho mejor aspecto.

Sarah necesitaba su absolución, que la tranquilizara.

—*Herr* profesor, me gustaría disculparme por…

—En absoluto, no tienes por qué hacerlo. De vez en cuando todos nos ponemos malos. La ciencia todavía no nos ha proporcionado una panacea infalible, así que hasta entonces tendremos que sufrir el castigo de las molestias ocasionales de la naturaleza. Solo lamento que tu hermoso vestido se estropeara.

—Lo siento mucho, lo repondré. —¿Era eso realmente todo su castigo?

—Puedes hacerlo si quieres, pero el vestido era tuyo. Un regalo. No aceptaré ningún tipo de restitución.

—Eso es muy generoso por su parte. —¿Se había librado del todo?

—Quiero tomar algo —intervino Elsa.

—Por supuesto, cariño. Estoy perdiendo los modales. —Fue a una mesita auxiliar, levantó una botella y puso una cara afectadamente triste—. Por desgracia esta es la última botella de champán por algún tiempo. Los envíos desde Francia, por razones obvias, han cesado. —Empezó a quitar el corcho—. Quizá creáis que lo tenía planeado, pero no es así. Querida, ¿quieres que la abra como nuestros adversarios?

Elsa se puso de pie de un salto y dio una palmada.

—Sí, sí, por favor —pidió mientras empujaba a Sarah al centro de la habitación.

—¿Qué pasa? —gritó Sarah.

—Tenemos que atraparlo, trae buena suerte.

—¿Qué trae buena suerte?

La explosión hizo que Sarah diera un respingo y Elsa se echó hacia atrás mientras miraba hacia arriba. Sarah vio que algo negro dibujaba un arco en el blanco techo. Dio un paso hacia atrás y agarró el corcho limpiamente mientras Elsa y el profesor Schäfer aplaudían.

—Felicidades, Ursula. Este es tu premio —dijo ofreciéndole una copa de champán.

—No debería beber, me puse muy mala...

—No, por favor. Toma un poco.

Elsa fue hacia la copa, pero el profesor la retiró y se la acercó a Sarah.

—Esto... —No sabía si aquello sería repetir el error de la noche anterior o si lo insultaría al rechazarla.

—Por favor, insisto.

—Toma la maldita copa, Haller —los interrumpió Elsa.

«Acéptala, *dumme Schlampe*.»

No tenía elección.

—Muchas gracias, tomaré solo una.

El profesor le dio otra copa a su hija e hizo un brindis.

—Señoritas, ¡por el Führer!

Sarah levantó la copa y observó cómo bebían. El profesor la miró y asintió.

«Bebe.» Se llevó la copa a los labios y sintió que las burbujas le hacían cosquillas en la nariz. Estaba a salvo. Si dormía un poco y podía volver otro día al invernadero —en ese momento recordaba muchas más cosas—, conseguiría el cuaderno de notas. ¿Debería llamar al capitán? Estaría muy impresionado con sus progresos. El líquido burbujeaba en la lengua y desaparecía inmediatamente dejando un ligero regusto amargo. Lo notó en las mejillas y esbozó una involuntaria sonrisa.

El profesor sonrió también.

—Venid, vamos junto al árbol. Tenemos dátiles, naranjas, bombones y, por supuesto, regalos para las niñas buenas —propuso con voz tranquilizadora. Sarah estaba encantada. ¡Un regalo! El espionaje tendría que esperar al día siguiente.

El profesor buscó el primer regalo.

—Para mi primogénita y única hija Elsa.

Esta sujetó el paquete rojo y quitó la cinta blanca. Apartó el papel de un estuche de cuero y al abrir la tapa esbozó una medio sonrisa.

—Gracias, padre. —Separó el collar del terciopelo y se lo enseñó a Sarah. Era una cadena de plata de la que colgaba lo que solo podía ser un diamante. Sus facetas centellearon cuando lo giró a la luz de la chimenea. Sarah pensó en cuánta gente de Leopoldstadt se podría alimentar, y durante cuánto tiempo, solo con la mitad de lo que habría costado, pero después enterró ese pensamiento cuando Elsa la miró y puso cara de circunstancias. «Algo inútilmente caro, como si eso fuera lo que importara.»

293

—Y este para nuestra invitada —dijo con dulzura el profesor, mientras le entregaba una caja blanca con lazo negro.

Estaba entusiasmada. Hacía tanto tiempo que no le regalaban algo que tuvo que tomar otro trago para disimular el sonrojo.

Quitó el lazo con cuidado y metió una uña por debajo del borde del papel para desenvolverlo sin que se rompiera. Era demasiado impecable, demasiado perfecto para estropearlo. Dentro había otro estuche de cuero. No iba a regalarle lo mismo… Lo abrió.

Dentro había un collar con un diamante. No era un colgante, sino una intrincada urdimbre de piedras preciosas que casi no cabía en la caja. Cerró la tapa.

—No puedo aceptarlo. Es… demasiado.

—Claro que puedes. Nuestra buena fortuna es tuya —dijo el profesor riéndose.

Miró a Elsa. Su cara no mostraba envidia, solo la mirada de siempre: vergüenza, compasión y asco. A la vez. Las piedras debían de ser falsas. Tenían que serlo.

—Deja que te ayude… —se ofreció el profesor.

—Gracias. No sé cómo agradecérselo —dijo intentando apartarse el pelo sin darse cuenta de que lo llevaba recogido. Se rio de sí misma. Era graciosa.

El profesor le colocó la cadena y le tocó la nuca. Se sintió ligeramente nerviosa y mareada, por lo que tuvo que tomar otro trago de champán para calmar el estómago. El curarresacas. Volvió a notar el amargo regusto. ¿No se suponía que el champán era mejor que el vino? Sabía como la consulta de un médico.

—Así —dijo el profesor con orgullo—. ¿Qué te parece, Elsa?

No conseguía ver el collar por debajo del mentón y se rio al intentar apartarlo. De repente todo era muy divertido. ¡Menudo mentón tenía! Volvió a moverlo como si no formara parte de ella y soltó una risita.

Elsa profirió un enfadado bufido, le quitó la copa y arrojó el contenido al fuego. Sarah protestó con otro bufido.

«Me lo estaba bebiendo —quiso decir—. Cara dura. Quiero otra. No, otras dos.»

Intentó verse en la pulida superficie del oscuro mármol de la repisa de la chimenea, pero no pudo enfocar la vista, así que se dio la vuelta y descubrió a Elsa abriendo otro regalo, un juego de mesa llamado ¡Judíos Fuera! Consistía en expulsar a judíos. Quiso enfadarse, pero supo que no debería hacerlo. ¿Por qué tendría que estar enfadada?

—Si consigues echar a seis judíos, has ganado —leyó en la caja—. Encantador.

Elsa no dijo nada y dejó el juego en el suelo.

—Y un segundo regalo para nuestra huésped —intervino el profesor entregándole una caja mucho más grande.

En esa ocasión rompió el papel. Parecía haber mucho. Debajo había una caja blanca parecida a la del modisto del día anterior. Levantó la tapa con dificultad y vio una tela roja con encaje. La palpó antes de levantar la vista.

—¿Es un camisón? —Qué regalo más extraño. Ya tenía uno, pero el profesor no podía saberlo...

—¡Por Dios! —murmuró Elsa.

—Sí, uno muy especial —contestó Schäfer suavemente—. Como el champán, el último durante mucho tiempo.

—Esto... Gracias... —Estaba cansada. Le costaba recordar las palabras y le pesaban los ojos. Dormir, necesitaba dormir—. Lo siento, estoy algo... Creo que necesito... tumbarme.

—¿Puedes acompañarla a su habitación, Elsa? —Una orden—. Creo que debería retirarse.

Cerró los ojos y se encontró en los brazos de Elsa.

—No —dijo Elsa a alguien—. Por favor, no.

Sarah masculló una disculpa sin saber lo que estaba haciendo.

—Haz lo que se te ha ordenado, niña.

—Tómate esto, rápido.

Elsa le puso una taza en los labios y dejó caer los espesos restos del café en la boca. Tosió.

—Está asqueroso —protestó—. Tengo sueño...

Vació la taza en la boca de Sarah y después pasó la cabeza por debajo de su brazo. Salieron cojeando de la cocina y subieron las escaleras. Elsa llevaba una caja bajo el otro brazo.

Tenía que meterse en la cama. Se sentía distante. Sus pensamientos se iban apagando y olvidaba cosas. Se vio en el rellano sin saber muy bien cómo había llegado hasta allí.

Todo parecía borroso y prosaico, cuando hacía poco era divertido y fascinante.

«¿Dónde estás y qué está pasando?»

Estaba apoyada en una pared.

Elsa intentaba que tragara algo pequeño y blanco, y le cerraba la boca.

—Tómatelo, esto lo contrarrestará. Necesitas resistirte.

—¿Resistirme a quién? ¿Contrarrestar qué?

Elsa lloraba.

Un pasillo.

—Lo siento.

—¿Por qué?

El dormitorio.

El impacto del agua fría. «En el río, dando vueltas en el río.» Se revolvió aterrorizada e intentó escapar, pero alguien le sujetaba la cabeza debajo del grifo. Después la soltó, respiraba y el agua le caía por el cuello. Elsa la sostenía por los hombros.

—Haller, mírame.

Obedeció, pero no vio nada. Sintió una bofetada, un amortiguado dolor en la cara. Le había pegado. ¿Por qué? La miró y vio miedo, vergüenza, compasión y asco.

—Tienes que pelear aunque no sirva para nada, ¿lo entiendes? Después es más fácil.

Tenía la cabeza embotada. Las palabras de Elsa no tenían sentido.

—Lo siento. —Puso el tono más suave, cálido y dulce que le había oído nunca, pero también el más triste. Le tocó la cara.

Después estaba sola en la oscura habitación. Una chispa de vida describió un arco en su cerebro. Hablaba de problemas, de peligro. No halló nada con qué conectarlo. No encontró su maleta. Necesitaba tumbarse. Necesitaba tener cuidado. Pelear. La ropa de montar le apretaba y era muy incómoda. Las botas le hacían daño. Se sentó en la cama y le costó trabajo quitárselas. ¿Dónde estaba su ropa?

«Despierta.»

«Duerme.»

«Despierta.»

Se desvistió y buscó la maleta. Alguien llamó a la puerta.

—¿Elsa? —preguntó. Se dio cuenta de que estaba desnuda, un error. Encontró los pantalones de montar del revés en el suelo. Sacó el camisón de la arrugada caja y se lo puso delante.

—Ursula —dijo una voz masculina—. ¿Puedo entrar?

Tenía que vestirse. Se metió el camisón por la cabeza y se humedeció al contacto con el pelo mojado. Tuvo un momento de lucidez.

«¿Por qué está aquí?»

Tuvo muy claro que no quería que el profesor Schäfer estuviera a ese lado de la puerta. En absoluto.

—Me voy a acostar —gritó.

—Por favor, solo un momento —suplicó.

—¡No! —Notó el poder de esa palabra. Le dio fuerza. Su cerebro empezaba a precisar. Los fragmentos se unían. Estaba pasando algo que era más peligroso que ser una judía en una Napola o espía en el laboratorio de una bomba. Tenía que despertar. Pelear.

La puerta se abrió y dejó entrar luz. Su silueta llenaba el umbral.

—¿Qué quiere? —Mantuvo la tensión en la voz, a pesar de que el terror aumentaba.

«No te muestres débil. Pelea, *dumme Schlampe*.»

Schäfer cerró la puerta.

—¿Sigues despierta? Eso está muy bien. Temía que ya te hubieras dormido.

Notó que su consciencia se elevaba lentamente desde el fango y arrancaba los tentáculos del cansancio. Recordó los acontecimientos de esa noche y empezó a encajarlos.

Puso toda su concentración en la voz y se aferró a una convicción:

—Váyase, por favor. Quiero que se vaya.

—No creo que lo quieras —bromeó.

Dio un paso atrás y tropezó con la pata de la cama.

—Sí.

—Entonces, ¿por qué vas vestida así?

«¿Qué llevo puesto?»

—No encuentro mi ropa —explicó.

—Llevas mi regalo.

—Lo había olvidado. ¡Váyase! —Intentó quitarse el collar, pero el cierre no cedió.

—Eres muy guapa, Ursula. ¿Lo sabías?

Le entraron ganas de vomitar. Sintió la furia que se agolpaba en su interior como un chillido en los oídos. Se le aclaraba la mente y el peligro había quedado al descubierto. Miró hacia la puerta, pero no llegaría sin que la atrapara. Dio otro paso hacia atrás.

—Lo dijo anoche. Ahora lo recuerdo.

—¿Cómo te sentiste?

—Mal, asustada. Me da igual.

—Ursula, eso no es verdad —adoptó un tono condescendiente—. A todas las chicas les gusta saber que son guapas, deseables.

—¡Váyase! —Quiso gritar, pero habría sido una muestra de debilidad.

Otro paso. Otro paso hacia atrás.

—Elsa quería saber que es deseable. La hizo muy feliz.

—No me lo creo. —Notó un abultado y creciente acceso de repulsión, de ser consciente de una terrible realidad y de entenderla.

—Es verdad. Está triste porque ya no me parece tan guapa. Y yo estoy triste.

El horror estalló y la roció con el repugnante discernimiento de la realidad. Le empapó una terrible empatía. Creyó que iba a vomitar, pero todo momento era valioso y necesitaba cada instante. Notó lo que debía ser el último regalo de Elsa entrando en su sangre, despertándola, no podía desperdiciarlo.

Dio otro paso atrás y tropezó con la bandeja del desayuno. Cayó al suelo y pasó la mano por la bandeja en busca de un plato. La movió torpemente, pero asió algo afilado. Se levantó y blandió el cuchillo frente a él.

—Ursula, ¿qué tienes ahí? —se burló.

—Apártese o le cortaré... le apuñalaré.

—Ni siquiera sabes cómo se dice —le recriminó en tono desdeñoso.

—Le haré daño.

—No creo que puedas.

Se imaginó haciéndole una herida. Previó el movimiento, una rápida puñalada, un corte certero. Pero lo único que vio fue la cuenca del ojo de Rahn partiéndose, los dientes saliéndole por la piel y las pesadillas.

—¡Atrás! —le ordenó.

El profesor dio otro paso adelante con cara de absoluta seguridad. Sarah siguió cediendo terreno y metió la bandeja debajo de la cama con una patada.

Echó el brazo hacia atrás y le ordenó que fuera hacia delante. «Ahora. Ahora. Ahora.»

Pero el profesor tenía razón. No pudo. Estaba derrotada.

Schäfer agarró el cuchillo por la hoja y este se deslizó entre sus dedos. No pudo seguir sujetándolo. Sarah se echó hacia atrás hasta llegar a la mesilla. Estaba atrapada. El profesor levantó el cuchillo y se echó a reír.

—Es un cuchillo de mesa, Ursula. No podrías haberme hecho daño aunque lo hubieras intentado.

Lo tiró y alargó un dedo para tocarle la clavícula. Le pareció un insecto invasor. Se quedó helada. No sabía qué iba a pasar. No sabía lo que era y por eso lo temía.

299

Ni siquiera en ese momento pudo aceptar que no tuviera compasión, que fuera a hacerle eso a alguien tan joven.

—Solo soy una niña —tartamudeó mientras una odiosa lágrima le caía por la mejilla.

—Lo sé. Por eso es tan exquisito.

Cerró los ojos.

El ruido apenas se oyó, pero el brillante fogonazo fue tan inesperado, tan cercano, que la aterrorizó. Algo caliente y húmedo le salpicó la cara. Abrió los ojos y vio a Schäfer temblando mientras caía hacia la pared y se hundía dando boqueadas hasta el suelo. Tenía un agujero en la garganta y la sangre salía en profusos e intensos borbotones sobre la alfombra.

Elsa estaba a los pies de la cama con un revólver todavía levantado, una voluta de humo se elevaba del tembloroso cañón. Su despeinado pelo parecía un halo en contraste con la puerta abierta.

—¡Elsa!

—No me hizo feliz ni me puse triste cuando dejó de hacerlo, ¡canalla!

Se sintió lúcida, como si el ruido la hubiera despertado de un ensueño.

—Elsa, baja el arma.

—Lo que me pone triste y me enfada es tener que traerte corderos para el sacrificio…

No prestó atención a lo que estaba sucediendo en el suelo, solo tenía ojos para el tembloroso cañón del revólver. Rodeó la cama y pasó por encima del asfixiado profesor.

—Elsa, todo ha terminado.

—Ver cómo destruías una vida tras otra como destruiste la mía…

—¡Elsa! —gritó.

Elsa se estremeció y su cara se suavizó.

—Hola, compañera de la Werwolf —susurró mientras las lágrimas se agolpaban en sus ojos—. Recordé muy tarde que tenemos que protegernos las unas a las otras. Mi niñera no pudo y mi madre no quiso. Pensé que quizá yo podría ser diferente.

El profesor hizo un ruido gorgoteante y dio una sacudida en la alfombra. Elsa apretó la culata con más fuerza y apuntó hacia él.

—Dame el arma, pequeña. Ya se ha ido.

—Lo siento, Haller. Lo siento mucho.

La rodeó con los brazos y la miró a los ojos, tan inyectados en sangre, tan salvajes, tan tristes. No podía imaginarse dónde la había obligado a ir y no quiso juzgar cómo había conseguido volver.

—No pasa nada, Elsa. Suelta el arma.

Le apartó los dedos del metal. El revólver estaba caliente y la culata sudada. No tenía ni idea de cómo poner el seguro, así que lo dejó con cuidado encima de la cama. Elsa cayó frente a su padre.

—*Vatti!*, ¿qué he hecho? —Se sentó en el charco de sangre y empezó a gemir.

«Ahora sería el momento de tener un plan, *dumme Schlampe.*»

«Calla.»

Elsa empezó a ponerse histérica mientras la fracturada mente de Sarah buscaba conexiones, esperaba respuestas, solucionaba problemas. Acalló las voces interiores que se fusionaban en su interior. «¡Fisión!»

El plan vino a su mente completamente organizado. Una vez muerto Schäfer, la misión había cambiado. Si se daba prisa, el capitán… Se frenó. Aún quedaban cabos sueltos.

—Elsa, ¿quién hay en la casa aparte de nosotras?

—¿Qué?

—No hay nadie, ¿verdad? —preguntó con voz urgente.

—No.

—Muy bien, presta atención. Levántate… —Tenía que librarse de ella.

301

—¿Qué?

—¡Arriba! —La levantó y la puso frente a ella.

—Tienes que irte. Monta en Anneliese y sal de aquí. Ve a la verja y di que ha habido un terrible accidente, pero nada más. Llora. ¿Me entiendes?

Elsa asintió frenéticamente.

—En mi yegua…

—Sí, en tu yegua. Te la has ganado, es tu niña y tienes que llevártela —la calmó—. Espérame en la verja. ¿Me has entendido?

—Salir, terrible accidente, esperar…

—Muy bien. Deja el arma y vete.

Elsa miró a su padre, que ya no se movía y de cuyo cuerpo ya no salía más sangre.

—¿Qué vas a hacer, Haller?

—Voy a arreglarlo para que parezca que se ha suicidado, pero tienes que irte ahora. Confía en mí. Voy a hacer que todo desaparezca.

30

*L*levaba las llaves encima. Las tres llaves de latón colgaban del cuello del profesor Schäfer, bajo la camiseta, cubiertas de sangre. Había sangre por todas partes, en la ropa, en la alfombra, en la pared con salpicaduras en forma de curva, en la cama, en sus manos, pies y ropa. La habitación parecía un matadero.

Agarró el revólver, todavía caliente, y se lo colocó en la nuca. Era verosímil, aunque poco probable. Limpió las huellas dactilares con el camisón y puso la mano del profesor encima. Lo había visto en el cine. Esperaba que no hubiera sido Elsa la que lo había cargado, porque no podía abrirlo para borrar las que hubiera en las balas.

«Si no te das prisa, todo eso da igual.»

Estaba en una situación en la que podía actuar con total impunidad. Lo que parecía imposible de repente era posible. Si era lo suficientemente rápida.

Se puso la ropa de montar, aunque sin quitarse el camisón, ya que su abrigo había desaparecido y hacía una noche especialmente fría. Antes de salir de la habitación miró el grotesco muñeco de trapo que yacía junto a la cama.

Supo que había añadido un peso enormemente cáustico a sus espaldas y que en algún momento tendría que encontrar la forma de sobrellevarlo. Pero de momento metió esos sentimientos en la caja y ni siquiera intentó cerrarla, eran demasiados y excesivamente grandes.

La pastilla que le había dado Elsa le permitía pensar mejor entre la confusa bruma y el sueño que había sentido antes y lo veía todo con mayor precisión y claridad. Corrió por los pasillos y escaleras intentando mantener el fragmentado mapa del edificio en la cabeza. En algunas habitaciones había luz, otras estaban a oscuras y varias veces tuvo que ir a tientas hacia una puerta que no sabía si encontraría. En dos ocasiones creyó haberse perdido, pero en ambas una sombría esquina le mostró el camino. «Confía en ti misma, confía en ti misma», se iba diciendo por el camino, más con ilusión que con esperanza.

Finalmente llegó al pasillo que conducía al invernadero, la continua fila de luces, el taburete vacío del soldado y la puerta metálica. No sabía cuánto tiempo había estado buscando ni de cuánto disponía para actuar.

Si sobrevivía, el capitán tendría que comprarle un reloj.

Sacó las llaves y empezó con la de la cerradura de abajo. Creyó que había transcurrido una eternidad e incluso, cuando acabó, la puerta se abrió con una inusitada lentitud. Las escaleras volvían a estar a oscuras, así que se agarró a la barandilla y dejó que el ruido de las máquinas la guiara.

«¿Qué estás haciendo? ¿Cuál es el plan?»

Aceleró el paso. ¿Estaría Elsa con los soldados? ¿Se dirigían ya hacia la casa? Tenía que actuar con rapidez.

Llegó al suelo. El interruptor debía de estar cerca, a no muchos pasos del final de las escaleras. ¿Dónde? Mientras tanteaba la pared de regreso al último escalón, revivió los fragmentados recuerdos de la noche anterior. «Confía en ti misma, confía en ti misma», se dijo una y otra vez.

Estaba a punto de probar en la otra pared cuando sus dedos tropezaron con un pequeño interruptor. Lo levantó aliviada con la esperanza de que se encendieran las luces.

Una ensordecedora sirena inundó la habitación. Sobresaltada, soltó un grito. El invernadero se llenó de parpadeantes luces rojas. Había activado la alarma contra incendios. El interruptor de la luz estaba encima.

«Buen trabajo, *dumme Schlampe*. Si no estaban ya de camino, ahora sí lo están.»

Intentó apagar la alarma, pero no lo consiguió, así que dejó que sonara. Solo tenía que ser más rápida.

Cuando encendió la luz vio una caja con tapa de cristal empotrada en la pared. Miró dentro y sonrió. Le dio una patada con la bota. El cristal se rompió y metió la mano. El hacha era pesada, pero podía cargar con ella, a pesar de que le doliera la muñeca.

Miró las enormes máquinas que habían provocado la muerte de la vegetación. Su plan giraba alrededor de una frase que solo recordaba a medias: «He utilizado el sistema de calefacción de gas natural para crear electricidad», pero los cientos de tuberías y cables enmarañados alrededor de ellas no le daban ninguna pista. Desalentadores. Imposible.

«Piensa. Es una instalación antigua. Ha de ser la tubería más vieja que llegue al invernadero.»

Recorrió las paredes de cristal, que se habían pintado de blanco contra las miradas no deseadas. Encontró unos polvorientos y vacíos soportes para tubería y los siguió con la esperanza de encontrar la fuente original de la tubería que faltaba.

«Quizás estás buscando en la dirección equivocada. Tictac.»

«Confía en ti misma.»

Una de las gigantescas máquinas parecía diferente a las demás. Estaba caliente, olía a quemado y hacía un ruido sordo. La rodeó y buscó la tubería más vieja, la que alimentaba al monstruo. La alarma seguía avisando de la presencia de la niña y el hacha.

Del suelo salía una antigua tubería metálica pintada que tenía una gran válvula encima, a la que se había conectado un conducto de acero nuevo y brillante que serpenteaba hasta el generador. El empalme incluso despedía olor a gas. La lógica que la había conducido a ese lugar propició la urgencia de reírse.

Dejó el hacha en el suelo y empezó a desenroscar las tuercas de mariposa que sujetaban la unión. Estaban bien engrasadas y giraban fácilmente. Cada tuerca que caía al suelo intensificaba el olor a gas. Finalmente el conducto se soltó y el gas salió directamente por la válvula. La potencia casi la derriba y se sintió mareada. Contuvo la respiración, recuperó el hacha y fue hacia el laboratorio mientras el hambriento generador se estremecía a su espalda.

De haber tenido más tiempo habría intentado inutilizar el resto de las máquinas, pero una vez avisados los soldados por la alarma, tenía que ser más creativa. Abrió la pesada puerta del laboratorio y encendió la luz. La bomba se alzaba con obscena majestuosidad en su trono de acero rojo, haciendo alarde de su interior. La matemática del horror.

306

«Se producirá un resplandor tan luminoso y caliente que todo el que se encuentre a un kilómetro de la explosión simplemente desaparecerá. Todo lo que haya a dos kilómetros a la redonda arderá…»

No carecía de imaginación. Vio ese horror propagándose por el Berlín que conocía, desaparecer desde la Puerta de Brandeburgo a la Potsdamer Platz y todo y todos ardiendo desde el zoo a la Alexanderplatz. Volvió a sentir arcadas. Tenía que hacer desaparecer todo aquello.

Corrió a la mesa de trabajo. El cuaderno de notas del profesor estaba encima de un montón de dibujos técnicos, al lado de la pipa y el mechero. Dobló y metió cuantos pudo en el cuaderno, antes de ponérselo en la cintura de los pantalones de montar. Después prendió el resto con el mechero y los vio oscurecerse, curvarse y esparcirse. Aquello era su caja de cerillas y su cigarrillo.

La bomba parecía burlarse de ella. Estudió el diseño e intentó recordar lo que había dicho el profesor. Una frase se le había quedado grabada, clara como el día: «Si se lanzara ahora, sería… un fiasco. Apenas un potente explosivo…».

Tenía que haber alguna forma de activarla y ponerse a salvo. Si no, ¿quién iba a detonarla? Un avión necesitaría tiempo para alejarse. Imaginó la mecha ardiendo de una bomba en una película de humor mientras el actor intentaba deshacerse de ella. Estudió la instalación eléctrica en busca de algo reconocible y solo vio unos cables que parecían un plato de fideos.

Después descubrió un disco pegado al lateral de los explosivos. Tenía unas diminutas líneas en la superficie, como un reloj, como un temporizador. En el centro había una muesca para insertar un destornillador. La giró con una uña hasta el límite. No había forma de saber cuánto tiempo sería.

«¿Y si está acabada? ¿Y si explosiona correctamente?»

«Entonces todo desaparecerá, ¿no?»

Cayó en la cuenta de que a lo mejor no conseguía salir a tiempo.

307

Temía que la capturaran o denunciaran, estar presa, el hambre y el dolor, pero ¿morir? Tenía poco, mejor dicho, nada que perder. Quizás el capitán lamentaría su muerte, pero sospechaba que para él era más importante el éxito de la operación. Pensó en lo superficial que se había convertido Elsa Schäfer y por primera vez se dio cuenta de que había cosas peores que la muerte.

Se sintió más ligera. La bomba, la niña intentando detonarla, el Reich, la guerra, los hombres depredadores y los profesores crueles, los jóvenes soldados inocentes, la mesa de trabajo encendiéndose a su espalda… le pareció absurdo. Un largo chiste esperando el desenlace.

«Dales un desenlace.»

Encontró una cinta en la bomba que ponía: «Quitar antes de lanzar». Tiró de ella y se soltó una clavija que liberó un interruptor. Lo apretó. Después se fijó en lo que parecía una batería de coche que no estaba conectada, junto a unos cables pelados. Había puesto en marcha un coche en alguna ocasión y los unió.

La sacudida la tiró hacia atrás, como si un caballo le hubiera dado una coz en el pecho. Cayó al suelo temblando. Pensó que acabar así sería un final ignominioso, indigno de todo el esfuerzo que había hecho. No, quería un desenlace mejor. Se puso de pie sin aliento y miró la bomba. Casi no lo había notado debido al ruido, pero el temporizador emitía un zumbido. No parecía moverse, ¿o sí? Siguió mirándolo hasta que estuvo segura.

«¿Necesitas alguna otra razón para quedarte, *dumme Schlampe*? ¡Corre!» Se produjo una llamarada y una oleada de calor como si alguien hubiera abierto la puerta de un horno. El fuego de la mesa de trabajo se había propagado a una estantería con productos químicos. Todos los contenedores explotaban y esparcían su contenido por el laboratorio. Tuvo una sensación extremadamente satisfactoria, no podía haber imaginado un fuego mejor, pero había llegado el momento de irse. Fue hacia el invernadero, pero en cuanto salió del laboratorio la detuvo una espesa cortina de gas. Excesivo, demasiado pronto y demasiado cerca del fuego. No podía atravesarla conteniendo la respiración. Era una trampa que se cerraba sobre ella. «No, así no.»

«Habrá una salida de incendios, ¿no?»

Volvió la vista hacia el laboratorio y en un rincón vio una pequeña puerta blanca en la que no se había fijado. Retrocedió hasta el laboratorio en llamas y cerró la puerta metálica pensando que estallaría en cualquier momento.

«¿Y si es un armario, *dumme Schlampe*?»

«Pone: "Salida".»

«Qué suerte has tenido.»

Cuando corrió hacia la puerta blanca la habitación estaba prácticamente llena de humo. Detrás de ella había un corto pasillo y una segunda puerta. El aire era frío y estaba despejado gracias a una corriente. Casi estaba fuera. Iba a funcionar. Lo había conseguido. Contra todo pronóstico, la pequeña

Sarah había cumplido su misión. Fue a toda velocidad por el pasillo, agarró la manija y la giró.

La puerta no se abrió.

Sacudió la manija desesperadamente mientras el olor a humo iba llenando el pasillo. Le entró en la garganta y tragó saliva. Dio patadas a la puerta y la madera se astilló, pero se mantuvo firme. Tosió, tuvo un prolongado ataque de tos seca y tardó varios segundos en poder respirar. Era un animal atrapado. Quiso aullar, gritar, arañar y golpear algo, o estampar su cuerpo contra la pared.

«¡Piensa, *dumme Schlampe*!»

No había ninguna llave colgada a la vista. No estaba en la cerradura al otro lado y no tenía nada con que forzarla. Miró hacia el pasillo y apenas consiguió ver la puerta blanca abierta en el otro extremo. Contuvo la respiración, corrió hacia ella y la cerró para evitar que entrara el humo. Después se dio la vuelta.

309

La puerta de salida tenía varios centímetros de grosor. Decidió que no iba a morir a ese lado. Esprintó, cerró los ojos y soltando un grito arremetió con el hombro contra ella.

Rebotó en la madera y cayó al suelo con el hombro dolorido. El aire estaba menos viciado allí y se quedó en el pintado pavimento mientras el humo negro se ondulaba en el techo.

Su valentía empezó a desaparecer como se retira la marea. Fuera lo que fuese lo que le había dado Elsa, sus efectos amainaban y dejaban al descubierto a una niña asustada.

«*Mutti*», pensó.

«¿Qué estás haciendo?»

«Ya no lo sé. Creía que no tenía miedo a la muerte…»

«Entonces, ¿por qué estás en el suelo?»

«Porque no hay salida.»

«¿No tenías un hacha?»

Se levantó como accionada por un resorte. ¡*Dumme Schlampe*!

Se puso a gatas, aspiró aire limpio de la parte baja del pasillo y, agachada, corrió hacia el laboratorio.

El laboratorio estaba oscuro como boca de lobo y ardiente como un horno. Solo podía mantener los ojos abiertos un instante, así que avanzó a oscuras y corrigió la dirección cuando se apartaba de la línea recta. Aumentó la presión en los pulmones. Estaba a mitad de camino de la bomba cuando sintió la urgencia de espirar, una necesidad primaria que apenas pudo reprimir.

«Llega hasta el hacha.»

Dejó que escapara un poco de aire por la nariz y aquello pareció aliviarla momentáneamente.

A los pocos segundos tropezó con la bomba, se quemó en el brazo y cayó al suelo. Tanteó alrededor de la bomba con los ojos fuertemente cerrados. La bomba, el gas, el humo, los soldados, el fuego y hasta su propio cuerpo se habían aliado contra ella. «Hay muchas maneras en las que puede acabar todo esto», pensó. «Sigue moviendo las manos. Concéntrate».

Cada vez le dolían más los dedos al tocar el ardiente suelo. «Espira.» El sudor le empapó la ropa y empezó a gotear y a crepitar al hacer contacto con el cemento. El aire le quemaba la piel. Se estaba asando, como un pollo. No duraría mucho. «Concéntrate.»

Tocó algo que estaba abrasadoramente caliente y retiró la mano. «Espira.» Puso la mano por detrás de aquello y encontró el mango de madera, aunque estaba demasiado caliente como para tocarlo. Rompió el vendaje y se lo quitó de la muñeca. Lo enrolló alrededor de la mano y cuando levantó el hacha ya no le quemó los dedos.

«Respira.» Sentía la piel tensa y conforme aumentaba la presión empezó a notar punzadas en la cabeza. Rodeó la bomba y abrió los ojos para buscar la puerta. Le escocieron como si alguien le hubiera frotado pimienta en ellos. Los cerró inmediatamente. «Respira.» Intentó correr, pero perdía el equilibrio. Le dolían los brazos y las piernas. Se le hacían ampollas en la piel. La presión en el pecho aumentó hasta que se convirtió en lo único que podía pensar, un dolor que parecía brotar del centro de su cabeza y le salía por los ojos…

Espiró ruidosamente e inspiró.

El aire le abrasó la garganta y se ahogó. Cayó hacia delante… a través de la puerta. Avanzó a gatas el último metro y la cerró dándole una patada. Apoyada en el estómago inspiró el poco aire fresco que había a un centímetro del cemento. Tuvo un violento ataque de tos, pero el aire limpio le llegó a los pulmones.

«Lo he conseguido.»

«No, te falta el último tramo. Levántate.»

Se impulsó hacia delante como un ciempiés y descansó, respiró y se recuperó para el esfuerzo final.

En la puerta hizo varias tiznadas inspiraciones e intentó abrir los ojos. Le seguían escociendo, pero distinguió el marco y la cerradura. Se puso de pie, los pulmones le gritaban.

Jamás había utilizado un hacha. El primer golpe impactó contra la pared y cortó un trozo de enlucido. El segundo dio en el centro de la puerta y la hoja se quedó clavada. Tras forcejear para sacarla se dio cuenta de que podría dar un par de golpes más antes de que la debilidad o el humo la vencieran. Apostó más por la precisión que por la fuerza y acertó en el centro de la cerradura. La puerta se astilló, se agrietó y, con un último golpe, se abrió. Un helado aire fresco entró en el pasillo desde el exterior e hizo una profunda, fría y dolorosa inspiración.

«Ahora. Ahora lo he conseguido.»

—¿Estás bien?

Stern estaba delante de ella.

311

31

*S*e apoyó en el hacha jadeando. Cubierta de hollín endurecido por el sudor, con la cara salpicada de sangre seca y con ampollas en las manos, tardó un cuarto de segundo en decidir su destino. El soldado no esperaba que lo atacara, solo era una niña. Para cuando reaccionara ante la sorpresa sería demasiado tarde para defenderse. Un golpe y sería libre.

Después desechó esa idea. Si no podía matar a Schäfer, no podía matar a ese chico.

Gritó e indicó hacia el pasillo.

—¡Se ha suicidado! Intentó matarnos y después se disparó.

—¿Quién? ¿El profesor? —La joven cara de Stern asimiló la información.

Solo tenía unos segundos. Pasó a su lado mientras el hacha daba golpes en el suelo. Apuntó hacia el pasillo. «Mira allí, no me mires a mí.» Las lágrimas brotaban con facilidad de sus irritados ojos, pero no estaba segura de si eran reales o no.

—Le ha prendido fuego a todo y después se disparó. ¡Va a explotar, tenemos que irnos! —gritó tirándole del brazo. «Mírame». Tiró de él otra vez. Si intentaba sujetarla, podría dejarlo atrás fácilmente.

Entonces cayó en la cuenta: ella era libre, pero él no.

Stern miraba el pasillo. El final era una pared cubierta de chispas y humo negro que salían por el marco de la puerta interior. Necesitaba verlo por él mismo, entenderlo a su manera, lenta pero segura.

—¡Tienes que irte ahora! —gritó Sarah. Los verdaderos sentimientos que había controlado se derramaban en su interior. Dejó escapar una fracción de terror—. Si entras ahí, morirás. ¡Aléjate!

Si no conseguía que le creyera, si no conseguía que quisiera ir con ella en ese momento, moriría de todas formas. Debería haberle golpeado con el hacha.

«No te hagas el hombre. No seas responsable. Sé un chico. Corre.»

—Tengo que ver qué ha pasado, apagar el fuego.

—Ya te he dicho lo que ha pasado —sollozó mientras seguía tirando de su brazo—. No puedes pararlo, hay muchos productos químicos y cosas… —suplicó con ojos enrojecidos.

«Toma mi mano y escapa conmigo.»

Se enderezó y a Sarah se le encogió el corazón. No era un chico de Dresde. Era un soldado. El enemigo. Las SS. El más odiado de todos los enemigos.

313

—Voy a entrar —dijo poniéndose en la boca un pañuelo que había sacado del bolsillo—. Espera aquí. No te pasará nada.

Asintió con lágrimas en los ojos y lo dejó ir. Ahogó el siguiente sollozo, se puso el hacha en el hombro y echó a correr. Si era una verdugo, mejor parecerlo.

En la oscura cocina encontró lo que estaba buscando. El abrigo seguía en la percha. Debía de ser de Elsa porque parecía caro y le quedaba grande.

Estaba a punto de irse cuando vio algo en la mesa entre las sombras. Agarró el bote de mantequilla de cacahuete y se lo metió en un bolsillo.

La puerta del establo estaba abierta y no había ni rastro de Anneliese. Bien, al menos no tendría un cargo de conciencia por esa vida. Le costaba distinguir a los caballos, así que se colocó en el centro y llamó a Freya.

La yegua fue hasta la puerta y sacó la cabeza.

«Otra vez tú.»

«Sí.»

Avanzó lentamente con las manos levantadas. El reloj seguía avanzando, pero no se preocupó por ello.

—Tenemos que irnos, si te quedas, no creo que sobrevivas. ¿Qué te parece, Freya? ¿Me sacas de aquí?

La yegua echó hacia atrás las orejas cuando le acarició el morro, pero no reculó ni intentó apartarse. No llevaba brida ni riendas. Dudó si aquello funcionaría, por muy dócil que fuera. Quizá le valdría más echarse a correr.

Dejó el hacha en una columna, puso la bota en la puerta y se subió con cuidado. Freya dio un paso y meneó la cabeza. Sarah mantuvo el tono de voz.

—No, no. Eres la diosa de la guerra. No te asustes.

314

Empujó la puerta hacia afuera, pasó una pierna por encima de la yegua y buscó la crin. Apretó con fuerza el espeso pelo para subir en el lomo de Freya.

Vio una llamarada y oyó una tremenda explosión, el sonido de un millón de ventanas rotas y de cristales chocando contra metal. Un segundo después la onda expansiva sacudió las contraventanas y las puertas. Freya se echó hacia atrás y relinchó. Sarah se cayó de la puerta pero aterrizó en el inclinado lomo de la yegua y se aferró a la crin. Freya salió a todo galope con ella colgando de un lado sujeta por la pierna izquierda. Vio que el marco de la puerta se acercaba a ella a toda velocidad y solo pudo cerrar los ojos. Notó el viento al pasar por la viga de madera y algo le arañó la cabeza.

—¡Tranquila, tranquila! ¡Para! —gritó mientras Freya avanzaba a toda velocidad por el prado. Hizo un último esfuerzo por subirse con unos dedos que protestaban y una dolorida pierna que actuaba como un ancla. Finalmente se inclinó hacia el cuello de Freya y se acomodó entre la pata y la falda—. Ahora sí que podemos seguir.

Freya saltó la valla del prado con un grácil movimiento. Al elevarse, el cuello le golpeó en la cara y cuando estaban en lo más alto casi se cae. Pero sus dedos aguantaron y cuando las patas delanteras chocaron contra el suelo estaba, más por suerte que por acierto, en la posición adecuada para amortiguar el impacto.

La yegua no se paró al otro lado de la valla, sino que siguió galopando en la oscuridad sin hacer caso de las súplicas de Sarah. Esta se mantuvo firme y miró hacia la casa, cuya silueta se perfilaba entre las llamas, con una parte mellada donde había estado el invernadero. Una columna de humo se elevaba hacia el cielo sin nubes de color añil. La casa en sí no parecía haber sufrido grandes daños. Encontrarían el cuerpo de Schäfer. Tenía esperanzas de que ya no estuviera allí, y no solo porque pudieran dudar de la historia del suicidio. Quería que desapareciera. ¿Había desencadenado la bomba la explosión de gas? ¿O la explosión de gas había hecho estallar la bomba? ¿Había estallado?

315

Freya llegó al camino y giró. En esa ocasión acompañó el movimiento y no perdió el equilibrio. «Solo es una barra de equilibrio. Se mueve, pero es tres veces más ancha.» Se dirigían a la verja, visible más allá de la cima de la colina. Alguien había encendido unos focos que bañaban a los soldados y el puesto de control con una fría luz azul. Distinguió varias figuras que observaban la columna de humo y unos faros que apuntaban hacia ellas. Freya empezaba a respirar con dificultad y, cuando le ordenó que fuera más despacio y se parara, la obedeció. Puso cara llorosa y esperó. ¿Se sostendría la historia? Si el cuerpo hubiera estado en el laboratorio, habría sido mejor, pero los soldados solo tenían que creérselo hasta que lograra escapar.

El vehículo descapotable aminoró la velocidad en la cuesta cuando sus luces iluminaron a Sarah y a Freya. El oficial y los soldados se pusieron de pie y empezaron a gritar:

—¿Qué ha pasado? ¿Quién eres? ¿Qué ha sido ese ruido?

Ninguno de ellos estaba realmente al mando. Solo eran un oficial joven con soldados aún más jóvenes. Les ofreció su ensayado pánico y lágrimas.

—El profesor ha incendiado la casa y después… después se ha disparado. He enviado a Elsa a pedir ayuda. ¿Está con ustedes? Ha habido una tremenda explosión.

Los soldados estaban confusos y empezaron a discutir entre ellos. Le hicieron más preguntas, pero no las contestó.

—¿Dónde está Elsa? —gritó. Uno de ellos indicó hacia la verja y, tras muchos gritos y discusiones, se fueron. Ninguno quería tratar con una niña que lloraba. «Ha sido fácil», pensó con inmensa satisfacción. Espoleó a Freya para que fuera a medio galope.

Cuando se acercaban al puesto de control, los guardias le parecieron menos desconcertados, más curiosos y mejor organizados. Un oficial le dio el alto y Sarah espoleó a Freya para que reculara y se alborotara.

—El ruido la ha asustado —gritó.

—¿Qué ha pasado?

—El profesor ha incendiado el laboratorio.

—Eso no es lo que ha dicho *Fräulein* Schäfer.

—Está conmocionada. Su padre se disparó delante de ella.

—¿Dónde?

El oficial era más astuto y hacía las preguntas adecuadas. No consiguió ver la expresión de su cara debido a los focos. «No mientas nunca si puedes decir la verdad.» Arriba, en uno de los dormitorios.

—¿En el suyo?

—No… —Forcejeó con el recuerdo, que le obligó a contar su historia—. Vino al mío con un arma, borracho. Dijo que había incendiado el laboratorio y que quería poner fin a todo.

—¿Dónde estaba *Fräulein* Schäfer?

«Cuidado.»

—Oyó el ruido y vino. Intentamos calmarlo. Disparó... ¿Dónde está Elsa? ¿Está bien? ¿Dónde está?

—¿Qué hiciste después?

—Elsa estaba histérica, había sangre por todas partes. La envié a buscarles y después fui a comprobar la casa.

—¿Por qué? —Curioso. Perceptivo. Peligroso.

«Porque su trabajo era importante. Porque la casa era muy valiosa. Porque... Porque... Solo soy una niña.»

—Porque había dejado mi muñeca en su laboratorio y quería recuperarla —se obligó a gemir—. Por favor, ¿dónde está Elsa? Quiero saber que está bien, por favor.

—Uno de mis hombres la ha llevado al médico del pueblo. Necesitaba que la sedaran.

«Una excusa para irse.»

—Tengo que ir con ella.

—No, *Fräulein*, tienes que quedarte. Al parecer fuiste la última persona que estuvo en la casa.

—Me crucé con uno de sus hombres, ¿Stern? Insistió en entrar en la casa... Debía de estar allí cuando el laboratorio explotó.

—Aun así, tienes que quedarte y hacer una declaración oficial.

«No, no, no. Preguntas oficiales, no. Nada de papeleo.»

Obligó a Freya a dar un paso atrás. Estaba desesperada.

—Déjeme ir con Elsa, me necesita.

«La puerta se está cerrando.»

El oficial llamó a uno de sus hombres. Freya sintió la tensión de Sarah y se apartó del soldado que se acercaba.

—¡Por favor! ¡Tengo que ir con ella!

—No, *Fräulein*, desmonte. —Parecía molesto por su desobediencia. Solo disponía de segundos.

Para escapar tendría que galopar entre las barreras de hormigón que bloqueaban la verja, una proeza fuera de su alcance como jinete. Incluso si Freya saltaba algunas y se mantenía encima en ella, al otro lado había más soldados. Quizá pasaría, pero organizarían una cacería y enviarían vehículos en su busca.

El soldado alargó la mano para agarrar el morro de Freya. La yegua se echó hacia atrás y el soldado se asustó. Sarah le gritó que tuviera cuidado. El oficial dio un paso adelante y el resto de soldados se acercaron. Freya reculó y se alejó de la salvación, del acceso al camino bloqueado.

Todo se volvió blanco.

Los hombres que había delante de ella gritaron, se cubrieron la cara y se agacharon. La luz le hizo daño en los ojos, pero vio un hueco y fue hacia allí espoleando a la encabritada Freya para que se moviera.

Entonces el mundo se volvió rojo. Freya había ido a medio galope hasta mitad de camino de la primera barrera cuando se oyó la explosión.

318

Era el sonido de un trueno de la creación del mundo, profundo como un pozo, denso como el plomo. Todos los ruidos posibles a la vez.

Un agudo relincho y sonidos ahogados debidos al dolor reemplazaron el ruido de los cascos en el asfalto. Freya se tambaleó, empezó a galopar y saltó la pintada barrera que le bloqueaba el paso.

Todo se movió. La yegua y su jinete. Los guardias. El alambre de espino. La hierba, las plantas, los árboles. El aire. Una mano invisible lo levantó todo y lo lanzó en la dirección del viento junto con todo fragmento de suciedad, barro, hielo y polvo. Incluso los bloques de hormigón se deslizaron por el asfalto y lo resquebrajaron.

El animal aterrizó de lado relinchando y Sarah salió despedida hacia la siguiente barricada. El estruendo cesó y dejó el aire lleno de gritos de angustia, pánico y gemidos aterrorizados.

Cuando se sentó, la verja estaba bañada por una tenue luz

roja. Le dolía todo, pero no lo sentía. Quiso mirar a Freya, pero no pudo. En lo único que pudo concentrarse fue en la ascendente bola de fuego que desaparecía en la oscuridad por encima de la colina y se convertía en una nube negra que se curvó sobre sí misma cuando llenó el cielo. Empezaron a llover fragmentos de ladrillo y metal, algunos ardiendo.

«Ragnarök.»

La bomba no había explotado, hasta ese momento.

«Si eso es una fracción de su potencia…»

Freya se puso de pie con un costado ensangrentado. Sarah se acercó a ella con los brazos abiertos y la llamó, pero su voz sonó apagada en su cabeza. La yegua se echó hacia atrás y sacudió la crin. Sarah echó a andar cojeando y le hizo un gesto para que la siguiera. Tenía que salir de allí como fuera. Freya la seguiría o no. Elsa estaría en buenas manos o no. Stern se habría asfixiado en el laboratorio o no. La bomba había desaparecido o habría cientos de ellas listas para caer sobre Europa. Ya no le importaba. Andar, solo quería andar.

Los soldados de las barricadas se habían recuperado, pero no les interesaba una niña andrajosa, estaban más preocupados por el fin del mundo. Siguió andando y apartó de su mente todo lo que pudiera interferir en su mermada resolución.

Cuando se alejó de la verja en dirección a la carretera, notó una caricia en la espalda. Freya frotaba su hocico contra ella. Bum, bum, bum.

—Hola —murmuró por encima del hombro. Bum, bum, bum—. ¿De verdad crees que puedo subirme encima? —Bum, bum, bum.

Siguieron andando por la carretera, Sarah era incapaz de correr y Freya no podía abandonarla.

El bar estaba casi vacío. La mayoría de los clientes se habían ido hacía tiempo, pero los bebedores más entregados se habían reunido para brindar durante los primeros minutos del día de Navidad. Aquella noche había sido especialmente extraordinaria. Se había oído el ruido de una explosión y se habían visto unas extrañas luces en el cielo, lo que había suscitado un animado debate.

Al abrirse la puerta sonó una campanilla y entró una fría bocanada de aire. La discusión se interrumpió cuando, uno tras otro, todos los clientes se volvieron para mirarla. Estaba vestida con ropa de montar hecha jirones y llena de hollín, y un manchado camisón rojo, que no encajaba con su edad. Tenía la cara quemada y el pelo rubio, soltado de una larga y deshecha trenza, estaba apelmazado por la sangre seca. Una de sus manos arrastraba una sucia venda por el suelo. Alrededor del cuello llevaba un brillante collar de piedras transparentes tan grandes que debían de ser falsas.

320

Se acercó a la barra, uno de los párpados le temblaba.

—¿Puedo utilizar el teléfono?

El camarero quiso hacerle una pregunta, pero algo en la expresión de la cara de la niña lo disuadió. Indicó hacia una cabina en un rincón. Sarah no se movió.

—Necesito un *pfenning*.

El camarero decidió que la discreción era la mejor parte de la audacia. Buscó una moneda y se la entregó. Sarah la agarró y fue cojeando hacia el teléfono.

Nadie pronunció una palabra mientras hizo la llamada, pero tampoco podían oírla. Cuando acabó volvió a la barra.

—¿Tiene un plato para perros?

El camarero se sintió intimidado, pero la curiosidad le superó.

—¿Para qué lo necesitas?

—Para el caballo. A menos que tenga un plato para caballos, evidentemente, en cuyo caso, lo preferiría. Pero claro, eso no existe, ¿no?

—No que yo sepa —contestó a la defensiva.

—Entonces necesito un plato para perros —insistió como si le estuviera explicando algo a un niño pequeño—. ¿No?

Se sentó en el asiento delantero haciendo un gran esfuerzo. Era evidente que su cuerpo no estaba dispuesto a funcionar un segundo más de lo estrictamente necesario.

El capitán arrancó el coche y condujo en silencio hacia la salida del pueblo. Pasaron por carreteras secundarias que se unieron a otras más amplias y autopistas, como los afluentes desembocan en los ríos.

—Así que esa sangre no es tuya —dijo finalmente el capitán.

—No —contestó sin dejar de mirar al frente.

—Llevas un camisón.

—Para el coche.

—Solo era un comentario.

—¡PARA EL PUTO COCHE! —gritó con repentina ponzoña en la voz.

El capitán detuvo el automóvil en el arcén.

Se volvió y empezó a darle puñetazos con un ataque de rabia cruel y desatada. El capitán levantó las manos para frenar los golpes, pero no intentó detenerla.

—¡Asqueroso, lo sabías, lo sabías! Sabías lo que era, lo sabías… —repitió mientras las lágrimas le punzaban en las quemadas mejillas.

—¿El qué? ¿De qué me estás hablando? —la interrumpió elevando la voz por encima de la de ella.

—Sabías lo que era, por eso me enviaste a mí, por eso sabías que podría entrar —aseguró con voz frenética al tiempo que sus golpes se debilitaban.

—¿Que era el qué? —Sarah no consiguió distinguir si estaba confuso o no.

—Que a Schäfer le gustaban… —Carecía del vocabulario,

321

ni siquiera entendía el concepto. Se dio cuenta de que no sabía lo que habría hecho Schäfer si Elsa no hubiera intervenido. Aquella ignorancia era incluso más aterradora—. Que le gustaban… Lo sabías, gilipollas.

—Sarah, ¿qué es lo que sabía? —preguntó el capitán con voz calmada.

—Que le gustaba que su hija, que ya era muy mayor para él, invitara a chicas a la casa.

El capitán guardó silencio. El interior del coche estaba demasiado oscuro como para verle la cara.

—No, no lo sabía —dijo finalmente.

—Eres un mentiroso. Estás mintiendo. ¿Qué dijiste sobre mentir? Cuando empezamos todo esto, ¿y qué te pedí yo?

—No…

—¿QUÉ TE PEDÍ? —aulló.

—Que no te mintiera nunca.

—¿O?

—Que no te ocultara información.

—¿Y?

—No te he mentido ni te he ocultado nada —aseguró con voz apagada, imposible de distinguir.

—¡Estás mintiendo! —gritó. Volvió a golpearle una y otra vez, y sus lágrimas se convirtieron en sollozos.

—Sarah…

—¡Calla, cállate…!

El capitán le agarró las manos. Intentó soltarse, pero la muñeca le dolía mucho.

—Mírame. Mí-ra-me.

No le hizo caso. El capitán esperó. Finalmente lo miró por el rabillo del ojo.

—No lo sabía.

A la luz de la luna y con el reflejo de otros faros era inútil intentar averiguar si estaba mintiendo o no. Como en muchas otras ocasiones su cara era una máscara. Se soltó las manos.

—¿Me crees? —preguntó, y por un momento pensó que podía estar dolido.

—¿Te importa?

Puso en marcha el coche y se concentró en la carretera con cara impenetrable.

—No, no me importa.

Sarah amontonó la desconfianza, como si hubiera caído demasiada sal, la barrió hacia la caja de los horrores y eligió no prestar atención a la que se había salido. Cerró los ojos y apoyó la cabeza en el cristal de la ventanilla.

—Despiértame cuando lleguemos a Berlín.

323

32

*L*os kilómetros fueron consumiéndose. Sarah durmió mal y se despertó con una triste y agotadora regularidad. A los perros y matones de sus sueños se unieron bestias sin cara que piafaban y olían a almizcle. Unos chicos con ojos tristes caminaban hacia un ardiente infierno mientras los veía pasar. Pero los desafiaba a todos cerrando los ojos y volviendo a empezar.

Finalmente aparecieron las afueras de Berlín a la luz de los faros. La dulzura de caja de bombones de la Alemania rural se mezcló en los suburbios, pero desapareció cuando la absurdamente dramática arquitectura nacionalsocialista empezó a aplastar la ciudad.

Casi había llegado a casa. Cerró los ojos porque no quería verla.

El capitán le tocó el hombro con delicadeza.

—No puedo cargar contigo.

—¿Por qué no?

—Todavía no estoy lo suficientemente fuerte.

Lo miró como si fuera la primera vez que lo veía esa noche. Le sudaba la frente. Sus mejillas seguían hundidas y, a la luz de las farolas, su piel tenía el color del hormigón. Todas aquellas horas conduciendo debían de haber sido un gran desafío para él. «¿Y si nunca se recupera?» Aquella muestra de egoísmo la sorprendió. Después su cerebro se tranquilizó, como un edificio en el que hubieran apagado todas las luces. Dejó que la guiara.

Los escalones. El matemáticamente perfecto camino a la puerta.

Estaba en casa. Todo había acabado. Cualquier cosa que sucediera, cualquier cosa de la que tuviera que ocuparse después de aquellos últimos meses, podía esperar hasta que durmiera.

En una cama blanda, con sábanas blancas limpias, en un apartamento con calefacción, con una puerta cerrada, con pan blanco recién hecho y salchichas de ajo para desayunar.

El portero no estaba, pero había un festivo árbol de Navidad en su lugar. La puerta del ascensor, incitantemente abierta, parecía el camino de entrada a la seguridad. Cerraron la verja al mundo; a sus depredadores, matones y psicópatas; a sus fanáticos, víctimas y espectadores. Se apoyó en él, mientras él se apoyaba en la pared.

Subieron y el ánimo de Sarah también se elevó. Todo podía esperar al día siguiente.

Pasillos enmoquetados, madera tallada. Olor a barniz y suelos limpios. Llaves que giraban suavemente en una bien engrasada cerradura. Después, oscuridad en el interior, el lugar iluminado únicamente por la línea del cielo de Berlín cuando el capitán cerró la puerta a sus espaldas. Olía a casa y a naranjas.

Sarah se paró en seco y todos sus sentidos se activaron de repente. «¿Qué? ¿Qué?»

—Feliz Navidad, *Herr* Haller. *Fräulein*.

El capitán encendió las luces.

El mayor Klaus Foch estaba sentado en el sillón del capitán vestido de uniforme. Tenía una Luger en la mano, con la que les apuntaba.

—Espero que no les moleste que haya entrado por mi cuenta.

—Solo puedo pedirle disculpas por no haber estado aquí para recibirle, mayor… Me temo que tendrá que recordarme su apellido —le pidió el capitán con indiferencia mientras iba al aparador y encendía un cigarrillo—. En cualquier caso, es tarde y estoy cansado. ¿Por qué ha venido?

Sarah permaneció inmóvil, observando y pensando mientras ponía en acción su instinto. Aquello le pareció injusto. No lo había previsto ni estaba preparada. Se suponía que iba a estar a salvo. Ya había sufrido bastante y, con las luces encendidas, la ventana la reflejaba. Se vio pequeña, endurecida y extraña.

—Creía que era el típico parásito capitalista que engordaba a expensas del partido. Pero su repentina adquisición de una pupila tan inteligente me picó la curiosidad.

El capitán se miró en un espejo cercano y se arregló el pelo. «Lo está rodeando —pensó Sarah—. Pero todavía no está lo suficientemente fuerte como para pelear.»

—Soy un hombre de negocios —dijo el capitán al espejo—. Cuando el Führer quiso una radio en cada casa, necesitaba a alguien que lo hiciera. Eso no se consigue apaleando a judíos o destrozando sus escaparates. Me alegré de poder dejar esa cuestión para personas como usted. —Parecía un discurso.

«Está intentando ganar tiempo.» Sarah dio algunos pasos hacia la izquierda mientras Foch fulminaba al capitán con la mirada. Se acercó a un sillón, como si fuera a sentarse. Foch sacó un cuaderno de notas y leyó.

—Helmut Haller... parece haber aparecido de la nada desde la última guerra. Ninguna ciudad natal conocida ni familia hasta que hace poco —lanzó una penetrante mirada a Sarah—, aparece su sobrina. Una hermana a la que no he conseguido encontrar, casada con alguien con un extrañamente incompleto expediente militar. Es demasiada casualidad, ¿no le parece?

Sarah fue algunos pasos más hacia la izquierda, como si aquello la aburriera. Se había quitado las botas de montar en el coche y podía moverse sin hacer ruido en el pulido suelo. Estaba a la altura de Foch, con lo que este no podía vigilarlos a los dos a la vez.

Entonces se dio cuenta. Estaba cubierto con una inmaculada funda para el polvo y había pensado que eran muebles apilados para limpiarlos, pero en ese momento supo lo que era.

—Mi hermana y yo somos huérfanos, mayor. Salimos de la nada. —El capitán se mostraba desdeñoso, como si estuviera discutiendo con un contable—. Ahora está en un manicomio y, como imaginará, no suelo organizar fiestas. En cuanto a su pobre marido, si la Luftwaffe no archivó bien su caso, no es a mí a quien hay que echar la culpa. ¿Así trabaja la Gestapo? ¿Enviando a husmear a antiguos soldados de las tropas de asalto?

—En absoluto. Al parecer la Gestapo no sabe nada de todo esto —contestó Foch con desdén—. Es muy típico de las SS, mucho acicalarse y poco trabajo.

«Un gran error. Ha venido solo —pensó Sarah—. El capitán va a matarlo aquí mismo. Necesita que alguien lo distraiga.»

Tiró de la funda lentamente, aunque adquirió velocidad y cayó al suelo emitiendo un silbido.

Foch la miró, pero no vio nada hostil.

—En cualquier caso, el mayor error de todos… —dijo Foch mientras guardaba el cuaderno de notas y volvía a apuntar con la pistola al capitán. Después indicó hacia Sarah con la mano libre—. Fue ella, Ursula Bettina Haller. Hasta hace tres meses no existía. Hay un certificado de nacimiento con el apellido Elsengrund, excelentemente falso, pero no ha conseguido engañar a nadie. Es el eslabón débil —se jactó.

Tenía una ancha cinta de seda alrededor y un lazo en la tapa. Era un regalo de Navidades. Su regalo de Navidades.

—¿Ha venido a detenerme? —se burló el capitán.

—En absoluto. He venido a meterle una bala en la cabeza y a llevármela. —La frialdad de sus palabras era espantosa.

Foch se levantó y le apuntó.

El capitán estaba demasiado lejos del arma como para poder hacer algo. Fue la primera vez, desde el embarcadero hacía muchos meses, que le vio poner cara de animal acorralado.

Sarah estaba otra vez en el ferri, viendo cómo se elevaba la pasarela, pero en esa ocasión no había lago que cruzar ni elección.

Se volvió hacia su regalo. Aporreó las teclas del piano de media cola, un acorde en do menor, con las dos manos y el pedal de sostenido hasta el fondo.

Foch se dio la vuelta sorprendido.

—¿Cree que Gretel estaría contenta con esto? —intervino Sarah.

El mayor abrió la boca, pero no consiguió articular palabra.

—¿Con que ocupara su lugar? Si cree que tocaré el piano para usted, puede fingir que sigue aquí. Pero no está, ¿verdad? —continuó con tono cortante.

—¡Calla! —gruñó Foch al tiempo que movía la pistola entre Sarah y el capitán.

Bajo el uniforme era frágil y débil. Tenía que conseguir que siguiera hablando, atraer su atención. Empezó a interpretar una pieza de Satie.

—¿Qué haces? Satie es un… —protestó intentando reafirmarse.

—¡Chitón! —insistió Sarah. Las notas altas desencadenaron la oscuridad que se avecinaba. Su mano izquierda marcó el lento ritmo de marcha. Era el sonido de algo negro y terrible que aparecía lenta pero inevitablemente de detrás de una puerta. Foch apuntó al capitán, pero no pudo concentrar su atención en él—. Si voy a ocupar su lugar, quiero hacerlo bien, así que necesito saberlo. ¿Quién es Gretel?

Foch pareció revolverse en su interior. Oía el piano, pero miraba al capitán al final del cañón de la Luger.

Sarah acabó el primer movimiento y pasó perfectamente al segundo, una melodía mucho más melancólica. Cada nota alimentaba el movimiento con un suspiro.

—¿Qué le pasó? —preguntó suavemente Sarah.

Justo en el momento en el que creía que lo había perdido, empezó a hablar.

—Cuando los hombres de Heydrich vinieron a buscarme, estaba en casa. Iban a por todo el mundo los días de fiesta, cuando estaban relajados y eran más vulnerables. Estaba en el salón escuchando a... mi hija... que tocaba el piano...

—Gretel. —Sarah asintió y acompasó el movimiento de la cabeza a la suave ondulación de la música. El capitán miró la pistola, esperando que se moviera, que Foch perdiera la concentración.

—Gretel era... retrasada. Una niña con cuerpo de mujer. No sabía leer ni escribir y parecía... pero sabía música. Cuando tocaba el piano no se podía distinguir... no se podía, no se sabía...

—Si se colocaba detrás de ella. —Una enorme herida se abrió en su interior. Creyó saber lo que había pasado, pero se dio cuenta de que no estaba preparada para oírlo. Quería parar, pero su piedad era tan grande como su odio y no podía negarle la confesión.

—Entraron por la cristalera. Gretel se asustó... Supliqué, era un buen nacionalsocialista, no era uno de los lacayos de Röhm. Les aseguré que se habían equivocado, que era leal al Führer... y dijeron... dijeron...

Notó que estaba a punto de derrumbarse.

Comenzó el tercer movimiento. Quería parar y taparse los oídos, pero no pudo.

—Y dijeron que cómo podía ser nacionalsocialista y dejar que viviera algo como ella.

Podría haber evitado que acabara el relato, pero habría sucedido igualmente. Sintió que se avecinaba el horror, como un tren distante en una noche silenciosa, una sensación de pérdida y arrepentimiento que se acercaba y apenas podía soportar. «Algunos secretos deberían ser siempre secretos», pensó. Una lágrima le corrió por la mejilla.

—Me dieron a elegir —explicó sin firmeza en la voz.

Sarah tocó con mayor lentitud y el tiempo se desvaneció.

«Por favor, que no sea verdad. Por favor, di que no...»

329

—Podía vivir, pero tenía que hacer un sacrificio por el Reich. —Su voz empezó a desintegrarse—. Gretel empezó a llorar, no lo entendía. Me dieron una pistola… Le pedí que tocara… y tocó maravillosamente, a pesar de estar sollozando… Le dije que era una buena chica…

Sarah acabó, ya no había más notas. La pistola seguía apuntando al capitán, pero temblaba en la mano de Foch cuando se estremeció, con la cara mojada.

—¿Y? —preguntó Sarah con tanta dulzura como pudo.

—Y… —susurró—. Le puse la pistola en la nuca y cumplí con mi obligación con el Reich.

—Le disparó mientras tocaba —dijo Sarah lentamente.

—Estaba cumpliendo con mi deber… —susurró. El arma tembló.

«No es suficiente.»

—Salvó el pellejo. ¿Y ahora qué piensa Gretel de usted?

Foch se enderezó en el sillón y apuntó al capitán.

«No…».

—*Vati*, han venido unos hombres, dicen que quieren llevarte con ellos —Sarah no tenía ni idea de cómo hablaba Gretel, pero había conocido a una niña cuya madre la llamaba mongoloide. La voz salió sin ningún esfuerzo, como si hubiera puesto uno de los discos de su madre—. ¿Se irán los hombres si toco, *Vati*?

—Silencio —gritó mirándola a ella.

Empezó a tocar una pieza de Beethoven, algo que Gretel sabría. La *Sonata a la luz de la luna*.

—Estoy tocando para ti, ¿lo estoy haciendo bien, *Vati*? ¿Por qué estás enfadado conmigo? ¿He hecho algo malo? —Sarah lo odiaba, odiaba tener que entrar en aquella inmundicia, profanar el fantasma de aquella pobre niña. Al mismo tiempo, permitir que Gretel utilizara su voz abría una veta de pérdida y sufrimiento que no podía controlar. Las palabras salieron atropelladamente de su boca.

—¡Para! —La pistola la apuntaba a ella.

—¿Qué estás haciendo, *Vati*? Por favor, no me mates, *Vati*. —Sarah se dio cuenta de que podía matar a Gretel otra vez. Notó que el corazón latía con fuerza en su pecho, pero, a pesar de que la idea la aterraba, la inundó la tristeza. Las lágrimas se agolparon en sus ojos y empezaron a congregarse en su garganta. Traicionada y abandonada por un padre. Por dos padres.

—¡Calla! —Apartó lentamente el arma.

—¿Por qué me mataste, *Vati*? ¿Por qué? —Dejó que su voz se empapara con su sentimiento de soledad y tristeza, y lloró por Gretel y por ella.

—No quise hacerlo. Me obligaron —gimió Foch, que buscó apoyo en el capitán, que de repente se había quedado parado.

—¿No querías? —dejó que su voz sonara enfadada, ofendida—. Eso me pone muy triste. Estoy muy triste, *Vati*. Aquí hace mucho frío.

—Lo siento, Gretel. —Se hundió en el sillón y levantó la pistola como si le pesara mucho.

Sarah cerró la tapa del piano y fue lentamente hacia él.

—¿Me abrazarás una vez más, *Vati*? Te perdono. Deja que te demuestre que te he perdonado por lo que hiciste.

—Lo siento mucho… —Miró la cara de Sarah. No vio a Gretel. Solo necesitaba perdón.

Sarah se inclinó y lo rodeó con los brazos.

—No pasa nada, te perdono. Abrázame y todo estará bien. —Notó que los brazos de Foch se cerraban a su alrededor y algo caliente, como agua de baño hirviendo, le salpicó la cara. El mayor dio una sacudida y se oyó un sonido como si aspirara.

—Chss —susurró Sarah. «Espera un momento.»

«Ya está.»

Aquel líquido caliente siguió cayendo en su cara, bajó hasta el cuello y le empapó la camisa de montar—. Chss… «Unos segundos más.»

Soltó a Foch, que se derrumbó delante de ella. No pudo ver el reflejo de su cuerpo en la ventana, pero sí al capitán con un cuchillo en la mano. También se vio a ella misma, cubierta de pies a cabeza con la sangre de Foch, mientras el cielo de madrugada se iluminaba a su espalda.

No sintió nada en absoluto.

Entonces la caja de los horrores se desintegró, inundó el interior y se rompió sobre Sarah como una ola.

Se acurrucó en el suelo, en el charco de sangre.

Quiso llorar, por las pérdidas como Ratón, por las arruinadas como Elsa, por las muertas como su madre y Gretel, además de por los que había matado, como Stern o incluso Foch, pero en ese momento solo consiguió llorar por ella misma.

5 de enero de 1940

$\mathcal{A}$quella injusticia era demasiado. Echó la cabeza hacia atrás.

—¿Qué? —gritó frustrada—. ¡Dime!

El capitán abrió lentamente las manos y le enseñó una pequeña taza de porcelana llena de espuma dorada.

—¡Capuchino! —exclamó, y aplaudió encantada antes de agarrarla con ambas manos. Sentía el calor a través de las vendas, pero aun así rozó la espuma con los labios e inspiró su dulce oscuridad.

—No hay prisa —la tranquilizó el capitán con voz que reflejaba buen humor.

Lo miró por encima del borde de la taza y soltó un sonido inconcebible. Sorbió y dejó que el suave zumbido que notó en las mejillas y en la parte trasera de los dientes jugueteara en su cabeza cuando desaparecieron las últimas gotas. Sintió el aire en la cara, pero no tenía frío con aquel abrigo forrado de piel. Tenía el estómago lleno y sentía cosquillas.

Miró a su alrededor. Copenhague estaba aparentemente tranquila a pesar de su marcial y agresivo vecino. Allí uno podía imaginar que Europa pensaba en las vacaciones y no en la guerra. Las mesas de las terrazas de los cafés y los restaurantes que bordeaban el Nyhavn estaban prácticamente desiertas, incluso con el sol invernal del mediodía. Hacía demasiado frío. Aquello le vino bien al capitán, nadie podría oírles. Además, Sarah quería sentarse fuera porque los barcos y las casas del canal estaban pintadas con un despliegue de colores pastel brillantes e intensos. Parecían casas de muñecas, algo salido de un sueño. Un buen sueño, sin perros.

Bonito. Fresco. Pleno. Cálido. Cómodo. Seguro.

Se permitió disfrutar del momento, pero solo un segundo. Después lo agarró y lo limpió para guardarlo. Tenía dos cajas nuevas.

Miró el pastel en espiral que había en el centro de la mesa.

—¿Es para mí también?

—Sí, es *wienerbrød*, pan de Viena. Pensé que te haría sentir como en casa.

Se echo a reír.

—En Viena es un *Kopenhagener Plunder*, un pastel danés. Así es como lo llamamos. —Frunció los labios—. Un día de estos cometerás un error como ese, algo que deberías saber si fueras un verdadero alemán, delante de alguien que se dará cuenta y entonces toda esa —giró un dedo acusador en el aire— sofisticada tapadera saldrá volando como si fuera de papel. ¿No te asusta, capitán Floyd?

—¿Te haría feliz si así fuera?

—En absoluto —contestó rápidamente—, pero la pregunta sigue en el aire.

—He olvidado cómo asustarme. Solo soy más precavido.

—Quieres decir que te gusta —comentó sonriendo.

—Y tú, Sarah de Elsengrund, ¿te asustas?

Durante un momento la nueva caja de los horrores se abrió y un frío rayo de recuerdos la atravesó. El científico predador, la lluvia, el monstruo, Rahn y la Reina del Hielo, la sangre, la estación, los perros, los soldados, la nuca de su madre… y después desapareció. Tuvo el efecto de una descarga de energía estática después de andar sobre una gruesa alfombra. «Sé lo que es, y no tendré miedo.» Tardó un momento en recuperarse y después todo se quedó en silencio.

Pensó en Gretel, en que nadie podría limpiar el piano de Foch nunca más, en los miles de lugares en que el crimen persistiría para siempre. Al cabo de unos años, ¿pensarían los dueños de ese piano que pasaba algo raro con él? ¿Tendría pruebas la futura Alemania de sus crímenes? ¿Olería mal y la gente sabría alguna vez por qué?

—Ahora quiero probar un café solo —pidió agarrando el pastel—. Dos, con más azúcar.

En ese momento llegó una mujer. Iba vestida de negro de pies a cabeza, como una viuda, pero con un ancho collar blanco bajo el abrigo. Llevaba el pelo recogido, de forma anticuada, pero curiosamente eterna. Tenía arrugas en la cara, pero tras sus cansados ojos y círculos negros alrededor, distinguió una vívida chispa. Era imposible saber cuántos años tenía.

Se pusieron de pie.

—Helmut —lo saludó con marcado acento austriaco.

—Profesora —dijo el capitán inclinándose—. Esta es mi sobrina, Ursula Haller.

—En serio, Helmut, llevas tanto tiempo mintiendo que has olvidado cuándo dices la verdad —protestó la mujer.

—Ursula —continuó el capitán sin hacerle caso—, ella es Lise Meitner.

Sarah hizo una reverencia. El gesto de la mano de la mujer mientras se sentaba indicaba que no era necesario.

—Me alegro de conocerte, seas quien seas.

—Me llamo Sarah.

El capitán puso cara de circunstancias y volvió a ponerse el sombrero.

—Una judía, maravilloso. Te has ablandado. ¿Es tu nuevo negocio? ¿Rescatar a niñas abandonadas y descarriadas como yo? —preguntó echándose a reír. Era algo muy curioso de observar—. ¿Tienes algo que querías enseñarme?

—Ursula —dijo el capitán sentándose—, ¿puedes darle a la profesora Meitner el cuaderno de notas?

Sarah buscó en el bolsillo y sacó el diario de Schäfer. Sintió una oleada de asco y miedo cuando se lo entregó a la profesora Meitner, pero también el deseo de no desprenderse de él. Se había sacrificado y sufrido mucho por él. Casi había entregado... algo más importante, algo que no entendía del todo. Aquel cuaderno era un botín de guerra, el grial, un tesoro. Pero su contenido era un misterio en un idioma que no podía descifrar. Era una afrenta a su inteligencia.

Las manchas de la sangre de Foch en la cubierta se habían convertido en un apagado color óxido, como si simplemente pudieran limpiarse. La profesora abrió el cuaderno y empezó a leer, no en la relajada forma en que lo haría alguien que hojea una revista, sino con el concentrado esfuerzo del que se enfrenta a un desafío, lo vence y se da cuenta de que la respuesta es infinitamente extraordinaria.

336

—Necesitaré un té... y un coñac doble. Si aquí se puede pedir algo así —dijo sin siquiera levantar la vista.

—Café solo —pidió Sarah cuando el capitán se levantó.

Sintió frío en las mejillas cuando sopló una ráfaga de viento y los botes del canal cabecearon y crujieron. Decidió empezar con el pastel y se metió las dulces láminas de hojaldre en la boca con verdadera satisfacción.

La profesora Meitner la miró.

—¿Dónde has tomado el sol en esta época del año? —le preguntó sin dejar de leer.

—Hubo un incendio.

La profesora emitió un sonido que no la comprometía a nada.

—¿Dónde va a dejarte?

—Volvemos a Berlín, no va a dejarme en ningún sitio.

—¿Y por qué quieres volver?

—Trabajo para él.

La profesora Meitner levantó rápidamente la vista.

—¿Trabajas para él?

—Así es. —Era un privilegio que se había ganado. No creyó que tuviera que justificarlo.

Lise levantó el cuaderno.

—¿Lo conseguiste tú? ¿De Hans Schäfer? —preguntó. Sarah asintió—. ¿Te envió él?

Ella lo sabía. El pastel a medio comer estaba en el plato, imposible de acabar ya.

—¿Lo sabía el capitán? —preguntó Sarah al cabo de un rato.

—Yo no se lo mencioné. ¿Por qué iba a hacerlo? No sabía que hubiera niñas de por medio. —Se había puesto pálida. Después añadió—: Lo que no quiere decir que el capitán no lo supiera.

Sarah dio unos golpes en los adoquines con los pies.

«¿Dónde irías si lo dejaras?»

—Juró que no lo sabía.

—Has de tener cuidado, Sarah, Ursula o como te llames. Mucho cuidado. —La profesora Meitner le dio la vuelta al cuaderno e indicó las marcas de sangre que había en la tapa—. ¿Qué le pasó a Schäfer?

—Está muerto y su laboratorio, destruido. Eso es todo lo que queda. Soy muy concienzuda, y cuidadosa —añadió.

—Ya veo. —Volvió a abrir el cuaderno, con más cuidado.

El capitán volvió con una bandeja y dejó las tazas en la mesa. Nunca lo había visto tan británico. Después le dio la vuelta a una silla al lado de la profesora y se sentó al revés, con los brazos sobre el respaldo.

—¿Y?

—Todo está aquí. Las teorías, los datos de los experimentos, los cálculos... Lo sabía todo. Incluso dice que construyó una planta de difusión. —El capitán asintió—. ¿Y funcionaba? —Asintió de nuevo—. ¡Santo cielo! Menos mal que era muy reservado.

El capitán arrugó el entrecejo y negó con la cabeza.

—Tenía amigos en Estados Unidos y trabajaba con ellos.

337

Todavía quedan por examinar las ruinas de la casa. Hay guardias que están muriendo de una misteriosa enfermedad…, por no mencionar una hija catatónica internada en un manicomio y que… puede tener muchas historias que contar. —Volvió los ojos hacia Sarah, que mantuvo la mirada con tremenda ferocidad. No le había hecho nada a Elsa y sabía que no podía hacer nada por ella. Pero saberlo no la eximía. El capitán apoyó la barbilla en el respaldo—. Finalmente alguien atará cabos.

—Pero de momento esto es todo lo que hay —dijo la profesora Meitner levantando el cuaderno.

El capitán le puso una mano en la manga.

—Lise, deja que te lleve a Inglaterra. Tendrás un laboratorio, personal, todo lo que necesites —prometió con tono de urgencia, suplicante—. Es tu oportunidad de parar esta guerra antes de que empiece.

—¿Y a qué precio? —Dejó el cuaderno en la mesa y puso un dedo acusador encima—. ¿Sabes lo que es esto? ¿Salvaré a los polacos asando a niños alemanes? ¿Arraso ciudades llenas de inocentes? ¿Cuál es la cantidad aceptable de víctimas civiles? ¿Diez mil? ¿Cien mil? La ametralladora no puso fin a la última guerra, Helmut. Solo la volvió más sangrienta. El fin —dio unos golpes en la mesa delante de Sarah— no siempre justifica los medios.

—Esta guerra no se va a hacer solo contra Polonia. Gran Bretaña y Francia no saben lo que se les viene encima y, además, no escuchan. Al menos a mí no. Quizá te escuchen a ti. —Sarah no lo había visto nunca tan animado o expresivo.

La profesora Meitner volvió a echarse a reír. Encendió un cigarrillo y meneó la cabeza.

—Nadie me escucha. ¿A una mujer? ¿Sea judía o cristiana? No me prestan atención, se me desprecia. Podría ir a Inglaterra con un artefacto nuclear que funcione y nadie me haría caso. —La amargura que desprendían sus palabras cayó como la lluvia.

338

—Yo sí que te escucho —aseguró poniéndole la mano en la manga otra vez.

—Pero porque tú eres más inteligente que la mayoría de los hombres —dijo apoyando una mano sobre la suya, después le dio unas palmaditas antes de apartar el brazo—. Créeme, eso no es lo que quiere el mundo. Oyen lo que quieren oír, lo que ya saben.

—¿Y si los nazis construyen la bomba antes que los británicos? —preguntó en voz baja.

—No dejarás que eso ocurra, ¿verdad? Ese es tu trabajo, ¿no? Quiero decir, tu verdadero trabajo. —Dio una larga calada—. Posiblemente piensen que necesitan carbono o agua pesada, óxido de deuterio, y tendrás que ocuparte de que no lo consigan.

La profesora echó en la mesa los restos del pastel, colocó el cuaderno abierto en el plato y vertió el coñac en las páginas. La tinta se emborronó.

—Podría hacer que lo reconstruyeran —le advirtió el capitán.

—Pero no lo harás —dijo la profesora encendiendo una cerilla—. Un niño quizá —añadió mirando a Sarah—, pero ¿miles? —Meneó la cabeza.

Sarah no estaba segura de lo que estaba pasando, pero no quiso intervenir en la conversación. ¿Más bombas, pero para la gente adecuada? ¿Quién era la gente adecuada? ¿Los que habían dejado un reguero de cadáveres detrás de ellos y a una adolescente atada a una cama? «¿Los monstruos que gobiernan el país o los que luchan contra él?»

La profesora arrojó la cerilla encendida al libro.

—De momento voy a meter al genio en la botella otra vez. —La cerilla prendió el coñac. La llama azul revoloteó por encima del papel unos segundos hasta que un golpe de viento la avivó y las páginas se ennegrecieron y desaparecieron en una nube de humo.

Sarah notó el calor en la cara mientras saboreaba el espe-

339

so y dorado líquido con azúcar, pero con un excelente regusto amargo. Era auténtica gloria en una taza.

El cuaderno estaba medio quemado.

Buscó en uno de sus bolsillos y sacó un trozo de papel doblado y arrugado. Lo había sacado del cuaderno la noche que lo encontró. Era una lista de nombres, el de Ursula Haller estaba el último, el primero era el de Ruth Mauser.

Lo colocó sobre el fuego y vio cómo se consumía.

—Te recomendaría que no te quedaras en Copenhague. No creo que Dinamarca pueda ser neutral mucho tiempo —le aconsejó el capitán a la profesora.

—¿Y tú vas a llevar a esta niña al vientre de la bestia?

—Tiene cosas que hacer.

—¿Te parece bien, Sarah?

A pesar de que no tenía ninguna duda meditó la pregunta.

—Por supuesto.

Agradecimientos

Si para educar a un niño se necesita un pueblo, parece que para escribir un libro, y no digamos publicarlo, se necesita un colega, una universidad, una sociedad y una familia. Quizás esta obra podría haberse gestado sin su contribución y fechas de entrega, pero seguramente no estarías leyéndola ahora.

Las personas que merecen que les dé las gracias son demasiado numerosas para citarlas a todas, así que lo que sigue es una lista «incluyente, pero no limitada». Por el contrario, las expresiones de gratitud verdaderamente diferentes no abundan como para que los agradecimientos se lean con gusto y las que existen son tristemente inadecuadas.

He de empezar con la historia de los dos Scoobies.

En la Universidad Metropolitana de Mánchester tengo a mi grupo de compañeros de máster, la banda Scooby. Nos encontrábamos todas las semanas en un chat en línea, en una biblioteca mental de mirones, y salivábamos con mapas, dragones y la necesidad de monjes muertos. Nos apoyábamos los unos a los otros, nos reíamos y bromeábamos con los tutores. Sería difícil encontrar un grupo de escritores más estimulante y con tanto talento, la química era excepcional. Desde lo más profundo de mi corazón, gracias a Marie Dentan, Jason E. Hill, Kim Hutson, Anna Mainwaring, Luci Nettleton, Alison Padley-Woods y Paula Warrington, y no me olvido de Dave y Jane, que los perdimos por el camino. «Si hay algo malo ahí afuera, lo encontraremos, tú lo matas y lo celebraremos.» Os quiero a

341

todos. Gracias también al personal de MMU, cuya confianza y tutela convirtieron a un plumilla en un escritor: Livi Michael, Iris Feindt, Catherine Fox, N. M. Browne y Ellie Byrne, y un agradecimiento especial a Sherry Ashworth por sus elogios y apoyo en un momento crítico.

El segundo grupo de Scoobies son los miembros, voluntarios y organizadores de la Society of Children's Book Writers and Illustrators (Asociación de Escritores e Ilustradores de Libros Infantiles), o SCBWI. Se trata de una organización muy especial, excepcionalmente solícita y genuinamente servicial, con verdadero espíritu de «todos para uno y uno para todos». No somos competitivos. Si uno de nosotros tiene éxito, todos lo tenemos. A lo que hay que añadir vino gratis, tartas y excelentes fiestas de disfraces. No podría nombrar a todos los Scooby que han influido en mi vida, ni destacar a ninguno de ellos, para no desairar al resto. Sabéis quiénes sois. Os veo en la próxima conferencia o reunión.

Gracias a la SCBWI también tuve la oportunidad de conocer a algunos escritores y profesionales cuyo consejo y ánimo cambió mi carrera, o al menos me proporcionaron una cita jugosa, que me ayudó en los momentos más difíciles. Una vez me dijeron que «podía ser el Graham Green de la literatura juvenil» y en otra ocasión, en un restaurante, me confundieron con Johnny Depp. Gracias a Elizabeth Wein, Melvin Burgess y Lauren Fortune, por nombrar solamente a tres.

Por supuesto, no hay nada como que alguien se juegue su reputación por ti y le guste tu trabajo tanto como a ti. He de mencionar a Molly Ker Hawn, de TBA, la gran Santini de la edición y el tipo de agente del que intento ser digno como escritor. Gracias, Molly, y que no se te cansen nunca los ojos. Lo que me lleva a mis editores Kendra Levin, de Viking, y Sarah Stewart, de Usborne, cuya auténtica conexión y empatía con la trama y los personajes facilitó muchas elecciones difíciles. Gracias por vuestra confianza y fechas tope alcanzables. También he de dar las gracias a Jody & Janet por ayudarme a estar atento.

Gracias a todo el mundo que mostró su preferencia; mis más sinceras gracias por vuestras amables palabras y apasionantes historias.

Antes de pasar a mi familia, he de dar las gracias a aquellos que contribuyeron al relato de forma vital: mi asesora judía Deborah Goldstein, la autodenominada «terrible gimnasta» Leila Sales, Paula y Luci por su ayuda con los caballos y la mitología nórdica, y la doctora Jennifer Naparstek Klein, cuyo consejo sobre los traumas en la infancia seguí (y en ocasiones olvidé). Gracias también a los innumerables bibliotecarios, historiadores en Internet y directores de museos cuya ayuda ha sido inestimable, sobre todo al Centro de Historia Judía y el Museo Estadounidense Conmemorativo del Holocausto. Gracias a S. F. Said, Sarwat Chadda, Kathryn Evans, Peter Bunzl, Vanessa Curtis, Clare Furniss, Non Pratt, Robin Stevens, Emma Solomon, Miriam Craig, Alexandra Boyd, Louise Palfreyman, a los estudiantes de Anna y a los lectores anónimos, por sus comentarios y consejos.

Gracias a mis hermanos mayores, Andy y Ben, a BAM, todos huérfanos. En especial a Andrew Killeen, un escritor mayor de apasionante ficción histórica, que me inspiró toda la vida. Fue el árbitro de la elegancia en mi infancia y adolescencia —sí, incluso los Emerson, Lake & Palmer—, por lo que tiene el mérito (y la culpa) de la persona que soy.

Gracias a mis hijos, Elliott y el pequeño FH, que me deleitan y ponen a prueba a partes iguales, y me llenan de alegría al tiempo que me enfurecen. Me inspiráis, motiváis y sois lo más cercano a una explicación de la existencia que he encontrado.

343

Sois maravillosos y estoy muy orgulloso de vosotros. Os quiero con todo mi corazón y con una intensidad que las palabras no alcanzan.

En cuanto a Anne-Marie, mi dulce y única... como descripción «musa» no te haría justicia. A los escritores a menudo se les pregunta si le apoya su compañera, con lo que en realidad quieren decir: «¿Cómo lleva que estés emocionalmente ausente y malhumorado y pases la vida con personajes ficticios que te enfurecen y durante ese tiempo no ganes dinero? ¿Es posible que aún te quiera?». Sí, me apoyas. Inventaste el apoyo. Gracias por ayudarme a ser yo mismo, en todas las formas posibles. Este libro es tuyo.

Este libro utiliza el tipo Aldus, que toma su nombre
del vanguardista impresor del Renacimiento
italiano, Aldus Manutius. Hermann Zapf
diseñó el tipo Aldus para la imprenta
Stempel en 1954, como una réplica
más ligera y elegante del
popular tipo
Palatino

Huérfana, monstruo, espía
se acabó de imprimir
un día de otoño de 2018,
en los talleres gráficos de Liberdúplex, s.l.u.
Ctra. BV-2249, km 7,4, Pol. Ind. Torrentfondo
Sant Llorenç d'Hortons (Barcelona)